民國文化與文學研究文叢

七 編

第 17 冊

文學的戰時抒寫與傳播
——抗戰時期陪都重慶作家的生存狀態與創作心理研究(下)

王 鳴 劍 著

國家圖書館出版品預行編目資料

文學的戰時抒寫與傳播——抗戰時期陪都重慶作家的生存狀
態與創作心理研究（下）／王鳴劍 著 -- 初版 -- 新北市：花
木蘭文化事業有限公司，2017〔民 106〕
目 2+172 面；19×26 公分
（民國文化與文學研究文叢 七編：第 17 冊）
ISBN 978-986-485-248-2（精裝）
1. 中國文學 2. 抗戰文藝 3. 文學評論
820.9   106013222

ISBN-978-986-485-248-2

9 789864 852482

民國文化與文學研究文叢
七 編 第十七冊   ISBN：978-986-485-248-2

文學的戰時抒寫與傳播
——抗戰時期陪都重慶作家的生存狀態與創作心理研究（下）

作　　者　王鳴劍
總 編 輯　杜潔祥
副總編輯　楊嘉樂
編　　輯　許郁翎、王　筑　美術編輯　陳逸婷
出　　版　花木蘭文化事業有限公司
社　　長　高小娟
聯絡地址　235 新北市中和區中安街七二號十三樓
　　　　　電話：02-2923-1455／傳眞：02-2923-1452
網　　址　http://www.huamulan.tw 信箱 hml810518@gmail.com
印　　刷　普羅文化出版廣告事業
初　　版　2017 年 9 月
全書字數　291500 字
定　　價　七編 31 冊（精裝）新台幣 58,000 元

文學的戰時抒寫與傳播
——抗戰時期陪都重慶作家的生存狀態與創作心理研究（下）

王鳴劍 著

目
次

第四章　茅盾在重慶的文藝活動與創作

一、茅盾在重慶的文藝活動

　　茅盾（1896～1981），原名沈德鴻，字雁冰。浙江嘉興桐鄉人，中國現代著名作家及文學評論家。他與重慶的因緣，最早出現在其創作的小說《虹》裏。1929 年 4 月至 7 月，茅盾避難日本京都時，與重慶忠縣人秦德君相戀同居，秦德君向他提供了友人胡蘭畦抗婚出逃參加革命的經歷，茅盾以此為模特兒，結合秦德君講述的重慶兩路口和江北的風土人情，創作了這部反映 1920 年代知識女性人生道路選擇的長篇小說。未曾想到，事隔十年後，抗日的洪流真的把茅盾帶到了陪都重慶。

　　1940 年 9 月中旬，國民政府軍事委員會政治部第三廳（簡稱「第三廳」）被取消，進步文化人另組文化工作委員會（簡稱「文委」）。主任委員郭沫若向周恩來力薦茅盾擔任「文委」常務委員。於是，周恩來就電邀此時從新疆到延安參觀訪問的茅盾來渝赴任。茅盾秉承黨的旨意，愉快地接受了來陪都重慶發揮特殊作用的任務。他將兒子沈霜（小名阿桑）和女兒沈霞（小名亞男）託付給延安的弟媳張琴秋照顧，於 1940 年 10 月 10 日與妻子孔德沚，隨董必武離開了生活四個月的延安，奔赴重慶就任「文委」常務委員。經過幾十天的長途跋涉，茅盾夫婦於 11 月下旬來到戰時首都重慶，住進化龍橋龍隱路紅岩嘴 13 號的八路軍辦事處。第二天，周恩來和鄧穎超來八路軍辦事處看望他們，向他們介紹了當前的形勢和重慶的情況。兩天以後，在徐冰的幫助

下，茅盾夫婦搬到了生活書店門市部樓上的一個小房間裏居住。老朋友鄒韜奮、徐伯昕、郭沫若、田漢等好友聞訊後前來看望他們，向他們打聽新疆學院院長杜重遠的情況。鄒韜奮還邀請茅盾擔任即將復刊的《文藝陣地》主編。《文藝陣地》原是 1938 年 4 月 16 日生活書店在廣州主辦的文藝半月刊。自第 2 卷 7 期起，因茅盾去新疆，改由樓適夷編輯。茅盾知道生活書店直接受黨的領導，便應承下來，同時要求把樓適夷召來。三天後，茅盾夫婦移居觀音岩附近的棗子嵐埡良莊。住所背靠枇杷山，面朝嘉陵江，與他們夫婦毗鄰而居的是沈鈞儒一家和王炳南夫婦。

第二天，茅盾和孔德沚應邀到天官府街七號參加《戲劇春秋》雜誌社舉行的座談會，與田漢、陽翰笙、老舍、陳望道、洪深、鄭伯奇、杜國庠、安娥、姚蓬子、胡風等新老朋友重逢或見面，茅盾非常高興。在會上，茅盾介紹了延安開展民族形式問題討論的相關情況。時任國民黨軍事委員會政治部部長張治中，還約見了茅盾，並對其母親的去世表示哀悼，茅盾對張治中頗有好感，認為他是一個「有頭腦、有識見之人。」

1940 年 12 月 4 日晚上，陶行知、范長江、沈鈞儒和閻寶航等杜重遠的一些東北同鄉和好友，在「新陪都」設宴歡迎茅盾夫婦和李公樸。在席間，茅盾坦誠地介紹了杜重遠在新疆的艱難處境。之後，他和鄒韜奮、沈鈞儒來到周恩來公館，請求營救杜重遠。周恩來指示，叫茅盾親自擬就給盛世才的電文，以沈鈞儒、鄒韜奮、郭沫若、沈志遠和沈雁冰等人的名義發出，要求引渡杜重遠，結果仍然遭到了盛世才的拒絕。後來，在記者招待會上，茅盾還專門和外國進步記者座談，介紹了杜重遠、趙丹等人被捕的一些背景，希望借助國外輿論給盛世才施壓，釋放杜重遠。然而，杜重遠在 1943 年 9 月仍被盛世才秘密殺害。

茅盾在積極從事文藝活動的同時，即著手把自己這兩年來的見聞都寫出來，不料因應酬較多，在寫了《旅途見聞》、《風景談》後就擱淺了。茅盾來渝後擔任的公職是「文委」常務委員，兼任文協和中蘇文化協會方面的領導工作。因其在 1930 年代創作的《子夜》影響巨大，他又是剛從新疆赴渝途中到過延安，所以，陪都重慶的一些追求進步、喜愛文學的青年，常常邀請他去作報告。茅盾多次報告自己的經歷、見聞和抗日根據地的文藝現狀，引發了陪都青年對抗日根據地的嚮往。

1941 年 1 月 8 日下午，《文學月報》社舉辦《作家的主觀與藝術的客觀性》

專題座談會。茅盾、胡風、戈寶權、以群、艾青、宋之的、胡繩等到會作了發言。茅盾在會上著重談了作家世界觀只能與創作方法統一起來，才能寫出成功的作品，學習與生活實踐應當並重，兩者不能割裂，應當互相補充。

在繁忙的文藝活動之中，茅盾為《文藝陣地》的復刊做了大量的工作。因樓適夷不能前來，他便聘請了葉以群、艾青、沙汀、宋之的、章泯、曹靖華、歐陽山等七人組成新的編委會，具體工作由葉以群負責。1941 年初，茅盾主持召開了編委會議，對《文藝陣地》的復刊作出了幾項決定：第一，將半月刊改為月刊；第二，出一個革新啓事；第三，編委作適當調整和補充；第四，復刊後的《文藝陣地》，內容方面更加豐富、充實，力求「篇篇耐讀」，「皆有特點」。同時在刊物的編排形式上，「務使其清晰醒目，讀起來不致有損目力」〔註1〕。經過緊張的準備，《文藝陣地》於 1941 年 1 月 10 日在重慶正式復刊（6 卷 1 期）。茅盾在復刊號上發表了名為談風景，實為歌頌延安軍民抗日熱情的抒情名篇《風景談》，令簽發《文藝陣地》「審查證」的國民黨圖書審查委員會無可奈何！董必武看後，當面稱贊他高超的鬥爭藝術。

1941 年 2 月 5 日，著名劇作家洪深及夫人、女兒一家 3 口出於生計壓力服毒自盡，幸被發現獲救。消息傳來，茅盾萬分驚愕，憤而疾書申討國民黨政治黑暗的檄文——《霧中偶記》。「皖南事變」爆發後，國民黨頑固派加緊了對文化人士的迫害。周恩來勸茅盾到香港去，並表示孔德沚可以到延安，與兒女團聚。孔德沚則要求與丈夫同行。為了迷惑敵人，徐冰安排孔德沚仍舊住在棗子嵐埡良莊，照常活動，而派人將茅盾送到重慶的南溫泉，隱居在黃炎培的職業教育社，等待出發。獨居在幽靜的環境，茅盾繼續寫未曾寫完的「見聞錄」。因醞釀已久，嫺熟於心，一提筆，便文思洶湧，一口氣寫了 6 篇，即《蘭州雜碎》、《風雪華家嶺》、《白楊禮讚》、《西京插曲》、《市場》、《「霧重慶」拾零》。其中《白楊禮讚》成為茅盾文學寶庫裏的一顆明珠，寫出了中華民族的精神和意志。

茅盾在南溫泉住了 20 多天後，於 3 月中旬，在生活書店程浩飛和新知書店職員的護送下，乘汽車離開南溫泉，經貴陽、桂林，3 月底到達香港。在赴桂林途中，他心潮起伏，感慨萬端，寫下了《渝桂道中口占》一詩：「存亡關頭逆流多，森嚴文網意如何？驅車我走天南道，萬里江山一放歌。」

茅盾到港後，許地山、蕭紅、端木蕻良、范長江、夏衍等文友聞訊前來

〔註 1〕1941 年 1 月 10 日，《文藝陣地》第六卷第一期。

看望。夏衍向他為《華商報》副刊「燈塔」約稿，他就把在重慶南溫泉時寫的幾篇「七零八落的雜記」，取名《如是我見我聞》，在補寫了一個《弁言》後，交1941年4月8日創刊的《華商報》副刊「燈塔」連載。編者在廣告中稱：「名作家茅盾先生，年來漫遊大西北及新疆，長征萬里，深入民間。……《如是我見我聞》長篇筆記，以其年來隨時精密而正確的觀察，用充滿著愛與力的能筆，作深刻而雋永的敘述。尤其注意的是抗戰中舊的勢力和新的運動的鬥爭與消長，暴露著黑暗社會孕育著危機與沒落，指示出新中華民族的生長與出路。」這一組共18篇的《如是我見我聞》，一直連載到5月16日，後來結集出版時，改題為《見聞雜記》。

　　1941年4月中旬，夫人孔德沚風塵僕僕地趕到香港。茅盾和夫人團聚後，便從旅館搬到了香港半山的堅尼地道寓所。鄒韜奮來看望他，邀請他參加自己即將創辦的《大眾生活》編委會。茅盾得知編委會有金仲華、夏衍、千家駒、胡繩、喬冠華等人，便爽快答應。不久，鄒韜奮又向他約稿，茅盾就將自己的所見所聞，採用長篇日記體形式暴露國民黨黑暗統治的長篇小說《腐蝕》，交給1941年5月新創刊的《大眾生活》上連載。同年10月，《腐蝕》的單行本由上海華夏書店出版發行。

　　1941年8月4日，茅盾聞訊香港文協常務理事許地山，為抗日救亡事業日夜奔走呼號，終因勞累過渡導致心臟病猝死的噩耗非常悲痛，寫下了《悼許地山先生》，發表在8月21日《星洲日報・晨星》上。其後又寫有《國粹與扶箕之迷信──紀念許地山先生》，《論地山的小說》等文，以寄託對亡友的思念。

　　當《腐蝕》即將殺青之時，茅盾秉承中共的要求，開始籌辦文藝性綜合刊物──《筆談》。1941年9月1日，《筆談》創刊號如期發行。柳亞子在《筆談》上開闢的專門介紹辛亥革命時的掌故「羿樓日箚」和茅盾開闢的專門介紹1927年大革命時期掌故「客座雜憶」，深受讀者青睞。不到5天，創刊號就再版了一次。當時許多名人紛紛為《筆談》賜稿，到12月1日終刊時，共出版七期，茅盾本人在《筆談》上共發表散文、雜文、書評有63篇之多。

　　1941年11月初，史沫特萊來訪，告訴茅盾香港戰役即將爆發，勸他離開。果不其然，12月8日，日軍開始進攻九龍、新界，同時轟炸啓德機場。12月25日，香港總督楊慕琦爵士宣佈無條件投降。12月26日，日軍佔領香港。茅盾主編的《筆談》只好停刊。葉以群前來告知他，中共為了搶救滯留在港

的文化名人，叫他去軒尼詩道的跳舞學校集中待命，準備撤退。在滯留等待期間，茅盾看見重病中的蕭紅住進醫院，無法跟著撤退，心情十分沉重。

1942 年 1 月 9 日，茅盾裝扮成商人，手持《新舊約全書》，與孔德沚、鄒韜奮、葉以群等人，在東江縱隊的護送下，經過長途跋涉，歷經艱辛，於 3 月 9 日到達桂林。抗戰時期的桂林，因廣西當局較爲開明，進步文化人雲集，進步刊物眾多。茅盾到桂林後，許多在桂林的朋友立刻來旅館來看望他們夫婦，當中有田漢、歐陽予倩、王魯彥、孟超、宋雲彬、艾蕪、司馬文森以及先到桂林的夏衍、金仲華等。邵荃麟得知茅盾尋租不順，便把自己在麗君路南一巷的一間廚房清理出來，讓他們夫婦暫住。

在桂林期間，茅盾一方面積極參加繁忙的社會活動和文協桂林分會的文藝家座談會；一方面又鬧中求靜，在「兩部鼓吹」（樓上站著發議論，樓下坐著罵山門，使茅盾聯想到唐朝的坐部伎和立部伎，因而調侃爲「兩部鼓吹」）中，用紀實的手法，寫下了港戰花絮的中篇報告文學《劫後拾遺》。在應約爲孫春臺主編的《旅行雜誌》、熊佛西主編的《文學創作》等刊物撰稿的同時，客居桂林的茅盾，思鄉之情常常掠過腦際，而昔日打算史詩般再現 20 世紀以來中國歷史畫卷的心願又湧上心頭，付諸筆端的就是取材於自己親朋好友的長篇小說《霜葉紅似二月花》。

小說描寫在江南河水猛漲的雨季，惠利輪船公司的輪船在航行中使河水溢出兩岸，嚴重地損害了農田，遭到兩岸地主和農民群眾的反對。圍繞這個事件，作品展開了輪船公司經理王伯申、地主階級頑固派趙守義和具有改良主義色彩的青年地主錢良材等三種勢力之間的複雜糾葛。矛盾的解決是以惡勢力的相互妥協，改良主張的碰壁和農民的無辜受害爲結局。小說在《文藝陣地》（前九章）和《時事新報‧青光》（後五章）連載後，在桂林引起轟動，《自學》雜誌和《讀者俱樂部》還聯合舉行一次座談會。因國民黨文化特務劉百閔奉命「懇請」茅盾回重慶，作品在完成第一部以後，沒有繼續寫下去。此時，茅盾又接到葉以群的來信，叫他到重慶去編《文藝陣地》，他便名正言順地在田漢兒子田海男的相伴下，於 1942 年 12 月 3 日離開桂林，經黔桂路，於 12 月 23 日回到兩年前秘密離開的陪都重慶。

到達重慶後，茅盾夫婦先住張家花園 65 號，後遷棗子嵐埡良莊短住。1943 年初，在生活書店的幫助下，他們在重慶郊區唐家沱新村天津路一號中華職業教育社找到了住處。唐家沱離市中區約 30 里，水路交通方便，當天可以往

返。這是個二層一棟小樓，樓上住著國訊書店的小夥計，樓下由茅盾夫婦居住。住所環境幽靜，又有草坪，茅盾比較滿意。然而不久，他就看見草坪上支起了一個煙攤，茅盾明白他的行蹤受到了國民黨特務組織的監視。在此住了三年，搭草棚的特務也守了三年。爲此，茅盾曾自嘲說，他因禍得福，白天，流氓、乞丐從不上門；夜間梁上君子也不敢光顧。

在名義上，茅盾是受蔣介石邀請來重慶的，實際上他在重慶接受周恩來領導，從事抗日救亡的文化活動。

一方面，爲了更好地開展進步的文化活動，茅盾與國民黨中央宣傳部長張道藩虛以委蛇地保持「合作」姿態。比如，接受張道藩的邀請，出席其主持的文化界茶話會；到他的公館赴家宴；應約到中央文化會堂對張道藩部下作《認識與學習》的講演；後來，又把中篇小說《走上崗位》交給《文藝先鋒》連載，等等。與此同時，茅盾還常常參加「文協」舉行的各種紀念會，出席文化界同仁的誕辰和創作紀念活動，參與郭沫若領銜起草的重慶文化界知名人士 312 人簽名的《對時局的進言》活動。應一些社會團體的邀請，向他們講述自己的創作經驗和體會，如爲重慶儲彙局同人進修服務社作《從思想到技巧》的報告；葉以群創辦自強出版社後，茅盾應邀主編一套《新綠叢輯》，先後爲《脫韁的馬》、《遙遠的愛》、《沒有結局的故事》、《小城風月》等無名作家的新書寫序，向廣大讀者推薦。1945 年 3 月 25 日，在參加籌辦綜合文藝月刊《文哨》（葉以群主編）編輯座談會上，茅盾還希望《文哨》多登載反映農村生活稿件，扶持更多的農村文藝青年。

另一方面，茅盾應鄒韜奮和國訊書店的邀請，擔任了《國訊文藝叢書》的主編，不斷提攜新人。因他住國訊書店職工的樓下，國訊書店的職工，常常向他請教文學方面的問題，他都一一作答，樂意指導、幫助和修改。如 1943 年 6 月，青年作者於逢將小說《鄉下姑娘》交給茅盾審閱，他隨及寫有《讀〈鄉下姑娘〉》予以肯定和推薦。再如，銀行家章乃器的夫人，救國會成員胡子嬰，早在 1924 年上海因從事工運活動而與孔德沚交好，成爲茅盾家的常客。如今，她在重慶擔任合作金庫分庫主任，聽說茅盾夫婦來渝了，於 1944 年初春，專程乘輪船從市區來唐家沱看望茅盾夫婦。胡子嬰這幾年因在工商界工作，親聞目睹了從戰區遷來或新創的企業遭受國民黨政府壓制與摧殘，鬱積在心，決心把這些事寫出來向社會控訴，但自己文化程度低，又沒有經驗，故而遠道來向茅盾請教。茅盾熱情鼓勵，胡子嬰勤奮創作，往返五次，在茅

盾的細心指導和修改下，胡子嬰最終完成這部 10 萬餘字揭露官僚資本和封建
勢力的腐敗導致民族工商業者怨聲載道的長篇小說。茅盾除在重慶的《大公
報》上發表《讀宋霖的小說〈灘〉》一文外，還將其推薦給開明書店出版。重
慶兼善中學的學生自發組織「突兀文學社」，享有盛名，茅盾應邀爲其創辦的
《突兀文藝》題寫了刊頭，並寫有《什麼是基本的》一文交給該學生雜誌第
二期發表。他常常與學生們探討文學創作的各種問題，鼓勵這些文學青年深
入生活，積累素材。

　　中共南方局領導下的中蘇文化協會，業已成爲陪都重慶進步人士活動的
場所、文化統一戰線的重要陣地。一次，在中蘇文化協會主編《蘇聯文學叢
書》的曹靖華，將英文版的《復仇的火焰》（巴甫連科）交給茅盾，請他翻譯。
爲了中蘇友好，在從事進步文化活動和創作的同時，茅盾開始了一系列蘇聯
作品翻譯，並取得了可喜成績。比如，在戈寶權的支持下，他花了近一年的
時間，翻譯了羅斯曼的長篇小說《人民是不朽的》，收入曹靖華主編的「蘇聯
文學叢書」，1945 年 6 月由重慶文光書局出版，茅盾本人對這個譯本頗爲滿意。

　　1945 年 6 月 24 日，茅盾 50 壽辰。周恩來爲推動日益開展的民主運動，
親自策劃發起了爲茅盾 50 大壽暨創作 25 週年舉行茶會的紀念活動。不久，
茅盾即將自己 50 歲時的壽宴費用以「文藝雜誌社」和「文哨月刊社」的名義，
聯合發出「茅盾文藝獎金徵文」啓事。

　　國民政府爲了平抑物價，回籠法幣，在 1944 年 8 月舉辦了「法幣折合黃
金存款」，即以法幣按照當日中央銀行黃金牌價折合黃金存入，以黃金一市兩
爲起存單位，存期半年，到期本金以黃金支付，利息以法幣支付。由中央、
中國、交通、中國農民、中國國貨五行及中信、郵政兩局承辦。

　　1945 年初，國民黨政府爲收縮通貨，發佈出售黃金政策，出售方式分黃
金期貨和黃金存款兩種。3 月 28 日，中國國貨銀行等外埠行局售出黃金 30 餘
兩，與往日售出數額持平。而重慶各行局卻在當天售出黃金比平日突然增多
10000 多兩，共計售出 22400 多兩（26 日售出 12044 兩，27 日售出 10815 兩）。
正當大家感到疑惑時，國民政府財政部在 28 日傍晚突然宣佈：每兩黃金售價
由 20000 元（法幣）加價到 35000 元（法幣），無形中將法幣幣值貶低了 75%。
此令一出，國民政府生生奪去存戶的四成儲蓄資產。而一些得知黃金漲價內
情的達官貴人因事先投機搶購，大發其財後溜之大吉，而幾個爲生活所迫的
銀行小職員卻只因幾兩黃金反而鋃鐺入獄，成了官僚資本家的犧牲品，此即

轟動一時的「黃金加價舞弊案」。

身處重慶陪都的茅盾，因親聞目睹了「黃金案」，出於義憤，他決心將這件事寫成劇本，以此展示抗戰勝利前夕陪都重慶複雜的社會世相。1945 年 8 月 6 日，他撰寫的劇本《清明前後》在《大公晚報‧小公園》上連載。同年 9 月，中華藝術劇社的趙丹將其搬上舞臺，在重慶公演後引起較大的反響。

留在延安大學俄文系讀書的愛女沈霞（1921～1945）與蕭逸結婚不久，便發現自己懷孕了。一向視工作、前途為生命的沈霞，尚未作好當母親的思想準備。她偏執地認為，在抗戰勝利之際生孩子會影響自己的前途，不聽丈夫蕭逸和嬸嬸張琴秋的勸告，於 1945 年 8 月 16 日前往白求恩國際和平醫院墮胎，因主治醫生魯子俊消毒不嚴，導致其感染上了腸桿菌，8 月 20 日，沈霞不治身亡。一個月之後，茅盾才驚聞女兒遽然去世的不幸消息。他不敢把女兒去世的消息告訴妻子，獨自一個人承擔喪女之痛，晚上做夢也淚流滿面，直到晚年還刻骨銘心。據章韜（即沈霜）、兒媳陳小曼回憶，1970 年代，茅盾還手捧沈霞中學時代的作文《秋》朗讀，時而「抑揚頓挫，忽而高昂激奮，忽而低沉悲愴」！有一次，父親對小曼說，「亞男是非常聰明的，她的文筆很不錯，俄文又學得好，可惜死得太早了……」〔註2〕

1945 年 9 月 3 日晚，茅盾應邀與郭沫若到重慶紅岩村 1 號與來重慶談判的毛澤東會晤。毛澤東滿懷信心地回答了他所關心的形勢問題。

1945 年 10 月 12 日，中共中央重慶工委委員徐冰應茅盾要求，讓其兒子沈霜搭乘毛主席回延安的飛機從延安飛來重慶。此時，茅盾已從唐家沱搬到了棗子嵐埡良莊。沈霜到來，孔德沚才得知沈霞已離世。面對失去愛女的巨大悲痛，茅盾夫婦深明大義，同意了兒子奔赴前線參加革命的要求。1946 年 1 月 12 日，夫婦倆送兒子上路，繼續為中國人民的解放事業而奮鬥。在周恩來、徐冰的安排下，沈霜被直接派到北平軍調處，參加北平《解放三日刊》的編輯工作。

1945 年 12 月 1 日昆明「一二一」慘案發生後，茅盾揮毫寫下《為「一二‧一」慘案作》，斥責劊子手們的卑劣行為。1946 年 2 月 10 日，重慶各界萬餘群眾在較場口舉行慶祝政治協商會議成功的大會，遭到國民黨特務的破壞，當場打傷郭沫若、李公樸、章乃器等 60 多人，許多人失蹤和被捕，此事件史稱「較場口血案」（也叫「陪都慘案」）。2 月 27 日，茅盾與力揚、巴金、田漢

〔註 2〕鍾桂松：《茅盾女兒之死》，《作品》2007 年第 2 期。

等 100 餘人聯合發表《爲較場口血案告國人書》，聲討國民黨政府鎮壓群眾的罪行。

在離開重慶前，茅盾利用自己的影響，呼籲民主，促進和平，出面提議成立「陪都文化界政治協商會議協進會籌備會」，與巴金、馮雪峰等十人聯合發表《陪都文藝界致政治協商會議各會員書》，要求切實解決與文化教育有關的系列問題。同時，在與以群合編的《文聯》（上海）上發表《八年來文藝工作的成果及傾向》，對八年抗戰文藝工作進行總結，並確定了今後文藝的發展方向：配合人民的民主要求。

在整理沈霞的遺物時，觸動於女兒昔日書信對自己在《劫後拾遺》中缺失香港生活記載的遺憾，茅盾忍著喪女之痛，在一個多月時間寫出一本三萬多字的報告文學《生活之一頁》，忠實、詳細地記述了自己和妻子在香港戰爭時期的生活，以此告慰女兒的在天之靈。

1946 年 3 月 16 日，茅盾夫婦從重慶乘飛機抵達廣州。在廣州期間，他應邀到中山大學、廣州青年會，分別作了《民主與文藝》和《人民的文藝》的演講，還撰文《和平、民主、建設階段的文藝工作》，呼籲廣大文藝工作者，到群眾中去參加爭取民主與自由的鬥爭。4 月 13 日，茅盾夫婦從廣州乘佛山輪到香港，住在銅鑼灣的海景酒店。在港期間，他們夫婦還應親戚柯麟的邀請，專門前往澳門散心。返港後，啓程回滬，於 5 月 26 日到達闊別了 8 年的第二故鄉──上海。

二、茅盾在重慶的文學創作

抗戰期間，茅盾曾於 1940 年 11 月和 1942 年 12 月兩次來到陪都重慶，在重慶生活了三年多的時間。在這期間，他除了從事必要的社會活動外，把精力主要都放在了文學創作和翻譯上。據不完全統計，茅盾在渝期間，撰寫有論文《現實主義的道路──雜談二十年來的中國文學，爲〈新蜀報〉二十週年紀念作》、《抗戰以來文藝理論的發展──爲「文協」五週年紀念作》、《戲劇的民族形式問題》、《抗戰期間中國文藝運動的發展》、《認識與學習》等；散文《旅途見聞》、《風景談》、《白楊禮讚》、《見聞雜記》、《茅盾隨筆》；雜文《「時代錯誤」》、《「我的一九四一年」》、《雜談兩則》、《糧食問題淺見》、《最漂亮的生意》、《司機生活的片斷》、《關於「原子彈」》、《生活與生活安定》、《時間換取了什麼》，以及祝福或悼念文章《祝洪深先生》、《光輝工作二十年的老

舍先生》、《永遠年輕的韜奮先生》、《光明磊落、熱情直爽的杜重遠先生》、《悼六逸》、《憶冼星海先生》等短評等近二百篇；短篇小說《委屈》、《報施》、《耶穌之死》、《列那和吉地》、《虛驚》等約十篇；中篇小說《走上崗位》；劇本《清明前後》；翻譯了蘇聯短篇小說《母親》、《作戰前的晚上》、《我們落手越來越重了》；長篇小說《人民是不朽的》等近十部作品。

茅盾在陪都重慶期間的創作，種類眾多，成就斐然。其中一些名篇，影響深遠。

就散文而言，茅盾在渝期間創作的散文，主要收入《見聞雜記》（桂林文光書店 1943 年 4 月版）、《時間的記錄》（良友圖書公司 1945 年 8 月版）、《生活之一頁》（新群出版社 1947 年 3 月版）等集中。《見聞雜記》主要收錄了茅盾在 1940 年冬至 1941 年春從新疆返渝途經延安時的所見所感，較為真實地呈現出了西北大後方人民的生活習慣、風土人情和戰時大後方人民貧困、悲慘的生活情形。如《拉拉車》中苦力的掙扎與淒慘、《『戰時景氣』的寵兒——寶雞》中暴發戶對農民的剝削與壓榨，以及《霧重慶拾零》中對戰時首都「太平景象」的揭露等。《時間的記錄》收錄了茅盾在 1943 至 1945 年間寫的散文，描寫的主要是抗戰時期的景象。當時正處國民黨統治最黑暗的時期，因而在這本散文集裏，用語雖隱晦，思想卻鮮明。茅盾在《後記》中寫道：「世界的民主潮流是這樣的洶湧澎湃，然而看看我們自己的國家，卻那麼不爭氣。貪官污吏，多如夏日之蠅，文化掮客，幫閒篾片，囂囂然如秋夜之蚊；人民的呼聲，悶在甕底，微弱到不可得聞。在此時期，應當寫的實在太多，而被准許寫的又少得可憐。無可寫而又不得不寫，待要閉目歌頌罷，良心不許，擱筆裝死罷，良心又不安；於是凡能幸見於刊物者，大抵半通不通，似可懂又若不可懂……我寫這後記，用意不在藉此喊冤，我的用意上只在申明這一些小文章本身倒真是這『大時代』的諷刺。這些小文章倘還有點意義的話，則最大的意義或亦即在於此。」〔註3〕《生活之一頁》和《劫後拾遺》是特寫，描寫了香港淪陷的情形和包括作者在內的文化人從香港撤往內地的經歷和艱辛。

在這些諷刺或記錄「大時代」的散文作品中，《風景談》和《白楊禮讚》是其代表。兩篇可以稱作姊妹篇，共同成為中國現代散文發展史上有口皆碑的名篇，長期被選入中學或大學語文教材。兩篇文章的主旨極其含蓄，委婉。表面上看，通篇都是對風景和白楊的禮讚，根本找不到任何直接讚美共產黨

〔註 3〕茅盾：《茅盾全集》第 23 卷，人民文學出版社 1996 年版，第 180 頁。

和延安的字眼。究其原因，是作者創作時的背景和心態決定的。茅盾創作《風景談》和《白楊禮讚》時，身處國民黨統治下的陪都重慶，創作的環境不容許他直接表現自己對共產黨領導下延安抗日軍民的嚮往和讚美，只能採取含蓄的手法，借物言情，以此表達自己真實的心聲。

抗戰爆發後，推翻了金樹仁反動統治的新疆督辦盛世才，致力於發展新疆，推動各民族的繁榮，提出了「反帝、親蘇、和平、清廉、建設、民主」的六大政策。著名的愛國主義者杜重遠和侯御之夫婦，秉承周恩來的授意，接受其留日同學、東北老鄉盛世才的聘請，出任新疆督辦公署顧問、新疆學院院長。1938 年 9 月，茅盾與杜重遠在香港相識，聽其遊說，決定去新疆從事教育和抗日宣傳工作。在收到盛世才的正式邀請電報後，茅盾把《言林》和《文藝陣地》託付給杜埃和樓適夷，於 1938 年末離開香港，奔赴新疆。歷經艱辛，於 1939 年 3 月 11 日到達迪化（即今烏魯木齊）。到新疆後，盛世才任命茅盾為新疆學院教育系主任，又委派他籌備新疆文化協會，擔任委員長（張仲實為副委員長）。茅盾在新疆教書、寫文章、講演，積極從事抗日文化宣傳工作，逐漸引起了盛世才的不滿。不久，杜重遠的秘書孫某被捕，受其牽連，杜重遠遭盛世才軟禁。茅盾借身體不適，辭掉了新疆學院的一切工作，尋找機會離開新疆。1940 年 4 月，因母親在烏鎮去世，盛世才方才放他回去奔喪。5 月 5 日，茅盾和張仲實等人一起飛離迪化，終於逃出了盛世才的控制。茅盾走後，盛世才徹底撕去了偽裝，將杜重遠、趙丹等人逮捕，戮殺大批共產黨員。離開新疆後，茅盾經蘭州、西安於 5 月末抵達延安，曾在魯迅藝術文學院、陝甘寧邊區文化協會講學。

在延安，茅盾親身感受到了抗日軍民火熱的戰鬥生活、平等民主的自由氣氛。在昏暗的窯洞裏，共產黨的領袖毛澤東與之平等自由的暢談，官兵平等所爆發出來的抗戰熱情，使戰時的延安到處彌漫著積極奮發向上的精神。身臨其境的切膚感受使茅盾奉命來到國民政府戰時首都重慶時，感受特別強烈。外敵入侵，引領全國人民抗擊日寇中樞的國民黨權貴，不顧民族危亡，整天勾心鬥角、爭權奪利，甚至利用職權大發國難財。國民黨官僚們的貪婪無恥、窮奢極欲與共產黨人的矢志抗戰、艱苦樸素；國統區的政治腐敗、經濟凋敝和民心渙散與解放區的政治清明、官民平等和朝氣蓬勃，形成鮮明對比。頹敗不堪的現實使茅盾感到徹骨的心寒，更進一步加深了他對延安抗日軍民火熱戰鬥生活的嚮往，不時地產生想謳歌讚美延安抗日軍民的衝動。然

而，蔣介石並不甘心在西安事變後被迫答應的停止內戰、一致對外的承諾，他從骨子裏害怕共產黨在敵後抗戰坐大，所以借抗戰領袖之名，處處限制共產黨，對積極支持共產黨的民主人士大肆暗殺，掀起一次又一次反共高潮，乃至於製造了震驚中外的「皖南事變」。在白色恐怖下的重慶，身處險境的茅盾，如果公開發表謳歌讚美延安抗日軍民的文章，必將招致殺身之禍。在此情況下，他只能另闢蹊徑，借自然風景來讚美共產黨領導下的以中國北方黃土高原上的延安為中心的抗日軍民火熱的戰鬥生活，以此表達自己對共產黨領導下的延安解放區戰鬥生活的嚮往和追求，讚美延安抗日軍民為創造美好生活表現出的崇高精神。

《風景談》以明快、輕鬆和讚美的筆調，描繪瞭解放區「山多數是禿頂的，然而層層的梯田」，「小米叢密挺立」，「金黃的小米飯，翠綠的油荽準備齊全」；那裏的人們有著一種特有的振奮精神，生產收工，一隊隊人馬「用同一的音調，唱起雄壯的歌曲」和「靜穆的自然」「織成了美妙的圖畫」；那裏的軍隊和國民黨軍隊絕然不同：「荷槍的戰士，面向著東方，嚴肅地站在那裏，猶如雕像一般。」解放區人民的生活、生產、人與人之間的親密關係，以及軍隊「團結、緊張、嚴肅、活潑」的官兵平等局面，構成了一幅水乳交融、令人悅目的畫面。正如茅盾自己所說的那樣：「我看得呆了，我彷彿看見了民族的精神化身。」〔註4〕

《風景談》由 10 個自然段構成，主要描寫了六個畫面的場景。第一個風景片段：沙漠駝鈴，通過欲揚先抑的方法，寫出了猩猩峽外的沙漠是因為有了人類的活動才變得富有朝氣和莊嚴嫵媚的。「自然是偉大的，然而人類更偉大。」第二個風景片段：高原歸耕，通過耕作晚歸的陝北農民，饒有興致地唱著粗樸的民歌，歌頌勞動者的優良品質。第三個風景片段：延河夕照，通過來自各地的知識分子，唱起雄壯的歌曲開荒生產的情景，揭示了勞動創造美的真理。第四個風景片段：石洞雨景，通過對比的手法，雄辯地說明，只有具有了新的思想感情的人，才會懂得和欣賞我們時代真正的「風景」。第五個風景片段：桃林小憩，通過人們在桃園茶社的休息情景，揭示出人類有了高尚的美的精神就能填補了自然界美的缺陷。第六個風景片段：北國晨號，通過清晨山峰上的小號兵和荷槍戰士的「風景」，讚頌它們是「民族的精神」的化身，是「真的風景，是偉大中之最偉大者」。

〔註 4〕茅盾：《風景談》，1941 年 1 月 10 日《文藝陣地》第 6 卷第 1 期。

《風景談》的核心內容是包括自然風光和社會景象的「風景」。在作者筆下，大西北的自然風景並不出色，只是因為有了「充滿了崇高精神的人類的活動」，才構成了意蘊深厚、美妙無比的風景。《風景談》名為寫景，實為寫人，以景襯人，以延安日常生活中最普通最平凡不過的一些場景，以小見大，表現了極為豐富的生活內容，歌頌了延安的新人、新生活、新精神，從而達到了以含蓄的方式對延安人民讚頌的創作目的。

「皖南事變」爆發後，茅盾在重慶的處境日益艱難。為了使愛國進步的文化人士免遭迫害，茅盾聽從周恩來的安排，隱居重慶南溫泉。在擇機遠赴香港的時間裏，他又沉浸在延安之行的回憶裏，奮筆寫下延安之行的一篇「見聞錄」——《白楊禮讚》。

《白楊禮讚》全文一共 9 個自然段，可分成五個部分。第一部分（第 1 自然段），直接抒寫對白楊樹的崇敬、讚美之情。第二部分（第 2～4 自然段），描寫黃土高原的景色，交代白楊樹生長的自然環境。第三部分（第 5、6 自然段），具體描繪白楊樹的形象和性格，突出它的不平凡。第四部分（第 7、8 自然段），揭示了白楊樹的象徵意義，點明了文章的主題：「白楊樹是不平凡的樹，它在西北極普遍，不被人重視，就跟北方的農民相似；它有極強的生命力，磨折不了，壓迫不倒，也跟北方的農民相似。我讚美白楊樹，就因為它不但象徵了北方的農民，尤其象徵了今天我們民族解放鬥爭中所不可缺的樸質、堅強，力求上進的精神。」第五部分（第 9 自然段），以白楊樹與楠木對比，表達鮮明的愛憎，再次讚美白楊樹。

《白楊禮讚》是茅盾運用欲揚先抑、象徵、對比、反問排比相結合等多種藝術手法，創作的一朵散文奇葩，至今仍散發了迷人的魅力。如同《風景談》一樣，《白楊禮讚》通過對西北高原上極普通的一種樹——白楊樹的讚美，賦予白楊以生命，在平凡的景物中揭示它的不平凡的性格，使人從中感受到意在言外的時代氣息和革命精神，以此歌頌了正在堅持抗戰的北方農民，及其所代表的我們民族質樸、堅強、力求上進的精神。誠如茅盾在《見聞雜記‧後記》所說，這裡收的十多篇散文，並不想寫風景，「美好的風景看過了，往往印象不深」。可見，茅盾寫風景的用意是「每不忘社會」。他所抒寫自然景物的散文：《風景談》、《白楊禮讚》的深刻意義，在於託物寄意，禮讚共產黨所領導的革命人民，禮讚偉大的民族精神。

就小說而言，茅盾在重慶的創作，短篇小說主要收入《委屈》（重慶建國

書店1945年3月版）和《耶穌之死》（上海作家書屋1945年12月版）等集中。
這些描寫抗戰大潮中一絲波紋的作品，仍注重小說與時代的關係。一些作品出
於政治的考慮和藝術的完美，借宗教人物，採用隱喻的筆法來表達自己的政治
態度，如《耶穌之死》、《參孫的復仇》。一些作品具有較強的紀實特色，雖寫
得晦澀，但仍可以看出作者對黨所領導的敵後游擊區英雄兒女的歌頌，如《虛
驚》、《過封鎖錢》等，這兩篇作品「是真人真事；五個『客人』是廖沫沙、葉
以群、胡仲特夫婦和作者夫婦，事情是我們在東江游擊隊的大力保護之下從淪
陷了的香港通過敵戰區到桂林——這一旅程中的片斷。」〔註5〕

　　長篇小說《走上崗位》（原名《在崗位上》），最初在《文藝先鋒》三卷二
期上開始連載，時間大約在1943年8月至1944年末，並未完成；後來重慶中
西書局曾刊發過廣告，擬出版印行，也未見蹤影；直到1984年4月，花山文
藝出版社才正式出版。《走上崗位》在刊物上連載時，編者在《提要》中寫道：

　　　　八一三戰事發生後，愛國實業家阮仲平遵照政府指示，趕拆機
　　器，擬由滬運漢。另有朱競甫者，陽奉陰違，企圖暫遷入租界堆棧，
　　待機通敵。並嗾使該廠工頭徐和亭利誘該廠工人周阿梅、石金生等，
　　但均遭嚴詞拒絕。

　　　　同時，另一群青年男女——如在難民收容所服務的趙幹事，莫
　　醫生，阮仲平的四弟季真，女兒潔修，在先施公司被炸傷的蘇子培
　　小姐，還有阮家姨親現做袁家少奶奶的夢英（潔修的表嫂）等，正
　　熱烈地參加愛國工作。……

　　從此可以看出，《走上崗位》是為抗戰而作，展現了「八一三」上海抗戰
後，民族工業家內遷大後方的時代風雲及對各個社會階層的影響。小說中的
阮仲平是一個愛國的實業家，他顧大局，識大體。「八一三」上海抗戰後，他
積極趕拆機器，由滬運漢；與此相對照的是強民工廠的老闆朱競甫的形象，
他陽奉陰違，企圖嗾使、利誘工人將工廠暫遷入租界，待機通敵。小說從不
同的角落，將戰爭對人的影響生動地呈現出來。阮仲平的弟弟季真，女兒潔
修，以及蘇辛佳等，積極地站在大時代的前面，為救亡圖存奔走。甚至阮家
的姨親，袁家少奶奶何夢英也掙扎著從家庭中走了出來。丈夫傳給她惡疾，
姨太太不把她當人待，何夢英幽閉在舊屋裏。抗戰的烽火硝煙使她振奮，她

_____

〔註5〕茅盾：《〈茅盾文集〉第八卷後記》，《茅盾全集》第9卷，人民文學出版1995
　　　年版，第542頁。

終於活了起來，去作宣傳，當看護，投身到反奸的鬥爭中。即便如此，她「整個神情體態都像是幽閉得太久，喪失了活力的鳥兒，但兩點星眼卻流露著衝霄的意志，給他們以強烈的印象，與其說是夢英的慷慨的捐助，毋寧說是她這柔中帶剛，無意中自然而然向外冒突的內心的烈火……。」茅盾通過深閨中少奶奶的艱難覺醒，努力揭示了抗戰的積極力量。

茅盾後來在《霧重慶的生活》中回憶，《走上崗位》發表在《文藝先鋒》上，是張道藩請其赴宴並主動約稿，刊物主編王進珊又屢次追問，無奈之下才把過去醞釀的題材選取一部分寫出來交的稿。對於這篇小說的創作意圖，他在文中作了十分詳細的說明：

> 我原來想寫中國的民族資產階級在抗戰中的辛酸史，但寫完遷廠的故事我就擱筆了，因為再往下寫勢必要觸及官僚資本的罪惡，揭露其在抗戰中借政治軍事特權而迅速膨脹，壟斷戰時經濟，掠奪人民財富，以及對民族工業摧殘和扼殺的種種罪行，這樣的內容在一九四三～四四年的重慶是不可能發表的。那時國民黨正藉口共產國際已經解散，叫嚷中國共產黨不合國情也應解散，與此同時蔣介石拋出了《中國之命運》，並陳重兵於陝甘寧邊區周圍，企圖發動內戰。就連在《文藝先鋒》上已經連載的那一部分，我也是不得不避開對國民黨在抗戰初期所作所為的正面揭露，而全部採用了側筆或暗示。

正因為身處陪都重慶的特殊處境，使得茅盾在寫作上有所顧忌，他對這部作品無法認可，「《走上崗位》是我在一九四三年的特殊環境下的特殊產品，對它我是不滿意的。後來，一九四八年我在香港，就把它否定了，採用了《走上崗位》中的部分故事和人物，另起爐竈，寫成了《鍛鍊》。」〔註6〕

1938 年 10 月，武漢淪陷後，國民黨頑固派掀起了一次又一次的反共高潮，特別是「皖南事變」爆發後，身在陪都重慶的茅盾，因從事進步的文化活動，也被國民黨特務跟蹤、監視，被迫遠走香港。到港後，在重慶親聞目睹的記憶揮之不去，他拿起手中的筆，以日記體的形式，寫下了暴露與鞭撻國民黨特務機關血腥罪惡的代表作《腐蝕》。

《腐蝕》雖是 1941 年孟夏應鄒韜奮主編的《大眾生活》（香港出版）創

〔註 6〕茅盾：《霧重慶的生活》，《我走過的道路》（下），人民文學出版社，1998 年版，第 330 頁。

刊連載所寫,但其小說描寫的故事則發生在作者曾經生活過的陪都重慶。

爲了體現小說的驚險和新奇,茅盾在小說開篇就別出心裁地假託在重慶某公共防空洞的岩壁上發現了「一束斷續不全的日記,日記的主人不知爲誰氏,存亡亦未卜」,「日記本中,且夾有兩張照片,一男一女,都是青年」,日記內有一處,「墨痕漶化,若爲淚水所漬,點點斑駁」。通過這引入入勝的藝術虛構,賦予這部日記體小說的藝術眞實感。茅盾在《前言》中繼續寫道:「我現在斗膽披露這一束不知誰氏的日記,無非想藉此告訴關心青年幸福的社會人士,今天的青年們在生活壓迫與知識饑荒之外,還有如此這般的難言之痛,請大家再多加注意罷了。」〔註7〕

煞有介事的虛構,使讀者信以爲眞,紛紛寫信給茅盾:「《腐蝕》當眞是你從防空洞中得到的一冊日記麼?趙惠明何以如此粗心竟把日記遺在防空洞?趙惠明後來下落如何?」小說在《大眾生活》連載後,讀者寫信,希望茅盾給女特務趙惠明一條自新之路。茅盾覺得讀者的要求也有道理,遂放棄了「寫到小昭被害,本書就結束」的原計劃,給了她一條自新之路。

小說連載完後,上海華夏書店隨即出版了《腐蝕》的單行本,不久就傳到了延安,中共翻印後曾供幹部閱讀,影響巨大。

茅盾以國民黨第二次反共高潮爲背景,描述了日記的女主人趙惠明,怎樣從受騙、犯罪到覺醒、自新的過程,既揭露、控訴了國民黨頑固派腐蝕、毒害青年的罪惡,也警醒了一些對「皖南事變」眞相不明就理的讀者。趙惠明雖然是一個虛構的人物,卻具有典型的現實意義。

作者對趙惠明複雜的精神世界進行了深刻而細膩的描寫。趙惠明出身封建官僚家庭,中學時代曾經追求過光明正義,參加過學生運動,抗戰期間還到前線的戰地服務工作過。因不滿出身的封建家庭,離家出走,做過小學教師,與革命者小昭同居。因她從小嬌生慣養,養成了愛虛榮、逞強、享樂的習性,與小昭分離後,特務希強乘機盅惑,在黑暗勢力的威逼利誘下,墜入了萬劫不復的特務深淵。作者通過日記體的形式,十分細膩地解剖了她內心的矛盾。一方面,她接受主子的驅遣,像匹獵狗似的追捕革命者,以革命者的鮮血博取主子的獎賞;另一方面,作爲一個受騙失足者,靈魂還沒有被完全腐蝕,對於小昭的愛情並沒有完全忘卻,內心十分矛盾和痛苦:「一方面極端憎惡自己的環境而一方面又一天天鬼混著」。每當嫡系特務對她壓迫、凌辱

〔註7〕茅盾:《腐蝕》,人民文學出版社1954年版,第3頁。

愈甚時，她就愈是憎惡自己；可享樂的人生觀和個人主義，又使其不明大義，缺乏節操，處處以個人利害得失爲權衡的標尺，在緊要關頭軟弱下來。

在她奉命以色相勸誘從前的愛人、革命者小昭時，她很憤慨，決定「假戲要眞做」。尚未根絕的昔日愛情，在與小昭的接觸中復熾，她想方設法營救小昭；可不能成功時，她又要小昭變節自首，不讚同他越獄。當特務頭子發覺其隱秘而進行責問時，她爲了自保，又把小昭囑託關照的革命同志 K 和萍作爲「工作成績」交待出來。自己的處境並沒有因此得到好轉，壓迫接踵而至，一再被頂頭上司驅遣用自己的色相作香餌。雖竭盡所能，仍得不到信任，反而被跟蹤，甚至遭到暗中槍擊。爲此，她再一次抗爭。當她第二次被指派用戀愛方式去引誘 K 時，她在日記裏憤怒地寫道：「我還有靈魂，我的良心還沒有死盡，我也還有羞恥之心，我怎麼能做了香餌去勾引小昭的朋友？」

經過激烈的思想鬥爭和靈魂掙扎後，特別是小昭的被害給她以沉重的打擊，嫡系特務對她的監視和壓迫，以及她被調到大學區後，地下工作者示以「創造新生活」的匿名信給予她的鼓勵，使她心中升起了對光明、自由生活的熱切嚮往。她以極大的同情，冒著生命的危險，救出了一個與自己命運相同的剛失足的女學生 N，並準備與之一同逃出萬惡的魔窟。

《腐蝕》通過趙惠明的遭遇和感受，展現出了國統區群魔亂舞、一片黑暗的圖景。在陪都重慶，蔣記特務和汪記特務暗中勾結，往來頻繁，共同出賣民族利益。像何參議、陳胖子、周經理等國民黨要人，在「紀念」會上「咬牙切齒，義憤塡胸的高唱愛國」的表演和背後與汪記特務松生、舜英等密談，便將其一丘之貉的本來面目暴露無遺。小說還眞實地描寫了隨著國民黨頑固派反共陰謀的擴大，國民黨特務加緊了對革命人民的鎭壓。「皖南事變」發生後，大學區特務加緊了對進步學生的偵察防範。在特務內部，也充滿了傾軋與構陷，「人人是笑裏藏刀，攛人上屋拔了梯子，做就圈套誘你自己往裏鑽」；「落井下石，看風使舵，以別人的痛苦爲笑樂」。作品還寫蔣、汪特務是「愈不像人，愈有辦法」。中層特務陳胖子，因參與掠奪、走私的分肥，在城裏城外都設置供自己淫樂的公館。汪記特務松生、舜英夫婦與蔣記特務進行不可告人的勾當，生活更是糜爛而荒唐──「耳房裏煙幕彌漫，客廳上竹戰方酣」，宴會中恣意色情……

「皖南事變」發生後，周恩來在《新華日報》上正義凜然的題詩：「千古奇冤，江南一葉；同室操戈，相煎何急！」引起了國民黨特務的惶恐萬狀，「整

整一天，滿街兜拿，——搶的搶，抓的抓，撕的撕」，唯恐《新華日報》落在人民手裏；人民群眾則爭相閱讀，甚至高價購買。在國民黨嚴密封鎖消息、肆意歪曲真象的情況下，茅盾敢於揭示真相，其勇氣和態度，在同時期的創作中是罕見的。

小說中小昭、K 和萍是「始終與黑暗搏鬥」的光明人物。小昭是個堅強的革命青年，因從事抗日救亡的工作而被捕，面對嚴刑拷打絕不屈服，在「美人局」的引誘下也不就範，始終堅持革命的立場，表現出崇高的革命節操。與趙惠明復活的愛情雖曾將他引入到戀人的夢幻裏，一度喪失革命的警惕性，但他並沒有迷失方向，放棄原則。他虛以委蛇地開出一張「虛虛實實」的名單，希望靠自己機智越獄。不能成功後，泰然地等待兇險的到來，並鼓勵趙惠明「勇敢些」，暗示她「趁早自拔」。K 和萍是兩個革命青年，趙惠明奉命以他們作為獵取的對象；他們則通過趙惠明探聽小昭被捕的消息。在雙方接觸中，他們審慎而冷靜，警惕性很高。這兩個人物雖然較為零碎，卻豐富和補充了小昭形象。

小說中，其他特務分子的醜惡嘴臉，昭然若揭，生動形象。如陳胖子的貪鄙與淫邪，G 的陰險與狠毒，舜英的恬不知恥，「九頭鳥」F 的猥瑣與懦怯，老俵的粗野與兇橫，令人過目不忘。這些活動在趙惠明生活遭際中的人物，不僅豐富了故事情節，也充分暴露了法西斯特務最卑鄙最反動的本質。

在藝術上，《腐蝕》的成就令人稱道。首先，第一人稱的日記體裁，不僅增強了作品的真實性，而且也有助於表現主人公自訟自辯、忽悲忽憤、忽笑忽罵的矛盾心理。其次，作品生動而形象地描繪了「霧重慶」的環境氣氛。作者用「屍臭」、毒蚊、金頭蒼蠅、蜘蛛、壁虎等害蟲，狀寫大小特務的蠢蠢欲動。第三，含蓄語、象徵語、雙關語和文言詞語的出色運用，使之小說的語言多姿多彩，有助於表現人物複雜矛盾的思想感情。

就戲劇而言，茅盾在陪都重慶創作了他一生中惟一的一部話劇作品《清明前後》。1945 年清明前後，重慶的報刊上連續報導了「哄動了山城的上中下社會的」「黃金案」。黃金提價的消息走漏後，國民政府為了保護「大人物」，撤職查辦了幾個「小人物」，當時群眾稱之為「縱容老虎，專打蒼蠅」。〔註8〕這一事件，使身在重慶的茅盾義憤填膺。在他看來，國民黨頑固派就是一群「專搶桌子底下的骨頭，舐刀口上的鮮血」犬類，它們的行為令他「不相信

〔註 8〕《新華日報》1945 年 4 月 23 日第 3 版《讀者來信》。

有史以來，有過第二個地方充滿了這樣的矛盾，無恥、卑鄙和罪惡；我們字典上還沒有足量的詛咒的字彙可以供我們使用。」〔註9〕作家的使命感，促使茅盾從「報上的形形色色中揀取一小小插曲來作為題材」，打算寫一個紀錄片一樣的東西，使其廣泛傳播，以此揭露抗戰時期陪都重慶的黑暗現實。

小說創作這麼多年，茅盾有了換一種「武器」戰鬥的想法，在朋友的多次勸說和鼓勵下，因觸發於「黃金案」的消息，他萌生了將其用話劇的形式搬上舞臺。「主要原因是寫成劇本而又能上演，它的影響將是直接的、集中的、爆發性的」。〔註10〕可見，《清明前後》的寫作意圖和創作心態包含著政治動員的意味。習慣了寫小說和散文的茅盾，初次寫作劇本並非易事。為此，他下足了工夫，為這個劇本寫有詳細的《黃金潮》大綱。由於「黃金搶購案」發生於清明前的某日，茅盾便給劇本取名為《清明前後》。在正式著手寫作時，他又在《黃金潮》大綱的基礎上，寫作了更為詳細的綱要，字數長達 27000字，相當於整個劇本字數的三分之一。在劇本寫作半個月之後，便交給重慶《大公晚報》的副刊《小公園》連載（1945 年 4 月 14 日～10 月 1 日）。在第二幕殺青時，傳來了抗戰勝利的消息。茅盾思考再三，認為抗戰雖然已經勝利了，但「公然賣國殃民的事還在大量產生，我又何不在這烏煙瘴氣中喊幾聲」。在好友戲劇家曹禺、吳祖光等人鼓勵和支持下，劇本終於在 1945 年秋天完稿。

《清明前後》全劇共五幕。大致內容如下：

「更新機器廠」總經理林永清在抗戰爆發後將工廠由上海經武漢遷入大後方重慶，想為抗戰作出貢獻。但面對國民黨的「統制、管制、官價、限價」和官僚資本的擠壓，資金周轉困難，負債二千萬。1945 年清明之前，有著「七十二般變化」、「矮方巾而兼流氓的」的投機家余為民為他帶來了一個內部消息：重慶政府將提高金價，並極力慫恿他放棄實業建廠而進行黃金投機，通過賺取黃金差價度過難關。深陷困境的林永清因此被「乘抗戰風雲而騰達」的金澹庵之流誘入「黃金案」，到銀行買了一注黃金，想藉此大撈一把，擺脫困境。與此同時，某辦事處代理會計李維勤出於生活所迫，也聽從

〔註9〕《〈清明前後〉後記》，茅盾《茅盾全集》第 10 卷，人民文學出版社 1985 年版。

〔註10〕茅盾：《茅盾自傳》，江蘇文藝出版社 1996 年版，第 377 頁。

了「以能做『八面美人』作爲終身事業的」的權術家嚴幹臣的鼓動，動用公款 40 萬購買了黃金。不想，重慶國民政府發現黃金提價的消息外泄後，當天即宣佈賣出的摺存黃金全部無效。金澹庵借機脅迫林永清，企圖用「更新」的招牌搞工業原料的投機生意，林永清仍未能力拒之，而是時時精打細算，巧爲周旋，試圖以金澹庵投資他的企業作爲互換條件。結果也未成功，金澹庵反而向他逼還借款。在事實面前，林永清開始醒悟到，所謂中國的「特別國情」「便是嘴巴上說得好聽，文字上寫得漂亮。重慶疊架的法令，何嘗不嚴密堂皇，然而，解決了問題了麼？請看事實，取締了貪污罷，哼，那可連看也不用看，嗅一嗅就夠了！」「我們的血給抽去了做什麼用呀？滋補了公家還是滋補了私人呢？」他進一步認識到「政治不民主，工業就沒有出路」，即使抗戰勝利後，政府也不會關心民營工業，因此，他主張「看明白了就下決心，就行動」，以「打斷把工業拖得半死不活的腳手銬」。金澹庵、嚴幹臣等投機倒把、徇私舞弊的罪行暴露後，卻把「秉性忠厚」只是爲生活所迫想賺幾兩黃金差價的小職員李維勤拋出來當了替罪羊，還逼瘋了他的妻子，他們自己卻逍遙法外。劇本在最後展示了新中國勝利的希望：「世界已經變了，中國再不變，可就完了！」

劇本圍繞「民族資本家在官僚資本壓迫下的命運和出路問題」展開了三條線索：一是民族資本家林永清在國民黨官僚資本的壓迫下奮鬥、掙扎而終於覺醒的過程；二是小職員李維勤買賣黃金受害的悲劇；三是曹夢英救喬張的活動。作者通過這三個方面，揭露了國民黨頑固派統治下的戰時首都重慶的「無恥、卑鄙與罪惡」，暴露了抗戰勝利前後國統區政治的腐敗和黑暗。

劇中的主人公是林永清和妻子趙自芳。林永清是更新機器廠的廠主，精明強幹，自信自負，但在困難面前，容易彷徨動搖，遊移苦悶；妻子趙自芳則剛強果斷，但不冷靜，易動感情。抗戰爆發後，爲了支持抗戰，林永清在妻子的協助下，克服重重困難，把工廠從上海遷來重慶。在極其艱難的條件下使工廠有所發展，但好景不長，「統制管制，就是腳鐐手銬，糧食飛漲，原料飛漲，就是壓在背上的千斤重閘」，工廠越來越陷入困境，面臨著破產的威脅。爲了擺脫重重的困難，堅持把工廠辦下去，林永清在金融市場投機致富的誘惑下，幻想從買賣黃金中找出路，但「羊肉沒吃先惹一身騷」，掉到金澹

庵之流的黃金圈套中去了。而金融資本家加緊了對實業的壓榨和箝制，使林永清的工廠處於崩潰的邊緣。後在陳克明教授的民主思想的啟示下，以及愛人趙自芳從整頓工廠、改進技術、降低成本找出路的影響，再加上親眼看到了李維勤夫婦的悲慘遭到，使他徹底清醒過來，喊出了「我也要控訴，我要向社會控訴！我要代表我這一個工業部門向千千萬萬有良心的人民控訴！」認識到「政治不民主，工業就沒有出路」。決心聯合工業界的進步人士，為政治民主而鬥爭。

同時，作者還通過趙自芳的女友唐文君的丈夫——小職員李維勤買黃金受害的悲劇，暴露了官僚買辦資產階級控制下霧重慶的卑鄙、黑暗與無恥。李維勤的薪金很低，生活窘迫，與唐文君偷偷結婚後連房子也租不起，只能和妻子在旅館裏「偷歡」。分配到了單身職員宿舍後，由於環境的封閉性差，唐文君也覺得周邊的人時時在窺視他們的私生活。更糟糕的是，由於不雇傭結了婚的女人，已經身懷有孕的唐文君不敢公開宣稱自己已經結婚，時刻擔心這一秘密泄露，導致自己失業（這在當時的上海、重慶等地是一種雇女工的慣例），因此一直在計劃墮胎。可是，他們因度日困窘借有外債，連墮胎給醫生的藥錢也付不出。在嚴幹臣誘惑下，李維勤挪用公款 40 萬買黃金。事發後，嚴幹臣將一切罪名橫加給李維勤，使之被捕入獄，自己則安然無恙。唐文君聞訊丈夫成為「黃金案」可憐的犧牲品後精神受到刺激，她向慫恿、陷害丈夫的人喃喃的自訴：「……他知道我有了孩子，他只想租一間小小的不能再小的房——睡覺，燒飯，拉屎，都在這一間房；他只想有這麼一間，能夠和我同住，他就心滿意足了……狗也有個窩，我們總得有個家呀！他就只想有這麼一個簡單的家。」悲情的無望呼喊和低語，令觀眾悲憫並為之動容。劇本正是通過她似瘋實醒的語言，達到了強烈控訴「到處全是血腥氣」的舊社會的創作目的。

劇中人物黃夢英和余為民，雖不豐滿卻性格鮮明。黃夢英和喬張的關係、黃夢英的身世都暗含著謎團，使之帶有一些神秘的「正義使者」的色彩。黃夢英年經漂亮、聰明潑辣，雖在第三幕才正式出場，卻在第一幕中就因其爽朗的笑聲給觀眾留下了深刻的印象。她的交際能力很強，會「耍」小聰明，有世故的一面，在打牌時故意對金澹庵說自己輸了；同時，她嫉惡如仇，當李維勤被捕後，她在以「戲謔」的口吻斥責鼓動李維勤挪用公款的主任等人時，又乘機將李維勤的妻子唐文君帶到眾人面前，使悲者愈悲、憤者愈憤。

她還告誡誤解她與林永清關係的林妻趙自芳：「一個最危險的敵人不是從身外來的，而是埋藏在他的內心。我多麼希望您多注意那躲藏在林總經理內心的敵人」。言辭頗多人生哲理。最後一幕，她出走南方，據說是她的「表親」喬張有了下落。余為民是全劇中的喜劇人物，性格細節生動，形象豐滿。他的頭銜多如牛毛，常常誇誇其談。迷戀編輯《建都問題論戰大全集》之類肩負「民族百年久安大計」責任的書籍，並自封為「統一民主協進會」主席，「致力於」發展會員到三萬萬七千五百萬（當時中國號稱人口四萬萬五千萬），要收復外蒙、重領越南……正是這個貌視具有「民族精神」的人，卻在極力慫恿林永清放棄實業建廠而進行黃金投機，當林永清不同意債主金澹庵的苛刻投機條件後，他便代表金澹庵向林永清索債。余為民這個人物實為當時混迹江湖的利益投機者的縮影。

長期習慣了小說寫作的茅盾，初次嘗試劇本創作，殊非易事。雖然他為此作了充分的準備，寫有詳細的提綱，但有於劇本受舞臺時間、地點的限制，即使竭盡全力在劇本裏運用諸如「血日」的象徵，卻因對戲劇文本創作特點較為陌生和技法上的不嫻熟，而導致指代不清。在每幕前運用大量說明性文字來介紹人物的良好初衷，也未能在舞臺的行動中實現，使全劇的完整性有割裂之感。全劇第二幕，地點、人物和線索單一，戲劇動作不強，缺乏與其他場次的統一性。茅盾對此有自知之明，他在《後記》中以「小學生」的身份謙遜的坦言：「說明」之多，「亦充分指出了我之沒有辦法」，「愈來愈覺得技術上不像個樣」。這也說明了尺有所短，寸有所長，戲劇文本與小說文本有著各自不同的藝術創作規律。

儘管《清明前後》的劇情較為沉悶，人物對話較為冗長，「舞臺說明」較多，個別人物形象不夠鮮明。但作者深刻的洞察力和反映現實社會問題的快速、尖銳、深刻，加之筆鋒犀利，由趙丹等成立的中國藝術劇社排演後，於1945年9月26日在重慶青年館（現實驗劇場）正式公演，顧而已（飾林永清）、王蘋（飾趙自芳）、王為一（飾李維勤）、秦怡（飾唐文君）、趙丹（導演兼飾金澹庵）和趙韞如（飾黃夢英）等演員們在舞臺的精彩表演，不僅控訴和抨擊了國民黨頑固派的黑暗統治，而且還為民族工業指明了求得生存的道路。

陪都重慶發生令人震驚的「黃金案」，徹底暴露了抗戰後期國民黨頑固派破壞抗戰，大發國難財的罪行。《清明前後》因其具有的強烈時代精神和現實意義，顯示了強大的生命力。上演後，引起了空前的反響。1945年10月8日，

重慶民族工商業巨頭吳梅羹、胡西園、章乃器、胡光麈等六人，在看完演出後，連連稱讚演出成功，還特地設宴招待茅盾和劇組所有的演出和工作人員。在席間，吳梅羹激動地發言：「我們工業界的人看過了《清明前後》，很多人都被感動得流淚。這是因爲我們工業界的困難痛苦，自己不敢講，不能講的，都在戲裏講出來了，全部都是最眞實的。」有些人還建議茅盾再寫一部《中秋前後》，作爲《清明前後》的續篇，並希望講得更多些，「將工業界的苦鬥情形更多些告訴大家」。〔註11〕

　　1945 年 10 月，劇本《清明前後》由重慶開明書店出後，國內許多文學評論家、戲劇研究者紛紛對該劇進行評論。這些評論文章，從作品的意義、思想內容以及藝術特色、創作方法等方面對《清明前後》進行了恰如其分的分析、論述。一致肯定了作品的積極意義和藝術上的感人作用。何其芳在《〈清明前後〉的現實意義》中指出，這是一部「有著尖銳而又豐富的現實意義」的作品。著名戲劇家曹禺在觀看作品和演出後，稱讚「話劇裏面要有話，《清明前後》才是眞正的有話」。〔註12〕1945 年 11 月 10 日，《新華日報》曾爲之專門召開了《清明前後》、《芳草天涯》（夏衍著）兩個劇本的座談會，國民黨當局也曾密令禁止，電飭各地暗中制止上演出售。美國作家畢克將《清明前後》譯成英文，改題《泥龍》。可以說，《清明前後》的出版和演出，對於打擊敵人，教育人民，鞏固抗戰勝利的成果，推動民主革命運動，都起了一定的作用。

〔註11〕黎舫：《清明前後在重慶》，1945 年 11 月 10 日《周報》。
〔註12〕黎舫：《清明前後在重慶》，1945 年 11 月 10 日《周報》。

第五章　曹禺在重慶的戲劇活動與創作

一、曹禺在重慶的戲劇活動

　　在中國現代話劇史上，曹禺（1910～1996）是不可逾越的戲劇高峰。他在 23～26 歲期間創作的被稱爲「生命三部曲」的《雷雨》、《日出》和《原野》，是中國話劇的代表作和成熟作。在這三部劃時代的話劇中，主要體現了他對中國封建家庭、現代都市社會以及對人的精神承受力的理性探討，曹禺因之被譽爲「中國的莎士比亞」。

　　抗戰爆發後，日寇大肆轟炸上海、南京，國立戲劇學校從南京內遷長沙。1937 年 7 月，爲大哥奔喪的曹禺，在天津受日特追蹤，假扮商人，乘英國泰古公司輪船，繞道香港來到武漢，與先期到達的鄭秀相會。隨及，兩人從武漢趕赴長沙。在長沙，這對歷經坎坷的戀人，終於在戰亂的風雨中結爲伉儷。婚禮是在長沙青年會舉行的，證婚人是余上沅，劇作家吳祖光在場。不久，因長沙戰事吃緊，劇校奉命遷渝。

　　1938 年元旦，升任劇校專任導師兼教務主任的曹禺，隨劇校師生沿長江逆水而上，宣傳抗日救亡運動，長途跋涉兩個多月，於 2 月 18 日到達重慶。爲避免日軍轟炸，1939 年 4 月，曹禺又隨劇校疏散到四川江安；1942 年初，他辭去劇專教職，應聘到重慶北碚的復旦大學教授英文和外國戲劇。1946 年 2 月，曹禺離開重慶，轉道上海奔赴美國講學。在整個抗戰期間，曹禺先後在陪都重慶生活了五年多。

　　曹禺是帶著他創作的輝煌，走進戰時首都重慶的。全民抗戰的熱情和信念，促使他的戲劇教學、培養戲劇人才和探討戲劇藝術走向鼎盛。陪都重慶，在某種意義上說，也是曹禺戲劇教學和創作達到巔峰的福地。

　　1938 年 2 月中旬，國立戲劇學校遷來重慶後，先在曾家岩「知還山館」覓得一幢兩層樓的宅子為校址。因房間較少又狹窄，余上沅校長等一面積極活動尋求另外的校址，一面積極準備開學。在重慶各界的支持幫助下，他總算在上清寺 140 號覓得一處為校址，勉強解決了師生們落腳的基本問題。2 月 28 日，劇校如期在曾家岩「知還山館」開學。校長余上沅，主任曹禺、廖季登、楊子戒，所聘教授課業到渝者：張平群、葉聖陶、陳子展、方令孺、袁牧之、賀孟斧、王思曾、金律聲、金毅、閻哲吾、陳白塵等。

　　然而，師生的嚴重散失，也給學校工作的正常開展帶來了嚴重的問題。陳治策、向培良、胡葵蓀、胡投、朱之倬等教師未曾來重慶任教，谷劍塵到重慶後也因故離開學校；學生也流失不少。劇校遷到重慶上清寺後不到半年，教育部又下令裁撤了在長沙時創建起來的「研究實驗部」，這無疑又影響了劇校的正常發展。身為教務主任的曹禺，延攬師資，成其為重要的份內工作。這年的初夏，在他的幹旋下，黃佐臨、金韻芝（丹妮）夫婦和張駿祥從國外歸來到劇校任教。曹禺在劇校主講「劇本選讀」、「編劇概論」等課程。黃佐臨講授導演術，金韻之講授表演基本訓練和舞蹈練功。3 月 15 日下午，劇校巡迴公演劇團在夫子池公共體育場作街頭公演，劇目為《流亡者之歌》。之後，劇校在遷往四川江安之前，常在重慶、江北和巴縣等地街、鎮作抗敵公演，多達百餘場。劇目有《反正》、《可憐蟲》、《殺敵報國》等十餘種。3 月 19 日，曹禺在《新民報》上發表了《〈前夜〉與當前的漢奸活動》一文，希望觀眾中有無數的像《前夜》（陽翰笙編劇、賀孟斧導演）劇中白青虹那樣的鋤奸英雄出現。

　　4 月上旬，劇校遷至上清寺 140 號新址。4 月 16 日，劇校在國泰大戲院舉行了來渝後的首次公演，劇目為丁玲的《愛與仇》和洪深的《飛將軍》。當天，《新蜀報》專門為劇校公演《飛將軍》闢有特刊。4 月 30 日，重慶市文化界抗敵支會兒童演劇隊，在社交會堂演出蕭崇素創作的《鐵蹄下的孩子》、《小英雄》和《中國進行曲》，曹禺應邀擔任該隊顧問。5 月 22 日，曹禺在《國民公報》為《血海怒湖》（林婧據法國薩度的《祖國》改編）出版的增刊 1 版上發表了《關於〈血海怒潮〉原作者及原劇本》一文，為怒吼劇社參加五月抗敵宣傳大會在國泰大戲院演出五幕八場話劇《血海怒湖》造勢。7 月 15 日至

19 日，劇校畢業同學會在國泰大戲院公演《雷雨》，演出 7 場，場場爆滿，《雷雨》在重慶的首次演出大獲成功。7 月 20 日至 24 日，再演《日出》，每天日夜兩場，依然一票難求。

7 月 25 日，中國青年救亡協會應社會所需，爲加強戲劇在戰時宣傳的力度，在重慶小梁子青年會禮堂舉辦暑假「戰時戲劇講座」，曹禺應邀講「編劇術」。曹禺在講座中指出：戲劇創作受「舞臺」、「演員」和「觀眾」所限制；抗戰戲劇的創作，同樣不能脫離這三個條件。同時，劇本都有著宣傳性，在抗戰時期，「寫戲之前，我們應決定劇本在抗戰期中的意義。」正是基於「文以載道」的抗戰戲劇觀，曹禺對年僅 20 歲，時任國立戲劇學校校長（余上沅，吳祖光的表姑父）秘書的吳祖光利用業餘時間寫就的《鳳凰城》，非常推崇，認爲這就是抗戰戲劇的榜樣和標本：「實在講，偉大的戲劇，好的結尾的動人之處，固然在結構的精絕，然而更靠性格描寫的深刻。例如：吳祖光先生編的《鳳凰城》，結尾苗可秀死了，大願雖然未酬，但是他的偉大的人格卻更加深入觀眾的心裏。假如依著一貫的公式，不顧眞實，硬爲湊成一個歡喜的結局，觀眾縱然一時鼓掌歡呼，但絕不及原來的結局那樣深遠動人，足以啓發觀眾崇高欽敬的心情，激動強烈的抗戰意識。」〔註1〕許多戲劇界人士包括怒吼劇社全體社員，都爭相前來聆聽。

當年夏天，作爲教務長和編劇課專任導師的曹禺還專程到成都爲學校招生。8 月 23 日，張道藩在劇校主持了俄國著名戲劇和表演理論家斯坦尼斯拉夫斯基（1863 年 1 月 5 日～1938 年 8 月 7 日）的追悼紀念大會，曹禺、余上沅、梁實秋等在大會上發表了演說。9 月 9 日，爲抗日宣傳，曹禺翻譯的（法）拉畢虛著的獨幕劇《煙幕彈》，由國立戲劇學校在國泰大戲院演出。

10 月 10 日，由中華全國戲劇界抗敵協會重慶分會出面組織的第一屆戲劇節正式開幕。曹禺和宋之的趕寫的壓軸戲──四幕國防劇《全民總動員》（又名《黑字二十八》），28 日在國泰大戲院公演。戲劇界二百餘人參加演出，陣容強大，成爲當時戲劇界的總動員。導演團由國民黨社會部副部長張道藩、余上沅、曹禺、宋之的、沈西苓、應雲衛（執行導演）構成，知名演員趙丹（飾鄧瘋子）、顧而己（飾日本間諜黑字 28）、施超（飾漢奸張希成）、魏鶴齡（飾馮震）、白楊（飾莉莉）和舒繡文（飾彭朗）等，悉數參演。張道藩、曹禺、宋之的、余上沅也粉墨登場，分別扮演孫將軍、富商侯鳳元、新聞記者

〔註 1〕曹禺：《編劇術》，重慶正中書局 1940 年 1 月版。

和看門老頭。演出至 11 月 1 日結束，一共演出 7 場，場場滿座，收入票款 10964 元，除去開支，所餘 8000 餘元，全部捐獻給前方將士購買棉衣禦寒用。

1939 年 1 月 15 日，國立戲劇學校中國話劇運動史編纂委員會成立，曹禺是其委員之一。19 日，曹禺、應雲衛、史東山、沈西苓、宋之的等 20 餘人在國泰飯店舉行座談會，歡迎陽翰笙、鄭伯奇、萬籟天、鄭君里等人來渝。第二天，劇校爲歡迎東北抗日英雄趙侗和王卓然來渝，在學校排演了吳祖光根據抗日英雄苗可秀的眞實事跡寫成的《鳳凰城》。苗可秀在家鄉淪陷後，離家奔赴戰場，組織東北抗日義勇軍與日軍作戰，不幸被俘後寧死不降而被日寇殺害於鳳城縣。趙侗是苗可秀的戰友，東北大學校長王卓然是苗可秀的老師。趙、王又是《鳳凰城》中的人物。他們在劇校看了曹禺等人導演的《鳳凰城》後熱淚盈眶，趙侗還臨場作了慷慨激昂的講話。22 日至 24 日，《鳳凰城》作爲劇校第 23 屆公演的劇目在國泰大戲院演出，共演 6 場，場場滿座，收入 6000 餘元，全部捐助給華北游擊隊。2 月 3 日，曹禺應邀參加「文協」舉辦的老舍四十壽辰慶祝活動。

1939 年春季，曹禺應邀前往北碚東陽鎮夏壩的復旦大學兼課。

1939 年 4 月，由於敵機的狂轟濫炸，國立戲劇學校奉令疏散到距重慶 300 裏外的偏僻小縣──江安，校址設在城垣裏的文廟內，並利用大城殿前庭院搭設劇場。曹禺獨自一人住在城東垣開明紳士張乃賡的酒廬公館。

中共江安縣委組織江安藝人在劇校所在地──文廟演出曹禺的《原野》，以此歡迎劇校的到來。當地小學教員席明眞和雷蘭（均繫地下共產黨員），分別飾演仇虎和金子，用四川方言演出，曹禺看後倍感驚奇，彷彿找到了知音。5 月 27 日，他還導演了鍾鋤雲編的獨幕劇《李仙娘》，連演三場，反響強烈。爲培養當地的戲劇表演人才，劇校還開辦了「戲劇短訓班」，曹禺親自任課。

同年暑假，曹禺開始了構思已久的《蛻變》的寫作，他請學生季紫劍（季虹，上影廠演員）幫其刻鋼板，吃住都在酒廬公館內。〔註 2〕據英梧寫的《曹禺回憶錄》介紹，曹禺一邊寫，張駿祥一邊組織排演。由於太勞累，曹禺的胃病犯了，他只好口授，叫學生李恩傑來記錄整理。這樣，僅一個月時間，四幕抗戰劇《蛻變》就完成了。〔註 3〕《蛻變》完稿後，曹禺應「國防劇社」之聘，前往昆明導演《原野》和《全民總動員》。1939 年 8 月 14 日至 9 月 17

〔註 2〕張毅：《曹禺在江安軼事》，2010 年 11 月 22 日《文藝報‧周一版》第 43 期。
〔註 3〕英梧：《曹禺回憶錄》，1945 年 11 月 18 日《中央日報》。

日，聯大劇團在新滇劇院如期演出《原野》（曹禺導演，孫毓棠任舞臺監督，聞一多和雷傑元任舞臺設計）和《全民總動員》，兩齣戲共演了 31 場，場場滿座。《原野》還因之被譽爲雲南話劇史上三大（另兩部爲《孔雀膽》、《清宮外史》）里程碑之一。

　　返校後，爲配合自己的教學活動，諷刺大漢奸汪精衛「反共睦鄰」的賣國政策，曹禺把墨西哥作家約菲納·尼格里的獨幕劇《紅絲絨的山羊》改編成喜劇《正在想》（故事講述一個與時俱進趕潮流卻偏偏弄巧成拙的蹩腳劇作家和戲班班主的滑稽故事。劇中的老窩瓜是一個約五十歲左右的馬家戲班班主，他會表演滑稽戲法。他眼見蹦蹦戲、說大鼓、單口相聲、歌舞團之類的同行們生意興隆，而自己一家三口表演的滑稽戲已經沒人看了。「傻好兒」老窩瓜忽然悟出了「要發財，得改行」的道理，決定以後專演最受歡迎的「話劇」。就這位連字都不會寫的「傻好兒」，竟然構思了一部被稱爲改良《平貴回窯》的文明話劇。在託門口擺測字攤的算命先生幫忙寫出劇本之後，他專門給自己起了一個新名字：「馬天才」。他向妻子小甜瓜吹噓自己「我想的這幾齣戲，就夠我萬古揚名，以後，整千整萬的錢，都歸你」。可這位「圖名不圖利」的「馬天才」，到了群魔亂舞的觀眾眼裏，卻是一個任人取笑玩弄直至置於死地的「冬瓜甜瓜老窩瓜，一腦袋漿糊爛扒扒，加點醬油放點醋，就當作豬腦髓喫了吧！」的既可悲又可笑的「大傻瓜」。他和妻子小甜瓜、兒子小禿子滿懷希望排演的時髦話劇《平貴回窯》，卻以失敗而告終。幕落時，妻子無望地問丈夫，還有新寫的本子再演嗎？老窩瓜淒然地回答道：「我，我，我正在想。」），於 1939 年 10 月 19 日在劇校內由學生首演，曹禺自任導演。1940年 7 月，《正在想》發表在上海《劇場藝術》第 2 卷第 6、7 期合刊後，於 9月在上海正式公演。黃佐臨任導演，李健吾飾老窩瓜，夏霞飾小甜瓜，韓非飾小禿子。1946 年 2 月又在上海歡送老舍、曹禺訪美的大會上再一次演出，石揮、丹尼參演。事隔多年，一再排演，足見其喜劇藝術的魅力。

　　1940 年 4 月 1 日，劇校應教育部婦女工作隊之邀，組成演出隊奔赴重慶舉行勞軍公演，曹禺隨劇校演出隊赴渝。他創作的反映抗戰生活，揭露當時大後方政治上的黑暗和腐敗、呼喚變革的四幕話劇《蛻變》，在初演時遭遇波折，重慶市戲劇審查委員會對該劇提出四項修改意見：一、不准提「僞組織」；二、不准寫成「省立傷兵醫院」的事；三、丁大夫兒子不准唱《游擊隊員之歌》；四、劇中不准用紅色兜肚。爲了爭取演出，達到宣傳抗戰的神聖目的，

劇校演出隊在徵得曹禺同意後，對劇本作了兩處改動：一是將「省立傷兵醫院」改為「受公家津貼的私人開的醫院」；二是不提「偽組織」這個外號，在演出時，改為一面嘴裏說成「這個」，一面豎起小姆指以示她是院長秦仲宣的「小老婆」。〔註4〕

幾經鬥爭，由張駿祥任導演兼布景設計，蔡松齡（飾梁公仰）、沈蔚德（飾丁大夫）、喬文采（飾馬登科）、方琯德（飾丁昌）、呂恩（飾「偽組織」）、張雁（飾李鐵川）、耿震（飾赫占奎）、范啓新（飾陳秉忠）等人主演的《蛻變》，於4月15日至18日總算在國泰大戲院得以公演，受到廣大觀眾的熱烈反應，17萬多字的劇本《蛻變》，演出時近6小時，中途無人退場，是當時話劇演出需時最長的劇本。第二天，《蛻變》在重慶《國民公報》（1940年4月16日至6月3日）上逐日連載，1941年1月文化生活出版社出版了單行本。

《蛻變》的大致劇情如下

> 南京失守前數月，一家省立傷兵醫院奉命遷移到後方某小縣城。縣城偏僻，交通不便，死氣沉沉、令人沮喪。院長秦仲宣用人辦事，全憑好惡。他利用職權，假公濟私，委任外甥馬登科為庶務主任，專門替他做投機生意，將醫院租來的一所大倉庫作為他囤積大米的場所，大發其國難財。對醫院嚴重缺藥漠不關心，故意拖延催藥公文，視傷兵的生命為兒戲，命令司藥陳秉忠將「藥方減半配」。這座醫院像一架上鏽的老鐘，公事無法推動，壞人為非作歹，好人情緒消沉。因循懈怠，苟且偷安。「抗戰只半年，在這個小小的病院裏，歷來行政機構的弱點，俱一一暴露出來，迫切等待政府毫不姑息地予以嚴屬的鞭策、糾正和改進」。就在這時，上級派來一位「賢明官吏」——視察專員梁公仰。他暗地查訪了三天，發現了醫院的弊端。他把官僚院長秦仲宣革職，把胡作非為的馬登科下了獄，醫院由此得到徹底改革，不到三年，便發展成一所規模宏大的後方傷兵醫院。「今日的幹部大半是富有青年氣質的人們，感謝賢明的新官吏如梁公仰先生者，在這一部分的公務員的心裏，已逐漸培植出一個勇敢的新的負責觀念」。愛國的丁大夫，本來不滿這裏的腐敗而執意離去的，在梁公仰的感召下堅定地留下來，忘我地為搶救傷員而工作，最後還把自己的兒子丁昌送到保家衛國的部隊。

〔註4〕沈蔚德：《回憶〈蛻變〉的首次演出》,》《新文學史料》1978年第1輯。

　　曹禺之所以在犯胃病期間忍痛創作抗戰話劇《蛻變》，其目的是想通過抗戰初期一個後方省立傷兵醫院由腐敗轉化爲健全的曲折過程，來象徵「我們民族在抗戰中的一種『蛻』舊『變』新的氣象。這題目就是本戲的主題。」〔註5〕「『蛻變』指的不是國家和社會，而是指的像丁大夫這樣有良心的高級知識分子，他們心裏的變化。」〔註6〕

　　劇中梁公仰專員和丁大夫形象，有其現實依據。梁公仰是作者根據現實生活所見的老共產黨員徐特立的原型加工塑造的。劇校從南京遷到長沙時，徐特立曾到劇校作過「抗戰必勝，日本必敗」的演講，曹禺聽後很感動，前去拜訪他。雖不湊巧，未曾見到，但從與之同吃同睡的小勤務員那裏，瞭解了徐特立公而忘私、平易近人的崇高品質和勤懇踏實的工作作風。受此啓示和鼓舞，曹禺在創作《蛻變》時有意將其塑造成「賢明的新官吏」梁公仰形象，其目的是寄託他對共產黨人的讚頌和對未來社會的朦朧理想。丁大夫的原型是作者認識的一位天津女名醫，曹禺在《蛻變》中塑造這個人物形象時，便將這位女名醫和聽過的關於白求恩大夫的一些動人事跡糅合在一起，使之成爲成一個富有遠大理想和事業心的愛國主義知識分子。丁大夫留學國外，爲了抗戰，捨棄在上海做名醫的舒適生活，來到傷兵醫院工作。她剛正不阿，敢於與秦仲宣、馬登科之流的腐朽勢力作鬥爭；她救死扶傷，愛護傷兵，爲挽救營長李鐵川，不惜獻出自己的鮮血。在丈夫病逝後，仍同意獨子丁昌參加戰地服務員和游擊戰爭，把自己的一切都獻給神聖的抗戰事業。

　　雖然《蛻變》在反映現實上過於樂觀，對抗戰初期的一些表面現象缺乏理性分析。劇中的情節發展也顯人爲的痕跡，給人不大眞實的感覺。如梁公仰雷厲風行的改革和整頓出奇的順利，丁大夫性格的刻畫顯得過於理想化，但仍然體現出了曹禺思想上的進步和創作上新的開拓。

　　《蛻變》在重慶首次公演幾經波折，被迫修改。公演時，受到廣大觀眾的熱烈歡迎。蔣介石親自觀看後，對劇中丁大夫的兒子丁昌參加了游擊隊，丁昌和孩子們一同唱賀綠汀譜寫的《游擊隊之歌》；劇尾丁大夫送別痊癒的傷兵重返前線時，小傷兵將其祖母繡的小紅兜肚給她小孫子的細節，非常反感，痛斥國民黨中宣部長張道藩把關不嚴。不久，《蛻變》即禁演，迫於輿論的壓力，一周後又開禁。後來，《蛻變》在長沙、昆明和上海「孤島」等地相繼演

〔註5〕曹禺：《關於「蛻變」二字》，《蛻變》，四川人民出版社1984年版，第289頁。
〔註6〕張葆辛：《曹禺同志談劇作》，《文藝報》1957年第2期。

出。1940 年 8 月，陝北公學文藝工作隊在延安首次演出《蛻變》後，中國共
產黨中央委員會和陝甘寧邊區政府的機關報《新中華報》在 1940 年 8 月 27
日的報導中說：「《蛻變》爲名劇作家曹禺抗戰以後的第一部巨著。主題、技
巧，均爲抗戰劇作品中之上乘。」著名劇作家洪深稱贊《蛻變》爲十部優秀
的「必須閱讀的抗戰劇本」〔註7〕之一。

　　曹禺懷著揭露當時大後方政治上的黑暗和腐敗、讚頌共產黨所領導的抗
日游擊戰爭，渴望建立一個「自由民主的新式國家的」的美好願望而創作的
《蛻變》，在重慶首演時卻遭到國民黨戲劇審查委員會的百般冷淡和刁難，他
爲此非常沮喪。從重慶失意返回江安時，妻子鄭秀和女兒也隨他一同歸來。
因曹禺與鄭秀的感情在婚前就有陰影，平淡的夫妻生活，使他們婚後的矛盾
越來越大。

　　1940 年 7 月，國立戲劇學校奉命由中專改爲大專，學校更名爲「國立戲
劇專科學校」，隸屬國民政府教育部高等教育司，學制也由二年改爲三年，並
增設樂劇科，嘗試中國式歌劇。

　　江安的「川耗子」又多又大，曹禺辛辛苦苦收集的有關岳飛、宋高宗和
秦檜關於和戰之事的史料，就被耗子啃碎了，他爲此非常生氣。在 1940 年秋，
他在撰寫的詛咒封建主義沒落、資本主義腐朽，渴望新生命的力作《北京人》
裏，屢次提及耗子，表示出極大的反感和憎惡。

　　同年冬，從昆明來重慶的巴金，專程到江安看望曹禺。巴金對曹禺有知
遇之恩，不僅發表了他的處女作《雷雨》，使他走上了戲劇創作的人生之路，
而且還時常關心他的生活和創作。曹禺對此一直心存感激。巴金在江安停留
了六天，與曹禺剖析相待，傾心交談。在交談中，巴金談到了吳天根據他的
小說《家》改編的同名劇本，現在正在上海演出，他本人不甚滿意，徵求曹
禺的意見。曹禺看了劇本後也認爲劇本太忠實於原著了，未能形象地提煉出
《家》的精髓。爲此，他油然而生一種責任感，要報答巴金的知遇之恩，決
定親自改編巴金的長篇小說《家》。

　　同年深秋，曹禺在江安開始創作三幕劇《北京人》，他寫好一段就讀一段
給方琯德等學生聽，並以最眞摯的心情向學生們敘說著劇中愫方的善良，回
憶起充滿生命力的古代人類與自然的鬥爭，對當時的現實鬥爭充滿了希望和

　　〔註 7〕洪深：《抗戰十年來中國的戲劇運動與教育》，《中華教育界叢刊》，中華書局
　　　　　　1948 年 10 月版。

憧憬。雖然《北京人》「與抗戰無關」，卻更深刻地蘊蓄著作者對現實的歷史沉思和對未來的希望，也體現了他對戲劇美學的追求。

《北京人》的大致劇情如下：

> 本世紀初，北京城裏一個大戶曾家，曾老太太彌留之際，爲沖喜強迫曾孫曾霆迎娶媳婦瑞貞。在迎新人進門時，老太太撒手歸西，全家人亂成一團，辦喜事變成了辦喪事。有三進大院四合院的曾家已經家道敗落，但仍然揮霍地維持著尷尬的門面。長孫曾文清是個頹廢、整天無所事事的大少爺。他不喜歡家裏爲他娶的妻子思懿，心裏愛著寄居在他家的無依無靠的表妹愫方。愫方寄人籬下，忍氣吞聲，像女僕一樣整日勞作，雖然與大表哥文清有共同的愛好和感情，卻又不敢表露出來，就這樣還得忍受表嫂思懿的冷言冷語。思懿明知丈夫的心上人是文清，可長房長孫媳婦的地位，使她掌管著家中的財權。她內外操持，拆東牆補西牆，硬撐著這個搖搖欲墜的家。女婿江泰住在丈人曾皓家，他空有許多新思想，但一事無成，與曾家格格不入。曾家的朋友、人類學家袁任敢帶著女兒袁圓從國外歸來，暫借住在曾家，爲曾家帶進了新的空氣。曾霆還是個孩子，被迫娶了瑞貞，他與袁圓玩得很開心，根本不懂夫妻之道。最後，這個封建大家庭終於崩潰了，文清死了；愫方終於離開了這個家；曾霆與瑞貞也離了婚。老太爺曾皓面對這一切，只有痛哭，他挽救不了封建家庭和封建社會滅亡的命運。

《北京人》完成後，曹禺在扉頁上題寫王勃的名句：「海內存知己，天涯若比鄰」。知己自然是指方瑞。曹禺晚年還坦誠地談到：「愫方是《北京人》的主要人物。我是用了全副的力量，也可以說是用我的心靈塑造成的。我是根據我死去的愛人方瑞來寫愫方的。」「方瑞的個性，是我寫愫方的依據，我是把我對她的感情、思戀都寫進了愫方的形象裏，我是想著方瑞而寫愫方的。」「沒有方瑞，是寫不出來愫方的。」〔註8〕

曹禺在《北京人》中，深刻地發掘了隱蔽在悲劇現象後面的喜劇性。劇中對曾氏父子及江泰之類爲封建貴族文化銷蝕得毫無生命活力的這一群「多餘人」進行了辛辣地嘲諷，從而揭示了封建文化本質的腐爛墮落及其必然衰敗的歷史命運。在藝術追求上，作者不再刻意追求大起大落的矛盾衝突和過

〔註 8〕田本相：《曹禺傳》，北京十月文藝出版社 1995 年版，第 274 頁。

於精巧的戲劇化結構，而是於淡淡的敘事中，對人類社會的發展做出了文化高度上的反省。因此，無論在思想性還是藝術性上，相比以前「生命三部曲」（《雷雨》、《日出》、《原野》）和《蛻變》，都更爲成熟，體現出曹禺日趨成熟的對戲劇藝術的駕馭能力。

第二年夏天，曹禺將劇本《北京人》送給著名導演張駿祥，請他排演。張駿祥請張瑞芳擔任主角，聯絡國立劇專的學生江村、耿震、沈揚、趙韞如、劉厚生、呂恩、張家浩、蔣廷藩、李恩傑等，聚集在中央青年劇社認眞地排練起來。10 月 24 日，話劇《北京人》在重慶抗建禮堂首次公演。導演張駿祥，演員有張瑞芳（飾愫方）、江村（飾曾文清）、沈揚（飾曾皓）、趙韞如（飾曾思懿）、耿震（飾江泰）、鄧宛生（飾袁圓）、傅慧珍（飾陳奶媽）、蔣韻笙（飾曾文采）和張雁（飾袁任敢）等。這齣戲公演之後，轟動了重慶，接連演了三四十場。

12 月，《北京人》由重慶文化生活出版社出版。茅盾在閱讀劇本後，在《大公報》（香港）撰文予以肯定。他認爲：創作《北京人》，「作者又回到從來一貫的作風。這是可喜的」。劇中的「曾皓、曾文清、江泰等這一群人物，寫得非常出色，每人的思想意識情感，都刻寫得非常細膩，非常鮮明。他們是有血有肉的人物。無疑問的，這是作者極大的成功。」〔註 9〕隨後，柳亞子在 1941 年 12 月 13 日的《新華日報》發表《〈北京人〉禮贊》詩一首。他在詩中讚頌道：偉大的北京人呀，繼續著祖國的光榮，還展開著時代的未來。」

1941 年，《原野》被美商中國聯合影業公司改編爲《森林恩仇記》搬上銀幕，導演岳楓，主演袁美雲、王引、章志直等。出於票房和吸引觀眾的需要，這次改編，在尊重原著的基礎上，突出了影片的曲折情節。由於當時全國正處在抗戰時期的救亡熱潮中，這部攝製於上海孤島時期的影片並沒有引起人們太多的注意。

在江安劇專的曹禺，與學生關係融洽，熱心於教學與寫作，而疏於與妻子鄭秀的交流，加上兩人在性格、志趣和生活習慣的差異，夫妻二人的關係更加惡化，曹禺爲此異常苦悶，鄭秀也痛苦不堪。此時，性情素雅而略帶憂鬱的鄧譯生（後改名方瑞），來到江安，機緣巧合與曹禺相識。不久，兩人就擦出了愛的火花。鄭秀發現後，夫妻二人常常發生激烈的爭吵。這之後，曹禺在感情上明顯地偏向於方瑞，與鄭秀的感情江河日下。然而，性格憂鬱的

〔註 9〕茅盾：《讀〈北京人〉》，1941 年 12 月 6 日《大公報》。

曹禺仍然難以輕鬆地割捨鄭秀，鄭秀畢竟是他的初戀，又剛剛生下自己的第二個女兒萬昭。此時，無論是責任還是道義，他都不忍心拋棄鄭秀。方瑞對此並不抱怨，反而善解人意地予以體諒，為此，曹禺陷入責任與情感的困惑之中痛苦不堪。好友黃佐臨、張駿祥又相繼離開江安，曹禺更加惆悵。「皖南事變」後，延安排演《日出》獲得成功，魯迅藝術學院給他發來的賀電，被江安憲兵截獲，曹禺遭到了搜家和跟蹤，情緒更加低落。重慶的朋友們得知此情後，勸他離開江安。

1942 年初，曹禺接受復旦大學的聘請，辭去了國立劇專的職務，由江安返回重慶，到北碚東陽鎮復旦大學任教，主要講授「外國戲劇」和英文。除了上課外，曹禺把主要精力都放在改編巴金小說《家》的準備之中。2 月，國民政府教育部、中宣部訓令各省教育廳轉飭各學校禁演《雷雨》，說該劇「殊不合抗戰時期之需要」，向曹禺施加壓力。

當年暑假，曹禺著手創作劇本《家》。因重慶的夏季悶熱難耐，像蒸籠一樣，從小怕熱的他無法安心寫作。張駿祥知道後，在重慶東邊唐家沱停泊著一艘輪船上，為他找了一個適宜寫作的地方。唐家沱離重慶市區有十多公里，這裡早晚清靜，江風習習，曹禺赤膊上陣，在江輪餐廳的一張餐桌上，日夜不停地寫，使之來餐廳進餐的水手也驚訝寫戲的也很辛苦。三個月後，劇本《家》改編完成！巴金看後，頗為滿意。

返回覆旦大學教書後，曹禺又開始了《三人行》的創作。同年 12 月，劇本《家》由重慶文化生活出版社出版。不久，曹禺接到周恩來的來信，邀請他到曾家岩作客。曹禺來到周恩來簡樸的房間，面對他炯炯的目光，精神為之一爽。話談到一半，防空警報響了！他們一起上山躲警報。當他們登上山頂，回望山城，已是濃煙四起。面對日寇的暴行，曹禺鬱悶得說不出話。周恩來「指著火光起處，痛斥日本帝國主義的兇殘，告訴我中華兒女必須團結一心，奮起抗日。雖然在當時的重慶，聽不到反擊的炮聲，但是總理的話使我堅強，給我力量。我相信共產黨是堅決要抗戰到底的！從那時起，我靠近了黨。」〔註10〕

12 月 21 日，中國萬歲劇團在改建後的抗建堂再次上演《蛻變》，因史東山導演將斯坦尼斯拉夫斯基演劇體系付諸於排演實踐，演出時間雖長達 5 個多小時，觀眾卻反響強烈，共演了 28 場。鄧穎超、伍雲甫也曾前往觀看。《蛻

〔註10〕 曹禺：《獻給周總理的八十誕辰》，《北京文藝》1978 年第 3 期。

變》再次公演後，引起了觀眾、戲劇界和報刊的熱烈讚譽。《新華日報》在 12 月 28 日出版評論《蛻變》專欄，刊有顏彤翰的《再出發的收穫──〈蛻變〉演出觀後感》、方玄的《我對〈蛻變〉的觀感》和《編者的話》等文。1943 年 1 月 25 日《新蜀報》還刊有《從〈蛻變〉的演出說到史丹尼斯拉夫斯基體系的實踐》，探討史東山借用斯坦尼斯拉夫斯基演劇體系排演《蛻變》的得與失。

12 月 30 日，曹禺和重慶文藝界人士在百齡餐廳舉行茶會慶祝洪深 50 壽辰。第二天，曹禺在《新華日報》上發表《洪深先生五十壽獻辭》：

能編、能導、能演，是劇壇的全能；敢說、敢寫、敢做，是吾人的模範。

1943 年 1 月 9 日，怒吼劇社在國泰大戲院演出《安魂曲》（匈牙利貝勒‧巴拉茲著，焦菊隱譯，張駿祥導演）。《安魂曲》寫的是奧地利作曲家莫扎特 35 歲時窮困潦倒的故事。莫扎特（1756～1791）是歐洲最偉大的古典主義音樂作曲家之一。在鋼琴和小提琴的相關創作上有著極高的天份。他譜出的協奏曲、交響曲、奏鳴曲、小夜曲、嬉遊曲等成為後來古典音樂的主要形式。同時，他在歌劇方面，也取得了卓越的成就，其作品地位足以與巴赫和貝多芬相提並論。然而，莫扎特的命運多舛，與大主教決裂後，窮困潦倒。35 歲時，大劇院正在上演他的歌劇《魔笛》，他卻在「為死亡而作的彌撒曲」──《安魂曲》的拼死創作中離開了人世。曹禺應邀飾演劇中的莫扎特，這是他最後一次登臺表演。曹禺在劇中注入了自己的感受與體驗、生命與靈魂，使陶行知觀看後，引起共鳴，派人趕回育才學校敲鐘集合學生，讓學生從北碚草街子步行 100 多里進城觀看最後一場。觀眾對《安魂曲》的演出反響不一，《紐約時報》駐中國特派員、戲劇評論家愛金生說，這是他看到的幾個戲的演出中最成功的一個；而章罌則在 1943 年 1 月 27 日發表在《新華日報》上的《安魂曲觀感》中認為，戲與音樂脫節，曹禺和耿震（飾劇場經理）的表演過於誇張。

1943 年 1 月，《戲劇月報》在重慶創刊，曹禺為九名編委之一。在創刊號的《本報特刊稿件預告》中，還報導了曹禺的三幕劇《三人行》即行刊出的消息。

2 月 19 日，曹禺應邀到上清寺儲匯大樓給重慶儲匯局同人進修服務社作《悲劇的精神》的演講。他在演講中對庸人的「悲劇」進行了批判，主張提倡悲劇的崇高精神，必須拋開個人利益關係，拋開小我，增強反抗意志。表

示要寫出「真正能代表中國民族性格的悲劇」，並呼喚以悲劇精神，使中國「成為一個自強不息、獨立富強的中國」。聽講者眾多，對曹禺的觀點頗為信服。2月28日，三青團重慶支部在重慶文化會堂舉辦青年講座，曹禺應邀作《我們的學習》的講座。他在講座中號召青年們要從平凡中學習，要為真理而爭。3月27日，曹禺出席了文藝界抗敵協會第五屆年會，並在這次會上當選為理事。4月8日，他根據巴金小說改編的四幕話劇《家》，作為重慶第二屆霧季公演的參演劇目，在重慶銀社隆重開演。導演章泯，主演有金山（飾覺新）、張瑞芳（飾瑞珏）、舒強（飾覺慧）、黃宛蘇（飾鳴鳳）和淩珀如（飾梅表姐）等。7月3日，《新華日報》報導：「中國藝術劇團演出曹禺改編的《家》，前後共達六十三場」。《家》是曹禺又一部扛鼎之作，霧季過後，依然盛演不衰。

6月，復旦大學的課程結束後，曹禺開始創作有關岳飛、宋高宗和秦檜故事的《三人行》。為此，馬宗融還為他在夏壩附近一戶農民的樓上租了一間房子，寂靜清幽，適宜寫作。曹禺本想把《三人行》寫成一部詩劇，全部臺詞都用詩來寫。因材料匱乏，又無歷史可考，加上首次嘗試用詩來寫臺詞，在寫完第一幕後，就寫不下去了。為此，他決定寫歷史劇《李白和杜甫》。

8月中旬，曹禺與陶孟和一起搭乘資源委員會的汽車前往西北旅行，為創作歷史劇《李白和杜甫》收集相關資料。抵西安後，西安文藝界在民眾教育館召開茶會歡迎他們，戴涯主持。接著，他們一行到達蘭州、玉門、張掖、酒泉、嘉峪關等地，飽覽了祁連山的大漠風光，觀賞了敦煌的壁畫。實地目睹祖國的大好河山，使曹禺讚歎不已。

從西北返回重慶後，曹禺應中央大學中文系的邀請，講授《戲劇概論》。曹禺講課極富戲劇性，聽課的學生很多。

11月，曹禺根據法國作家拉畢盧的三幕劇《迷眼的砂子》改編的獨幕喜劇《鍍金》發表在《戲劇時代》創刊號。同年冬，國立劇專演出《日出》，由余上沅、焦菊隱、馬彥祥、陳鯉庭、章泯組成導演團，演員除扮演方達生的溫錫瑩為學生外，其餘均為劇校教師。年底《蛻變》和《大地回春》、《邊城故事》、《正氣歌》獲中央圖書雜誌審查委員會文藝獎金。

同年冬，從成都趕回重慶的張駿祥，約曹禺翻譯莎士比亞的名劇《柔蜜歐與幽麗葉》（現通譯為《羅密歐與朱麗葉》），曹禺欣然接受了這個任務。他後來在《柔蜜歐與幽麗葉‧譯者前記》中說：「那時在成都有一個職業劇團，

準備演出莎士比亞的《羅密歐與朱麗葉》，邀了張駿祥兄做導演，他覺得當時還沒有適宜於上演的譯本，約我重譯一下。我就根據這個要求，大膽地翻譯了，目的是爲了便於上演，此外也是想試一試詩劇的翻譯。但有些地方我插入了自己對人物、動作和情境的解釋，當時的意思不過是爲了便利演員去瞭解劇本，就不管自己對於莎士比亞懂得多少，貿然地添了一些『說明』。後來也就用這樣的面貌印出來了，一直沒有改動。」〔註11〕

1944 年 1 月 3 日，航委會神鷹劇團在成都國民劇院上演曹禺翻譯的《柔密歐與幽麗葉》，演出時更名爲《鑄情》，導演張駿祥。

身處陪都重慶的曹禺，在錢昌照的介紹下，曾深入到重慶附近的一個民營鋼鐵廠進行採訪調查，從而瞭解到官僚資本併吞民族工業的殘酷情形。出於義憤，他開始創作以抗戰時期大後方工業建設爲題材的劇本《橋》。《橋》剛寫完兩幕，就迎來了抗戰的勝利，因要赴美講學，半途而綴。已完成的兩幕發表在 1946 年 4 月鄭振鐸、李健吾主編的《文藝復興》第 1 卷第 3～5 期上。

2 月下旬，獨幕劇《鍍金》由中國萬歲劇團首演於重慶。3 月根據莎士比亞原著改譯的五幕劇《柔蜜歐與幽麗葉》在《文化修養》第 2 卷第 3～4 期上連載，隨及由重慶文化生活出版社出版。曹禺在前言中寫道：「應當說，我不推薦這個戲！我覺得它並不能代表莎士比亞。我一直認爲，莎士比亞的藝術高峰，是他的『四大悲劇』（《哈姆來特》、《李爾王》、《麥克白》、《奧瑟羅》）和《雅典的泰門》。那才是壯麗、深邃而浩瀚的。」

5 月 3 日，重慶文化界在百齡餐廳舉行茶會，曹禺等 50 餘人到會，一致要求取消新聞圖書雜誌及戲劇演出審查制度。

1945 年 2 月 22 日，曹禺與文化界 312 人在《新華日報》、《新蜀報》上發表的《對時局進言》聯名簽署，要求召開緊急會議，組成戰時全國一致政府，提出六項具體要求。

9 月 22 日晚，在周恩來安排下，從延安來重慶進行和平談判的毛澤東在桂園會見了重慶劇作家、導演等戲劇界人士，曹禺應邀出席。當周恩來把他介紹給毛澤東時，毛澤東親切地握住他的手說：「足下春秋鼎盛，好自爲之。」這次會見給曹禺留下了終生難忘的印象。多年後，當田本相前去拜訪他時，他還記憶猶新，彷彿就在昨日。

〔註11〕莎士比亞：《柔蜜歐與幽麗葉》，曹禺譯，人民文學出版社 1957 版。

10 月，茅盾取材於「黃金加價舞弊案」的劇本處女作——《清明前後》，被中國藝術劇社搬上舞臺，曹禺看後稱贊道：「話劇裏面要有話，《清明前後》才是眞正的有話」。〔註12〕

1946 年 1 月 10 日國民黨中央社發表消息說：「美國國務院決定聘請曹禺、老舍二氏赴美講學，聞二氏已接受邀請，將於最近期內出國。」延安《解放日報》也於 1 月 14 日轉載了這條消息。

曹禺對美國國務院的講學邀請，既感到突然又不知去了美國講什麼？爲此，他還給八路軍辦事處打電話，想找吳玉章和董必武請教。未果後找到茅盾，茅盾告訴他：有什麼就講什麼，實事求是；文學是有社會意義的，不只是娛樂。1 月 20 日晚上，「文協」爲抗戰勝利後第一次送文化使者曹禺和老舍出國舉行歡送酒會，到會有 50 餘人。茅盾首先致歡送詞，他說：「這一回美國國務院來請中國作家出國，老舍先生和曹禺先生是我們民間文化人第一次出國的兩個。」茅盾希望他們二位到美國後，把中國老百姓的思想和生活，老百姓的要求，和八年抗戰中中國人民是怎樣進步的，把中國的實際情形告訴美國人。曹禺在致答詞中說，希望這次出國，努力做到讓美國人瞭解中國的新文化是怎樣艱苦地產生的，瞭解中國新文藝運動在今天取得的成就。他說吃牛奶黃油的外國人，是不瞭解吃草的中國作家的。最後，他以「帶了哈巴狗去周遊全世界，回來仍然是哈巴狗，我不知道我回來是不是哈巴狗？！」結束致答詞，引起與會者滿屋的笑聲。〔註13〕

1946 年 2 月間，曹禺離開生活戰鬥五年多的陪都重慶，前往上海奔赴美國講學。

二、曹禺在重慶的戲劇創作

抗戰時期，曹禺在陪都重慶生活的五年多（1938 年 2 月～1939 年 4 月、1942 年 2 月～1946 年 2 月），可分爲兩個階段：一是 1938 年 2 月 18 日曹禺隨國立劇校來重慶到 1939 年 4 月隨劇校疏散到四川江安。在這一年多的時間裏，他除了從事繁重的劇校教學活動和抗戰戲劇講座外，還和宋之的創作了四幕國防劇《全民總動員》；二是 1942 年 2 月曹禺辭去劇專教職從江安返回重慶北碚復旦大學任教到 1946 年 2 月離開重慶前往美國講學。在這四年多的

〔註12〕黎舫：《清明前後在重慶》，1945 年 11 月 10 日《周報》。
〔註13〕黎舫：《中國民間文化人第一次出國》，《文聯》1946 年 2 月第 1 卷第 3 期。

時間裏，他除了在復旦大學講授「外國戲劇」和英文、參與《安魂曲》中莫
扎特的演出、編輯《戲劇月報》和參加有關戲劇講座外，主要創作有：四幕
劇《家》（根據巴金同名小說改編）、詩劇《三人行》（一幕，未完稿）、《橋》
（兩幕，未完稿）；翻譯有：莎士比亞的名劇《柔美歐與幽麗葉》（後通譯為
《羅密歐與朱麗葉》）；戲劇理論和編劇方法的講稿：《關於話劇的寫作問題》
和《編劇術》等。此外，在 1940 年 4 月，曹禺還隨劇校演出隊從江安返回重
慶參加過勞軍公演。在重慶近一個月的時間裏，曹禺主要從事指導演出隊排
演他創作的反映抗戰生活，揭露當時大後方政治上的黑暗和腐敗、呼喚變革
的《蛻變》。

　　抗戰初期，國共合作，抗日救亡為全民族壓倒一切的時代主題。1937 年
12 月 31 日，中國全國戲劇界抗敵協會在漢口成立，曹禺被推選為理事。1938
年 2 月 18 日，他隨劇校輾轉西遷抵達重慶。隨著抗戰形勢的發展，一大批外
省劇人雲集陪都重慶，加上本土戲劇人士的努力，重慶開始成為大後方抗戰
戲劇的中心。

　　1938 年 10 月 10 日，為紀念第一個戲劇節，重慶開展了有史以來最盛大
的戲劇活動。上海業餘劇人協會、怒吼劇社、國立劇校、戲劇工作社等 25 個
演出團體進行了為期 22 天的演出活動。演出劇目數十種，吸引觀眾十餘萬人。
為了給前方抗日將士籌款縫製寒衣，戲演會決定各劇團輪流在重慶演武廳社
交會堂舉行「五分公演」（五分錢一張票）。這次募捐演出，持續七個晚上，
觀眾極為踴躍。特別是曹禺和宋之的編劇的壓軸戲《全民總動員》，演出陣容
之強大，演藝界精英之眾多，首屈一指，將戲劇節推向了高潮。

　　為了迎接第一屆戲劇節紀念大會，曹禺和宋之的秉承周恩來的指示，創
作了四幕抗戰劇《全民總動員》（初版時改名《黑字二十八》）。劇本是在宋之
的、陳荒煤、羅烽、舒群在武漢集體創作的四幕劇《總動員》的基礎上編寫
的。《總動員》係《戰時戲劇叢書》的一種，1938 年 7 月漢口初版，《黑字二
十八》係《國立戲劇學校戰時戲劇叢書之四》，1940 年 3 月由重慶正中書局初
版。

　　《總動員》是為武漢會戰而作。劇情圍繞著保衛大武漢而展開，主要描
寫了一群熱血青年、救亡工作者如彭朗、文傑等人積極投入動員民眾的工作，
演戲、救濟難民，同時還組織人到敵佔區去開展工作。劇中還揭露了漢奸張
希成，展現了一個商人的家庭在緊張保衛大武漢過程中的分化。

　　曹禺和宋之的一接到創作紀念第一屆戲劇節重點演出劇目的任務，就倍感時間緊迫。他們商量，爲了更接近現實的要求，決定根據舒群、羅烽、荒煤、宋之的集體創作的四幕劇《總動員》來改編，在改編的劇本《全民總動員》中，要達到「肅清漢奸，變敵人的後方爲前線，動員全民服役抗戰」的創作目的。於是，兩人分工合作。宋之的負責第一、二、四幕的編寫，曹禺執筆第三幕。在戲劇節公演時取名爲《全民總動員》。由於宋之的是《總動員》的編寫者一，他在改編中，難免有這樣和那樣的借用；而曹禺執筆的第三幕則借用較少。即便如此，「《黑字二十八》和《總動員》這二者之間，有著很親密的血緣關係。」〔註 14〕但《全民總動員》仍是一部重新創作的劇本，它雖然採用了《總動員》中的某些人物、場景、情節，但無論是在情節結構和人物刻畫上，較之《總動員》都有進一步的提高和發展，特別是在劇中新創造了一個以「黑字二十八」爲代號的日本間諜打入我抗日後方進行破壞活動，使之全劇的矛盾衝突比較錯綜地沿著反間諜、反漢奸的線索發展。或許這條線索是劇本的亮點和特色，劇本在正式付印出版時改名爲《黑字二十八》。

　　《全民總動員》一共四幕。第一幕主要描寫一個抗敵救亡團體要組織幹練人才深入敵後，開展抗日宣傳工作。愛國青年夏邁進要求參加這個抗日救亡團體，他的姐姐瑪莉要去主持爲前方戰士募集寒衣的遊藝會等場面。第二幕主要描寫漢奸沈樹仁受日本間諜「黑字二十八（係日本大佐化名）的收買，盜取了這個救亡團體重要的工作文件。此時，夏邁進等已潛赴敵佔區，由於日寇封鎖嚴密，他們在途中遇險。抗敵救亡團隊的耿傑發覺文件被盜後，急忙追趕夏邁進等人，矛盾衝突進一步激化。第三幕主要描寫勸募寒衣的遊藝會正在進行時，「黑字二十八」僞裝成電燈匠潛入後臺，迫使沈樹仁用真炸彈偷換假炸彈的道具，企圖殺害抗日將領孫將軍，幸被救亡團體「領袖」鄧瘋子識破，沈樹仁等當場被捕。第四幕主要描寫歡迎出征將士大會熱烈進行的場面。鄧瘋子機智地掌握了「黑字二十八」妄圖乘歡送將士大會之機，槍擊抗日軍政「領袖」人物的陰謀，將「黑字二十八」逮捕，沈樹仁畏罪自殺，日諜策劃的陰謀徹底破產。

　　《全民總動員》的主題有別於《總動員》：「在政治上我們號召後方重於前線，政治重於軍事，這種號召的最有力的響應，是全民總動員，總動員來參加抗戰工作，打破日寇侵略的迷夢。爲了表現這一情勢，所以肅清漢奸，

〔註14〕曹禺、宋之的：《黑字二十八‧序》，1940 年 3 月重慶正中書局初版。

變敵人的後方爲前線，動員全民服役抗戰，成爲我們寫作的主題。」〔註15〕
在劇情設計上，突出了一個代號「黑字二十八」的日本間諜，打入我抗日後
方基地，破壞抗日團體，派遣特工人員，收買漢奸進行暗殺恐怖活動。最後，
被鄧瘋子識破而被抗日團體抓獲。通過這些驚險曲折的故事，全劇既贊揚了
前線浴血奮戰的士兵和將領，也歌頌了愛國青年積極投入救亡工作，還揭露
了沈樹仁那樣出賣靈魂爲敵效勞的漢奸。整個劇情較之《總動員》曲折跌宕，
更有吸引力，人物刻畫也更爲深化。

　　《全民總動員》與抗戰現實緊密結合，圍繞抗戰初期間諜猖獗、漢奸囂
張的嚴酷鬥爭，劇本熱情地贊揚了以鄧瘋子爲代表的愛國青年和以孫將軍爲
代表的抗日將領；無情地鞭撻了漢奸賣國賊的醜惡嘴臉、特別是日本間諜「黑
字二十八」的種種罪行，對一些以抗戰作幌子的醉生夢死之徒也進行辛辣的
諷刺。由於劇情緊緊圍繞爲前方戰士募集寒衣的遊藝會展開，舞臺情景與現
實生活，舞臺人物與現實人物在劇中巧妙地聯繫映照，戲中有戲。作爲紀念
第一屆戲劇節的壓軸戲，演出陣容強大，一些知名演員悉數登臺表演，觀眾
反響強烈，臺上臺下，渾然一體，連續演出 7 場，場場滿座，效果很好，轟
動山城，既實現了戲劇服務抗戰的創作初衷，又達到了動員民眾，積極抗戰
的目的。

　　無庸諱言，《全民總動員》是爲紀念第一屆戲劇節演出的應時之作，採取
的又是「分幕合寫」的方式，使其在反映現實上不夠深刻，故事情節太過複
雜，登場人物過多，結構不夠緊湊精鍊，幾個主要人物形象的塑造也還不夠
典型，缺乏足夠的藝術感染力。《全民總動員》公演後，雖然引起了各界人士
的強烈反響，但其不足之外仍然被當時的一些有識之士看到。如惠元在 1938
年 11 月 5 日重慶《新華日報》上發表的《評〈全民總動員〉》中就指出：劇名
所包含的意義，劇本沒有充分闡明，似乎有些「名不符實」；劇本對那個救亡
團體的描寫，有些地方不太眞實可信，對觀眾渴望瞭解的「黑字二十八」這
個「謎」，劇本始終沒有交待明白。此外，鄧瘋子神奇的偵探活動掩蓋了群眾
的力量，劇本中「對群眾與領袖的關係缺乏明確的指示」，「鄧瘋子與救亡團
體的群眾關係很模糊」〔註16〕。這些意見，無疑是中肯的。曹禺和宋之的或

〔註15〕曹禺、宋之的：《黑字二十八・序》，1940 年 3 月重慶正中書局初版。
〔註16〕辛予：《〈全民總動員〉的一般批判》，《戲劇新聞》1939 年 1 月 10 日第 1 卷第
　　　　8、9 合期。

許也意識到了，從《全民總動員》的改寫與原劇《總動員》的差異較大，在後來出版單行本時索性易名為《黑字二十八》了。

四幕劇《家》是曹禺根據巴金的同名長篇小說改編的，是曹禺和巴金友誼的紀念碑。

巴金對曹禺有知遇之恩。學生時代的曹禺，創作的第一部劇作《雷雨》，就因巴金慧眼識珠親自編排發表在 1934 年 7 月《文學季刊》第 1 卷第 3 期上，使曹禺從一位名不見經傳的青年學生一躍成為中國劇壇的巨星。後來，曹禺的每一部劇作，基本上都是經過巴金的手，由文化生活出版社出版發行。在曹禺的一生中，他最愛戴和尊重的朋友就是巴金了。他和巴金的友誼甚至凝聚成了藝術的佳話——劇本《家》的改編。

1940 年 12 月 16 日，巴金在重慶編完曹禺的《蛻變》後，曾深情地回憶起他在江安與曹禺相處的美好時光：

> 我最近在作者家裏過了六天安靜的日子，每夜在一間樓房裏我們隔著一張寫字臺對面坐著，望著一盞清油燈的搖晃的微光，談到九、十點鐘。我們談了許多事情，我們也從《雷雨》談到《蛻變》……〔註17〕

1942 年初，曹禺從江安返回重慶北碚復旦大學任教。課餘，他即著手將小說《家》改編成同名話劇。曹禺對《家》的改編，頗費躊躇，他雖然喜歡巴金的小說，但怎樣改編，心中無底。一是吳天版的《家》曾在上海的舞臺引起過廣泛的反響；二是面對有恩於自己的兄長，如何改編才能使其滿意。此時的改編心態，曹禺曾在回憶中娓娓道出：

> 他對我說：吳天那個本子不怎麼好，一點也不改，完全按照原小說的樣子。我反覆讀小說，都讀得爛熟了。我寫時，發現並不懂得覺慧，巴金也曾告訴我該怎麼改，很想把覺慧這個形象寫好。最後，覺慧反倒不重要了，瑞珏、覺新成為主要的了。寫著寫著就轉到這方面來了。劇本和小說不同，劇本的限制較多，三個小時的演出把小說中寫的人物、事件、場面都寫到劇本裏，這是不可能辦到的。但更重要的，是我得寫我感受最深的東西，而我讀小說《家》給我感受最深的是對封建婚姻的反抗，不幸的婚姻給青年帶來的痛苦。所以，我寫覺新、瑞珏、梅表姐這三個人在婚姻上的不幸和痛

〔註17〕巴金：《曹禺戲劇集·後記》，《蛻變》，四川人民出版社 1984 年版，第 292 頁。

苦，但是，我寫劇本總不願意寫得那麼現實，寫痛苦不幸就只寫痛

苦不幸，總得寫出對美好希望的憧憬和追求。〔註18〕

經過長時間研習小說《家》，曹禺終於找到和自己情感苦悶相契的共鳴點：覺新、瑞珏和梅小姐三個人在婚姻上的不幸和痛苦。爲此，他在 1942 年酷暑中的重慶，開始了將巴金的小說代表作《家》改編成四幕同名話劇。

曹禺奉行「改編應該也是一種創作，需要有生活和自己的親身體會」〔註19〕的創作理念，將《家》的重心從覺慧的反抗轉向到覺新、瑞珏和梅芬三個人物之間的情感關係，美好的愛情成爲他關注和描寫的重點。這種改編固然是爲了適應話劇表演、劇情集中的需要，但最主要是藉此來釋放自己的感情痛苦，抒寫自己對愛情的信心與禮贊。從某種意義上說，話劇《家》已不是巴金意義上的《家》了，而是曹禺借巴金《家》之殼，抒寫的自己「家」裏的故事。在這個「家」裏，延續了曹禺矢志追求的愛的理想：與方瑞比翼齊飛。曹禺在《爲了不能忘卻的記念——〈家〉重版後記》一文中就寫道：「整整一個夏天……我寫完一段落，便把原稿寄給我所愛的朋友。我總要接到一封熱情的鼓勵我的信，同時也在原稿上稍稍改動一些或添補、或刪去一些。在厚厚的覆信裏，還有一疊複寫過的《家》的稿子」。這裡的「朋友」就是指方瑞。事實上，方瑞對於正在創作《家》的曹禺，並不局限於修改或複寫稿子，而且還盡其所能，給予物質的幫助。烏韋‧克勞特在《戲劇家曹禺》中就有這樣的記述：「當時曹禺非常貧困，只能抽最便宜的香煙。他後來的妻子常常送他幾包煙，使他創作時能有煙抽。」〔註20〕當然，方瑞對曹禺創作《家》的最大幫助是在精神上，她是曹禺在酷暑和孤寂中寫完《家》的直接動力和靈感源泉。

曹禺改編《家》時，他和方瑞的婚外情還處於隱蔽狀態，這自然決定了他抒寫自己愛的理想時，不可能放在梅芬身上。在他心目中，他理想的妻子就應該是瑞珏那樣。所以，劇本《家》中的瑞珏，明顯地寄予了他心目中方瑞的形象。劇中覺新面對妻子和梅表姐在情感上所表現出來的複雜性，也就折射出了曹禺當時個人情感的困惑。雖然不能把覺新、瑞珏和梅表姐等同於

〔註18〕田本相：《曹禺傳》，北京十月文藝出版社 1995 年版，第 298 頁。

〔註19〕《曹禺同志漫談〈家〉的改編》，《劇本》1956 年第 12 期。

〔註20〕轉引自張耀傑：《戲劇‧人生——曹禺的婚戀情緣》，《傳記文學》2000 年第 4
　　　期。

現實生活中的曹禺、鄭秀和方瑞，但覺新面對梅表姐的愧疚和妻子瑞珏的自責，遊走在「情感怪圈」而無力自拔，飽受著靈肉分離之苦的煎熬，很難說不是曹禺當時「個人的情感」寫照。特別是瑞珏這個人物，純真嫵媚，略帶哀愁，明顯地再現了方瑞的身影，有著方瑞的神韻和氣質：她有著「圓圓的臉，潔白微帶著紅暈的面腮，高高鼻梁，襯托著不大不少的一對雙眼皮的眼，厚厚的嘴唇十分敏感。」「舉止十分端凝，端凝中又不免露出一點點孩提的稚氣。黑黑的眸子閃著慈媚的光彩，和藹而溫厚。一頭烏黑的髮，梳得光光地攏到後面，挽著一個低低的鬆鬆的髮髻，髻上插一支珠花。她微蹙著眉，柔和的臉上浮泛一脈淡淡的愁怨。」〔註21〕曹禺不僅細緻地刻畫了瑞珏漂亮的外表和天然的純真，更主要是禮贊了她面對命運的不公所表現的善良和寬容。比如瑞珏得知丈夫與梅表姐的昔日感情後，沒有庸俗女人的絲毫妒忌，反而心甘情願地想成全他們。為了愛，為了使所愛的人快樂，她願意犧牲一切。瑞珏對丈夫的愛和梅表姐的同情，是方瑞給曹禺愛的全新感受，也是曹禺沐浴在愛的甜蜜裏，唱出的一曲愛的讚歌。再比如小說中的「血光之災」，產房外的覺新，耳聞妻子在呼喊中離開自己，自己卻不能上前見一面，巴金突出的是封建迷信的殘忍。改編後的瑞珏之死，曹禺集中抒寫的是她彌留之際的內心感受：她想到的是他人的幸福和快樂，雖然留念自己的丈夫和兒子，但她並不遺憾，她感到自己盡到了責任。她含著笑，坦然而去。曹禺為什麼要這樣處理和表現，和他當時與方瑞相愛的心境不無關係。誠如他在自傳中說過，我「總得寫出對美好希望的憧憬和追求。改編《家》時也是這樣一種心情」。〔註22〕

　　據曹禺回憶，《家》是在重慶附近唐家沱的一隻江輪上寫的，時間正是重慶最熱的夏天。在長達三個月的日子裏，方瑞的來信是他唯一的希望和慰藉。所以，他在構思和寫作中，不由自主地將方瑞來信的內容，作為戲劇臺詞，寫進劇本。如鳴鳳與覺慧訣別時所說的「這臉只有小時候母親親過，現在您挨過，再有……就是太陽曬過，月亮照過，風吹過了」之類的戲劇臺詞，就是方瑞當時寫給曹禺一封信中的原話。〔註23〕鳴鳳關於「愛一個人是要為他

〔註21〕《曹禺文集》第3卷，中國戲劇出版社1988年版，第154頁。
〔註22〕《曹禺自傳》，江蘇文藝出版社1985年版，第157頁。
〔註23〕曹樹鈞、俞健萌：《攝魂——戲劇大師曹禺》，中國青年出版社1990年版，第341頁。

平平坦坦鋪路的，不是要成他的累贅的。」「她不願意給您添一點麻煩，添一絲煩惱。她眞是從心裏盼望您一生一世地快樂，一生一世像您說過的話，勇敢，奮鬥，成功啊。」〔註24〕的愛情觀，很難說不是方瑞對曹禺的眞誠表白。在愛情理念上，曹禺無疑通過鳴鳳和瑞珏的形象，寄託了他對方瑞和鄭秀的那一份極其微妙也極其複雜的情感體驗。萬方在《我的爸爸曹禺》中寫道，晚年的父親，時常津津樂道地向她講述自己寫作《家》的日子。歲月雖已過去多年，可那段「生命的光華閃亮」的「極樂時光」，卻使他難以忘懷，《家》是他生命中的一篇「神話故事」〔註25〕。在曹禺心目中，方瑞就是他「神話故事」中的主人公。曹禺在改編《家》的同時，還應張駿祥的邀請，翻譯了莎士比亞的名劇《柔美歐與幽麗葉》，在翻譯中，他在有些地方「插入了自己對人物、動作和情境的解釋」〔註26〕，更完整地體現了莎劇詩的神韻，尤其是將羅密歐與朱麗葉的愛情對白譯得細膩動人，悲愴的愛情也如甘泉似的甜蜜。在曹禺心目中，方瑞就是朱麗葉，就是普照他的「太陽」。

　　《家》在方瑞愛的關懷下順利完稿。巴金看後，頗爲滿意。他在《懷念曹禺》中回憶道：「整整一個夏天，他寫出了他所有的愛和痛苦。那些充滿激情的優美的臺詞，是從他心底深處流淌出來的，那裏面有他的愛，有他的恨，有他的眼淚，有他的靈魂的呼號。」「有他個人的情感」。誠如巴金所說，曹禺「爲自己的眞實感情奮鬥」〔註27〕那樣，曹禺在經過三年苦戀後的1943年，與方瑞在重慶悄悄同居了。和「所愛的朋友」生活在一起，曹禺抑鬱的心境得到了舒展。可《家》上演後卻被左翼文壇指責「過份強調戀愛悲劇」，「沖淡了」「新生一代的反叛封建家庭」的「主題」〔註28〕，則使他不得不反省昔日悲憫人類的悲劇觀，強調在「平和中庸之道上討生活」的「弱者」，只能是「庸人的悲劇」，眞正的「悲劇精神」是「所愛有甚於生者，所惡有甚於死者」〔註29〕。

　　曹禺擅長從家庭結構與兩性關係入手去探討個人命運，他創作的「生命

〔註24〕《曹禺文集》第3卷，中國戲劇出版社1988年版，第208頁。
〔註25〕萬方：《我的爸爸曹禺》，《讀者》1998年第12期。
〔註26〕曹禺：《羅密歐與朱麗葉‧譯者前記》，《曹禺全集》第7卷，花山文藝出版社
　　　　1996年版，第72頁。
〔註27〕巴金：《人民日報》1998年5月15日。
〔註28〕何其芳：《關於〈家〉》，《關於現實主義》，新文藝出版社1958年9月第2版。
〔註29〕曹禺：《悲劇的精神》，《半月文萃》1943年第2卷第2期。

三部曲」和《北京人》和《家》都取得了輝煌的成就。在抗戰時期的陪都重慶，曹禺接受了社會關於抗戰戲劇的創作要求，與宋之的合著的《全民總動員》和獨自創作的《蛻變》，演出後受到熱烈的追捧，在政治上取得了極大的成功。但畢竟是應時之作，匆忙草率，留下遺憾。一些評論者毫不客氣地指出：「作者沒有把握住典型的環境，以致所創作的新人物，也成為不真實的了」〔註30〕；「觀眾有這樣一種感覺：作者在說謊，想一手蒙住我們的眼睛，去相信他想像中的奇景」〔註31〕。曹禺在試圖跳出個人化的寫作路徑，向民族、國家命運和前途的宏大題材進行拓展時，卻因自己不具備這方面的特長，使之其獨特性和獨具價值漸漸消失。然而，處身抗戰熱潮中的觀眾給予的對《全民總動員》和《蛻變》的熱情回應，使曹禺倍受鼓舞。當郭沫若創作出映像現實的《屈原》等歷史劇，在重慶又掀起了強大的觀演熱潮，更是給曹禺以新的刺激，「使他看到觀眾對於直接呼應現實的作品所給予的巨大關注與回報。」〔註32〕既然對現實生活沒有實地體驗，駕馭起來捉襟見肘，不妨像郭沫若那樣，從歷史中去尋找映像現實的題材，也不失為喚醒民眾抗戰的一條好途徑。於是，曹禺開始構思歷史劇《三人行》、《李白和杜甫》。

《三人行》主要採用詩劇的形式描寫岳飛的一生，以及岳飛和秦檜、宋高宗趙構三人之間的微妙關係，藉以諷刺現實，警醒人們從中吸取歷史教訓。曹禺在醞釀歷史劇《三人行》的過程中，或許受時代的感染和影響，其藝術追求的心路歷程在演講稿《悲劇的精神》中有明確的表露。《悲劇的精神》似乎在講戲劇美學，實際上卻立足於抗戰現實，明確地提出在抗戰的艱苦年代，到底需要怎樣一種「悲劇的精神」。

曹禺在猛烈地抨擊了庸人的「悲劇」的同時，提出真正的悲劇，絕不是尋常無衣無食之悲劇，悲劇要比這些深沉得多，它多少是離開小我的利害關係的。只有具備崇高的理想，寧死不屈的精神的人，才能成為悲劇的主人。悲劇的精神，是「所愛有甚於生者，所惡有甚於死者。」在他看來，只有像勃魯托斯、屈原、諸葛武侯、岳飛和文天祥這樣的人物才具有「悲劇的崇高精神」。為此，曹禺認為悲劇的人物要具有火一樣的熱情，要具有「崇高的理

〔註30〕谷虹：《曹禺的〈蛻變〉》，《現代文藝》1941年第4卷第3期。
〔註31〕司馬文森：《評藝大的〈蛻變〉——門外人語之二》，1944年4月21日《大公晚報》。
〔註32〕廖奔：《曹禺的苦悶——曹禺百年文化反思》，《文學評論》2011年第2期。

－191－

想」和「雄偉的氣魄」。雖然「悲劇的主人大都是失敗者，但『失敗』的人物中不少是偉大勝利的靈魂。」「悲劇人物有一種美麗的、不爲成敗利害所左右的品德，他們的失敗，不是由於他們走錯了路，而是由於當時種種環境的限制。艱難苦恨的道路，早晚有走通的一天，一時走不通，他卻勇於承擔眞理的責任，追求到底，這就是中外古今的革命家、文學家、科學家，使人永遠敬仰的力量。悲劇的精神，不是指成功的精神，如果能從堅持不懈、勇往直前的氣魄去體會悲劇的精神，中國的將來便會脫離混沌的局面，成爲一個自強不息、獨立富強的中國。」〔註33〕

從這篇演講中，我們明確地看到曹禺的悲劇美學思想與他早期創作《雷雨》、《日出》、《家》所體現的悲劇美學思想發生了轉變，從「庸人」的悲劇朝著英雄悲劇轉變。在抗戰相持階段，他更嚮往著屈原的悲劇精神，更強調「悲劇的精神，使我們振奮，使我們昂揚，使我們勇敢，使我們終於見到光明，獲得勝利」。

按照這樣的悲劇美學思想來建構新的歷史劇《三人行》，加上嘗試詩劇的手法，增加了創作的難度，使之在完成一幕後便難以爲繼了。隨後，他爲了寫唐代天寶之亂中詩人李白和杜甫的患難之情，專程去西北實地考察和搜集資料，希望通過撰寫歷史劇《李白和杜甫》，從他們身處的戰亂背景來比附抗日的現實生活。可是，返回陪都重慶後卻無從下筆，只好放棄。嘗試歷史劇創作的失敗，不僅使曹禺喪失了自己的藝術自信，也使其遭遇到嚴重的創作危機。

爲此，他不得不摸索新的創作路子，尋找新的題材領域。《橋》（未完稿）正是他探索題材新領域的一種努力。《橋》的產生過程，曹禺曾對田本相如此回憶道：

> 《橋》是經過調查的。重慶有家私人鋼鐵廠，只有老掉牙的貝斯麥爐，我經過錢昌照的介紹，在那裏呆了兩個禮拜。這個戲主要是寫民族資本家同官僚資本家的鬥爭，觀眾可以清楚地看到，我寫的官僚資本家的形象是孔祥熙。孔祥熙的勢力很大，他是蔣介石的連襟，把鋼廠併吞了。沈承燦這個人不錯，後來，他被人害死了。我很想把它續起來，搞了很多材料，但沒搞成。這個戲在寫作中受到毛主席《在延安文藝座談會上的講話》的影響。我對工人不瞭解，

〔註33〕曹禺：《悲劇的精神》，《半月文萃》1943年第2卷第2期。

第一次去工廠，做了些調查，也還瞭解不夠，但對工程師這樣類型的知識分子，我有過接觸，還比較熟悉。《講話》傳到重慶，那時，我不能全部弄懂，但是，我覺得應該反映現實鬥爭，應當去寫工人農民。〔註34〕

《橋》所觸及的題材是尖銳而敏感的。在抗戰期間，蔣、宋、孔、陳四大家族形成的官僚資本，佔全部資本的 70%以上。民族工業在官僚資本的壓榨下，日見萎縮。生活在陪都重慶的曹禺從傳媒和朋友處聽到這些情況後，將目光轉到這個領域中來。經過深入到重慶附近的一個民營鋼鐵廠的實地採訪調查，不但親自觀察和瞭解了整個鋼鐵廠的生產過程，還深入瞭解到官僚資本併吞民族工業的殘酷情形。一方面，愛國的民族工業資本家在艱難歲月中慘淡經營；另一方面，官僚資本卻憑藉其壟斷地位，瘋狂地滲透、鯨吞和壓榨民族工業，使之走向破產。這使曹禺非常憤慨，他拿起手中的筆，以生動的形象，揭示了以何湘如為代表的官僚資本家如何同官僚資本財團和鄉紳相勾結，對懋華鐵鋼公司實行蠶食和吞併。

在《橋》已寫的兩幕中，已展示出了官僚資本對民族工業的壓榨掠奪：何湘如利用收買的機會，迫使民族工業家沈蟄夫收購不夠規格的焦炭生鐵；暗中撤銷減少貸款，使懋華鐵鋼公司陷入困境之中。從中可以窺見曹禺在《橋》中大膽揭示社會矛盾的膽識。他不願將《橋》描寫太實，使之缺乏應有的象徵意義和藝術感梁力。他想從這種工業題材中提煉出富有啓迪性的主題。他曾向田本相闡釋，爲何將這部取之於現實的話劇取名《橋》：

我的意思，橋是一種象徵，如要達到彼岸的幸福世界，就需要架起一座橋來，而人們不得不站在水中來修建橋梁，甚至把自己變成這橋的一個組成部分，讓人們踏在他們身上走向彼岸世界。在發表時，我在劇前引用了彌爾頓的詩句：『給我自由去認識，去想，去信仰，／並且本著良心，自由地講，／關於一切其他的自由。』可能也許有些朦朧，但在我心中，我覺得我應該去追求什麼信仰，而我所需要的自由，無疑是向著那個不自由的現狀。〔註35〕

事實上，在劇中「橋」的象徵意義不止一次地暗示出來。如沈蟄夫面對何湘如的箝制，公司處於困難時說：「記住，我們現在正在水當中搭橋，我們

〔註34〕 田本相 劉一軍：《曹禺評傳》，重慶出版社 1993 年版，第 206 頁。
〔註35〕 田本相 劉一軍：《曹禺評傳》，重慶出版社 1993 年版，第 207 頁。

應該不怕任何人拆橋的。」沈摯夫口中的「橋」，隱喻著劇中主人公都是一些
拼力搭橋，不怕拆橋，爲架起通向勝利彼岸橋梁而獻身的愛國的民族工業家
和知識分子，他們本身就是一座駛向幸福的「橋」。

　　《橋》中，作者傾力刻畫的人物是煉鋼廠的副廠長沈承燦。他是從美國
學成歸來的煉鋼專家，「體格健壯，言語舉止，都使人覺得這是一個生命力非
常旺熾，而又漸趨成熟的青年」而「備受矚目」。天生麗質的梁愛米一再拒絕
戀華鋼鐵公司董事長何湘如的追求，卻單戀著「青梅竹馬的玩伴，從小就彆
彆扭扭，一見面就得爭起來」的沈承燦。可當沈承燦的未婚妻歸容熙出現在
她面前時，她不僅沒有表現出絲毫嫉妒，反而心甘情願地成全著他們的婚事。
沈承燦「心靈的深處藏蘊著一種永不磨滅的愛自由、愛眞理的天性」。他專業
知識豐富，聰明能幹，有一種獻身民族工業的事業心。他腳踏實地，不尚清
談，即使煉鋼廠面臨極度困難，仍然以堅忍不拔的毅力，一定要把鋼煉出來。
他希望「看見第一次列車在四川第一條鐵路上開行」。爲了事業，他寧肯同他
心愛的人歸容熙暫時分手。他尊重工人，他批評工程技術專家古恭憲不應當
輕視「莊稼人」。他認爲只要自己言傳身教，這些「莊稼人」都可以成爲很好
的工人。他說：「我們必須跟領班合作，跟工人打成一片。」在一次事故中，
沈承燦身負重傷，表現了一種忘我犧牲的精神。顯然，作者在這個探索眞理、
追求進步的知識分子身上寄予了自己渴望進步、追求眞理的願望。

　　《橋》雖未完成，但作者的藝術探索卻是值得肯定的。通過實地採訪調
查，將一個民營鋼鐵廠冶煉鋼鐵的過程與人物糾葛、矛盾衝突結合起來描寫，
在已完成的兩幕中，有名有姓的人物有 25 個。錯綜複雜的人物關係，已初步
顯示出作者駕馭現實題材和組織戲劇結構的超強能力。因抗戰的迅速結束，
曹禺接受邀請前往美國講學，《橋》在完成兩幕後輟筆，待他從美國回來時，
已時過境遷，難以續寫，留下遺憾。

　　在抗戰時期的陪都期間，曹禺還結合自己話劇創作的得失，較爲系統地
總結了戲劇理論和編劇方法。這些來源於創作實踐的關於話劇寫作的方法，
主要體現在他的兩次講演稿中：其一是《關於話劇的寫作問題》；其二是《編
劇術》。二者都彌足珍貴，不僅對當時抗戰劇的創作有著切實有效的現實指導
意義，而且對後來的話劇創作也不無裨益。

　　1938 年上學期，曹禺在南渝中學爲怒潮劇社所作的《關於話劇的寫作問
題》的講演中，針對當時話劇創作上存著的通病指出：「現在一般話劇的創作

者，都有一種共通的缺憾，便是創作態度不嚴肅，認識力不夠，故其作品不深刻，不使人感覺親切有味，與現實生活的眞象距離太遠。」「過去話劇創作又多趨於公式化概念化，今後描寫人物務要代表一獨特的完全的人格。」「由於態度的欠嚴肅，中國話劇作者，對於材料的收集也不夠。」「欣然下筆」「必定浮泛不實」。要養成收集創作材料的好習慣，「以備寫作時應用。」要克服話劇創作在語言上的匱乏，要學會用方言寫話劇，這樣，「當地觀眾看起來才能感親切而稱心滿意。」他不滿戰時的抗戰戲劇，認爲「近來的抗戰戲劇，故事往往太離奇，反使人不置信，所以選材上應該力求平凡，再在平凡裏找出新意義。譬如說現在抗戰劇本寫的多是漢奸與英勇的兵士，但是就現存作品中就很難找出寫來有恰如其分的眞實。寫士兵寫不出眞能代表中華民族的士兵，而大都趨人傳奇式的神話化了。寫漢奸也把漢奸寫成無惡不作的人物，這其實與觀眾的效果是很低微的。」最後，他指出「話劇寫作者還有一個戒條，就是不要走別人已走過的路，避免因襲造作，要耐心、嚴肅，各人找出自己的二條路。」〔註36〕

　　同年夏天，爲適應戰時需要，在中國青年救亡協會的籌辦下，國立劇校利用暑假舉辦了「戰時戲劇講座」。7月25日，時任劇校教務主任的曹禺，在重慶小梁子青年會首講《編劇術》。這篇講稿後印入劇校編刊的《戰時戲劇叢書》第二種《戰時戲劇講座》中，1940年1月以《編劇術》之名由重慶正中書局正式出版。

　　《編劇術》是曹禺在抗戰時期關於戲劇理論和編劇方法較爲系統的一篇重要講話，是他創作了「生命三部曲」後對自我戲劇創作經驗的寶貴總結。

　　在講座中，曹禺指出：

　　首先，戲劇要受「舞臺」、「演員」和「觀眾」的影響和限制。「戲劇原則、戲劇形式與演出方法均因這三個條件的不同而各有歧異」。同樣，「抗戰劇的編制，當然也不能脫離『觀眾』、『舞臺』、『演員』這三種限制」。除了這三個條件外，還要注意「舞臺的幻覺」。「用編劇技巧來感動觀眾，我們所根據的藝術心理的基礎是『舞臺的幻覺』。」他強調，在寫劇本時，除了注意運用「時間」、「地點」及「人物上下場」的種種氛圍外，還要精心組織結構和佈局，同時，還須牢記「經濟」、「鮮明」、「有意義」以及其他種種，「因爲我們不能在舞臺上和盤托出毫無變動的人生。我們固然不能否認『舞臺上的眞實』是

〔註36〕曹禺：《關於話劇的寫作問題》，杜幹民記，《怒潮季刊》1938年10月創刊號。

『真實』，但它決非生吞活剝全不選擇的真實。」「一個寫戲的人除了注意『舞臺』、『演員』、『觀眾』三個現象之外，還要顧到『時間』和『地點』的限制。」時間不能不經濟，為了集中觀眾的注意力，「也以少變動地點為是，因此，我們寫戲，戲發生的地點也需要經濟。」

其次，編劇的過程要分作五個步驟：

一、材料的囤積。「材料的來源，是靠平時不斷的收集整理，甚至分類登記等囤積起來的」。「戲劇工作者不能等待靈感，而應該設法使靈感油然而生，隨時隨地心內都蘊藉著一種『雞鳴天欲曙』，快要明朗的感覺。這種心理的準備，就需要材料的囤積了。」

二、材料的選擇。「戲劇有時間的限制，更要有統一的印象，不能把什麼都隨便的寫上去。所以在搜集材料之後，就要講求選擇了。有人說：『戲劇的藝術就是選擇的藝術。』這話是值得我們玩味的。」「現在整個民族為了抗戰，流血犧牲，文藝作品更要有時代意義，反映時代，增加抗戰的力量，在這樣偉大前提之下，寫戲之前，我們應決定劇本在抗戰期中的意義。」因此，務必提煉劇本的主題。其實，「主題就是選擇材料的標準」，「主題，第一應該『清楚』，不要含糊」；「第二，應該簡單」。「主題是個無情的篩孔，我們必須依照它所給予我們的感覺狠心地大膽地把材料篩它一下，不必要的不合式的材料淘汰去。這樣寫來，作品才能經濟扼要。」

三、預備劇本的大綱。「大綱裏面應列『場表』，記載哪些人物上下場，發生哪些事實，有哪些重要的話。」「有了計劃才有分寸。多幕劇固然如此，獨幕劇也應如此。」「一般地講，劇本要使觀眾逐漸發生興趣，緊張的場面總放在較後，這種例子，俯拾即是，無須多說。」「人物的個性、對話、動作等等，亦應於大綱中想透了再動筆，力求其明瞭周詳。」

四、人物的選擇。他首先講到了「典型和個性略有不同。」「所謂典型，就是把一個階層或一類人的共同之點，異於別階層別類人的行動、習慣、語言、思想集中在一個代表者身上所造成的人物。換言之，典型人物是擁有其他屬於同階層或同類的人的共同特點的。」「比較起來，個性是不易寫的，如能寫到恰好時，那會使人真正心服。因為個性不止於著重他與其他同類人的同點，卻更著重他的異點的。」「譬如張某雖然吝嗇，但如果他的女兒病重，他固然依然故我，不肯拿出錢來請高明醫生，但是聽見病人不斷的呻吟的聲音，或是偶而倚在窗前，看見街頭緩緩抬過一口黑色的棺材的殯喪行列，那

時，他忽然悟到世上有著比金錢更重要的東西，忘記了他的吝嗇根性，於是花費他看得比自己生命還重要的錢去請醫生來挽回病人的生命。這就是比較近於個性的描寫了。」接著，他談到了人物典型化的問題。他說，「人物典型化，很易流為『過份』。如抗戰劇中所寫漢奸和英雄，大都是這類典型加倍地強調的產物。這樣寫法，固然黑白分明，不易錯誤。但是結果往往宣傳自是宣傳，觀眾自是觀眾。二者之間毫不發生任何深刻的關係。」「所以典型絕不是一種過份地誇張，更不能離開真實。」「看了抗戰劇，我們希望觀眾能懇切地想想自己的行為，留心身旁的人的行為，這才收到宣傳的功效。」總之，「一句話，抗戰劇中的人物，要真實親切。要做到這一步，我們要充分體驗抗戰生活，不怕收集材料的種種困難。」

五、寫。如何「起首」？「起首第一件事，我們應求『頭緒清晰』；故事的頭緒不能太多，多了易亂。」「第二件事是『動作』。寫劇不是寫對話，是表明人與人之間相互反應的精神活動。這種活動的顯明表示，莫過如『動作』」。「有時心理上的衝突，常常比表面上的動作，還要動人。」「第三件事是要抓住觀眾的注意力。有了動作，還要看編排。換句話說，就是要引起觀眾要看那『動作』的渴望，如讓他能感覺到如火如荼的動作就要展現在眼前了。所以寫第一幕時，就預備著第二幕，抓住觀眾的興趣，叫他們等待著第二幕的展開。」「我們利用觀眾對主人公的同情與好奇心，告訴觀眾一點兒，而又不是完全告訴他們，叫他們期待著更大的轉變。這樣，在幕與幕之間，依據這種手法，在看戲人的心裏，造成強有力的聯繫。」

第三，曹禺談了「文章有所謂『起承轉合』。戲劇——若是以故事為中心——到了『中段』也有所謂故事『陡轉』（Pertpeteia）的方法。我們說過 suspense 常常是預示觀眾若干端倪，引起他們對以後更有力的發展的期待的心情。『陡轉』常常是出乎觀眾意料之外的故事的轉捩。這種轉捩，多半與主角有關。」「『陡轉』有二種：第一，故事性的，見於形象；第二，人物的，是內心的變動。這種精神上的『陡轉』，如果寫得真切，是最能動人的。」

第四，曹禺談到戲劇的結尾問題。「結尾，有一兩點還要注意：第一、不可公式化，現在普通抗戰劇的結尾，很少不是在一種公式下寫成的。」「偉大的戲劇，好的結尾的動人之處，固然在結構的精絕，然而更靠性格描寫的深刻。例如：吳祖光先生編的《鳳凰城》，結尾苗可秀死了，大願雖然未酬，但是他的偉大的人格卻更加深入觀眾的心裏。假如依著一貫的公式，不顧真

實，硬為湊成一個歡喜的結局，觀眾縱然一時鼓掌歡呼，但絕不及原來的結
局那樣深遠動人，足以啟發觀眾崇高欽敬的心情，激動強烈的抗戰意識。我
不反對『大成功』的結尾，正如我相信事實上我們的抗戰早晚要成功一樣。
但若只是靠結局『大成功』作為寫戲的無二法門，以致結構幼稚，人物淺薄，
這是我們所深惡痛絕的。」「第二，不可臨時湊。」「寫戲收尾，有時固然可
以『出人意外』，細細回想一下，那也要『在人意中』，這才有趣味。」「第三，
要點醒主題。如果一直找不著機會來點明主題，那麼在最後的結局當口，是
不該再忘卻的。這種『點醒』，當然也是多種多樣的，有時也會是很含蓄的。」

第五，曹禺談到了對話的寫法。他認為，對話方面，要注意以下三點：「（一）
適合性格。（二）適合舞臺上的邏輯，注意舞臺上的空間與時間的確切。在一個
戲裏面，假定鄰居至少住在一里路外，那麼，如若與鄰居隔窗談話，是空間上
的不合邏輯；出去到十數里外做一件事，過半分鐘就回來，卻報告事情已經辦
妥。這是時間上的不合邏輯；兩者都同樣的破壞了舞臺的幻覺。（三）要清晰簡
要，不要咬文嚼字。不要嚕嚕蘇蘇地，成段成章地寫。剛寫作的人借某個人物
的嘴，說出很多的理論，結果，不但離開了真實，興味也完全失去了。」

最後，在總結前文的基礎上，曹禺提醒學員注意三點：

（一）編劇的三種限制——舞臺、演員、觀眾——「在目前以認識觀眾，
最為重要，所以寫抗戰劇前，必須瞭解觀眾的性質，跑到鄉下對窮苦的農人
談節約是笑話；要觀眾覺得親切，我們應當熟知觀眾的生活，徹底觀察，體
會他們的需要。」

（二）話劇感動人的，不是「話」，而是「劇」。「劇本應該多動作，有些
好的劇本，刪去一些對話，依然成為完美的默劇。寫劇本應儘量多找動作，
用動作來代替對話。記住！在臺上用一個真實的動作，比用一車子的話表述
心情更有力量。」

（三）「寫好劇本，決不能憑一時衝動提筆就寫，要有長期的準備，列出
詳盡的計劃才能寫成的。寫成後，還要再三修改，不辭勞苦，耐性地修改，
這樣才能產生好的劇本。」

曹禺在結束這次講座時，希望熱心於話劇創作的諸位：「在有空時多看
戲，多讀劇本，多參加戲劇的活動，多體會裏面的奧妙。最深奧的戲劇藝術，
需要自己來琢磨探討。閉門造車，看了一兩本編劇法，是不能幫助我們寫成
一個偉大的抗戰劇本的。」

第六章　夏衍在重慶的文藝活動和戲劇創作

　　1942 年 4 月到 1945 年 9 月，夏衍（1900～1995）一直生活在陪都重慶。在此期間，一方面，他擔負起組織和領導國統區文化界黨的統一戰線工作；另一方面，又創作了《水鄉吟》、《法西斯細菌》、《離離草》、《芳草天涯》等話劇，改編和合寫了《復活》、《戲劇春秋》和《草木皆兵》等劇本。此外，他還代理過《新華日報》總編輯（1944 年 8 月～1945 年 9 月），並以余伯約、司馬牛等筆名在《新華日報》上發表了大量諷刺黑暗現實中的雜文和一些關於戲劇運動和國際問題的文章。

一、陪都文化界統一戰線的組織者與領導者

　　1942 年 2 月 5 日，夏衍從香港、經柳州撤離到桂林，本想立即趕赴重慶向周恩來彙報香港撤退前後的工作，因交通困難受阻，滯留在桂林兩個月。在這期間，夏衍不僅與桂林戲劇界的朋友交往密切，而且還與田漢、洪深合著了四幕劇《再會吧，香港》〔註1〕。歐陽予倩執導彩排後，才演一場，就被桂林當局查禁。後在白維義的幫助下，將劇名改為《風雨歸舟》才得以在大眾電影院演出。不久，洪深給中山大學同學們排演時才恢復《再會吧，香港》的原名正式演出。

　　4 月初，夏衍用四幕劇《愁城記》桂林版的稿費，託張雲喬買到了一張從桂林到重慶的機票。9 日早上，夏衍到桂林二塘機場候機時，田漢冒雨從機場

────────────────

〔註 1〕1942 年 5 月集美書店以《風雨歸舟》之名出版。

外採摘一束杜鵑花前來送別。下午飛抵重慶珊瑚壩機場後，接到張雲喬電報
的孫師毅，用文化工作委員會的汽車將他接到中一路的家中。

當天傍晚，在中一路孫師毅寓所，夏衍與周恩來如約見面。他首先向周
恩來彙報了太平洋戰爭爆發後香港進步文化界人士分批安全撤離的情況；接
著，他又說自己辦了幾年報（指《救亡日報》），這次回重慶，請求回《新華
日報》工作。出乎夏衍所料，周恩來沒有同意他的請求，反而指示他要盡快
爭取到一個「公開合法的文化人身份」，以便從事統一戰線工作。當時國共兩
黨關係微妙，「你中有我，我中有你」，只有採取靈活的鬥爭方式開展工作，
才能爭取更多的合法權利，團結更多的文化人在黨的周圍爲抗日救亡服務。
因此，對（黨）內（1927 年 6 月，夏衍就加入了中國共產黨，在上海從事翻
譯和工運工作），夏衍爲中共南方局文化組副組長（組長徐冰），負責文化界
黨的統一戰線工作；對外，爲《新華日報》特邀評論員，撰寫政論和雜文。
這樣，夏衍既可以爲《新華日報》和其他報刊寫文章，又可以名正言順地到
化龍橋和曾家岩 50 號周公館去彙報工作。當晚九點後，在孫師毅的陪伴下，
夏衍到天官府去見郭沫若，並借宿在天官府文工會對面二樓的一間會客室。

第二天上午，夏衍奉周恩來之命前去拜會潘公展（國民黨中央宣傳部副
部長兼《中央日報》總主筆。嗣後又兼軍事委員會戰時新聞檢查局副局長、
中央圖書雜誌審查委員會副主任委員、中央政治學校新聞專修班主任），向其
報告《救亡日報》（社長郭沫若，實際負責人是總編輯夏衍）在廣州和桂林的
情況。因創辦時，國共雙方協商，互派人員和提供經費。後來，國民黨方面
的工作人員陸續退出，報紙的編輯工作主要由共產黨人負責。潘公展自知理
虧，便轉移話題，說政府很關心從港歸來的文化界人士，準備成立一個文化
運動委員會，聘請夏衍當委員，給一點車馬費。夏衍說，自己一直賣文爲生，
不參加政府機構的工作。晚上，夏衍在郭沫若夫婦的陪伴下，和朋友們一道
到國泰大戲院去觀看《屈原》的最後一場演出。《屈原》是由應雲衛主持的中
華劇藝社排演的，金山飾演屈原，白楊飾演南后，張瑞芳飾演嬋娟，明星薈
萃，珠聯璧合，效果非常好。

不久，夏衍到曾家岩 50 號去找徐冰。徐冰給他系統地介紹了國內外情勢
和南方局的情況，吩咐他認真執行黨關於在國統區「長期埋伏、積蓄力量、
等待時機」的十二字方針，完成周恩來提出的「勤學、勤業、勤交朋友」的
任務。徐冰生性樂觀，愛開玩笑，他在傳達文件時還講了不少戰時陪都的「奇

聞怪事」，使夏衍大開眼界。

接下來的幾天，夏衍到張家花園「文協」去拜會了老舍。接著，他又到中華劇藝社去看望應雲衛、陳白塵、趙慧深、賀孟斧等朋友，應雲衛趁機向他約稿，爲霧季公演寫一個劇本。隨後，夏衍又到《新華日報》去看望了社長潘梓年、總編章漢夫、編輯許滌新等老朋友，全面接觸和瞭解陪都重慶文化界的情況。

5月後，從香港脫臉的文化人陸續回到重慶。「文工會」的郭沫若、「文協」的老舍、「文運會」（1941年1月皖南事變後，國民黨政府於2月7日宣佈成立中央文化運動委員會）的張道藩，都先後主持過歡迎茶話會。作爲中共南方局文化組的副組長，夏衍常常到深夜時分來曾家岩50號，參加周恩來主持或指示召開的文化組會議，主要研究如何開展國統區的文化工作。有時，爲了便於一些同志來往方便，也在天官府郭沫若家裏邀請一些黨和非黨人士舉行茶會或便餐。參加這種集會的人數不定，名單都由周恩來親自擬定。周恩來平易近人、和藹可親的態度和堅持原則、處事嚴謹的作風給夏衍留下了深刻的印象。

文化組每次開完會後，夏衍總是要將其精神傳達給各進步團體，並深入到進步文化人士中間去進行動員和組織工作。此時，夏衍正值「不惑」之年，精力充沛，以誠動人，將陪都重慶文藝界、戲劇界緊密地團結在以周恩來爲代表的黨的正確路線周圍。如愛國青年劇作家吳祖光，因鼓吹抗日、歌頌民族精神的《鳳凰城》和《正氣歌》公演後，獲得了全國聲譽。他從江安的國立劇專來到重慶，結識了很多進步文化人士。夏衍看過他的《文天祥》，在重慶，經陳白塵介紹，他和吳祖光一見如故。1942夏天，吳祖光完成了代表作《風雨夜歸人》，來到北碚避暑，聽說夏衍也在北溫泉寫作多幕劇《水鄉吟》，便拿著剛脫稿的《風雪夜歸人》劇本前去拜訪夏衍，受到了他親切、友好地接待。夏衍答應立即爲他看劇本，幾天後，他託人捎信請吳祖光去他住所。一見面，夏衍就熱情稱讚《風雪夜歸人》寫得好。受到前輩作家的稱讚，吳祖光很高興。他們促膝談心，談劇本、談劇運、談前途、談希望，兩人由此結下了長達數十年的深厚友誼。吳祖光在夏衍的關懷、帶領下，爲黨的文藝事業，做了許多工作。在夏衍的引薦下，吳祖光還在曾家岩50號見到了周恩來。以後，他成爲周公館的常客。周恩來對吳祖光的創作非常關心。1943年2月25日，五幕話劇《風雪夜歸人》作爲第20次公演的劇目由中華劇藝社在

抗建堂演出，廣受好評。周恩來忙裏抽閒，多次自費前往觀看。《新華日報》在 20 天內連續發表了 6 篇相關的評論文章，這在《新華日報》上是不多見的。這些中肯的評論，使吳祖光深受鼓舞。自此以後，他決心跟隨夏衍按照黨指引的道路繼續前進。後來，吳祖光又創作了三幕劇《少年遊》，夏衍在《讀〈少年遊〉》中，對其所塑造的形態各異的現代知識分子欣賞有加，認為這部劇作標誌著吳祖光「一步比一步更堅實地走向現實主義。」﹝註2﹞經吳祖光介紹，夏衍在北碚避暑和寫作之餘，又認識了曹禺和張駿祥。夏衍看過曹禺的「生命三部曲」（《雷雨》、《日出》、《原野》），非常推崇他在人物性格上的刻畫。夏衍從賀孟斧處借過張駿祥化名袁俊寫的話劇劇本《小城故事》，吳祖光曾介紹過張駿祥是留美專攻戲劇的專家。夏衍懷著求教的心態與他們在一個露天茶座相見時，出乎他的意料，曹禺和張駿祥並沒有大作家、名導演的「架勢」，反而溫文平易，曹禺還顯得過於拘謹。

北碚地方不大，重慶文化藝術界在這兒避暑的不少。每天晚飯後，夏衍總會碰到許多熟人，如應雲衛、陳鯉庭、賀孟斧、「四大名旦」（白楊、舒繡文、張瑞芳、秦怡）。與這些戲劇界的朋友「談得最多的還是大後方搞戲劇運動的困難：租劇場困難，可演的劇本少，以及審查嚴、捐稅重等等。」﹝註3﹞夏衍曾與熱心研究斯坦尼斯拉夫斯基的陳鯉庭和學有專長的「中國青年劇社」院長張駿祥，長談過在抗戰困難時期如何提高話劇的質量問題。日後，他寫就《論正規化──現階段劇運答客問》一文，發表在 1943 年 11 月 11 日《戲劇時代》的創刊號上。

1942 年夏，在桂林從事戲劇演出和宣傳的新中國劇社，受到政府箝制和通貨膨脹，難以支撐。負責人杜宣代表劇社奔赴重慶向黨組織彙報，希望聽取指示，得到支持。杜宣到重慶後，首先來到北碚北溫泉找老朋友夏衍。此時，夏衍正應中華劇藝社社長應雲衛的約請，在北溫泉撰寫《法西斯細菌》。杜宣講明來意後，夏衍告訴他周恩來因生病正在中央醫院治療。第二天一早，夏衍便陪同杜宣乘船到達北碚。在北碚，他們去看望了應雲衛，拜訪了郭沫若，隨後直奔沙坪壩的歌樂山中央醫院。在病房，夏衍向周恩來介紹杜宣後，杜宣將新中國劇社在桂林從事抗戰宣傳和演出的情況作了彙報，周恩來聽後

﹝註2﹞ 夏衍：《讀〈少年遊〉》，1944 年 3 月 27 日《新華日報》。

﹝註3﹞ 夏衍：《懶尋舊夢錄》（增補本），生活‧讀書‧新知 三聯書店 2000 年 9 月版，第 331 頁。

就劇社今後的工作作了原則的指示，並答應中共南方局在經濟上予以支持，從而使陷入困境的新中國劇社得以新生，前往湖南進行公演，繼續擴展著抗日戲劇運動的道路。

太平洋戰爭爆發後，在港組織旅港劇人協會的宋之的，經過長途跋涉回到重慶。1942 年 6 月，他找到夏衍，嚴肅地提出要求加入中國共產黨。夏衍將宋之的要求報告徐冰後，兩人一同向周恩來彙報，周恩來不同意。他指出，像宋之的這樣與張道藩同臺演過戲，與潘公展相識，又沒上國民黨頑固派黑名單的黨外著名文人，在黨外工作比在黨內工作效果要好得多。周恩來叫夏衍轉告宋之的，我周某人一直把他看作同志，但在這個時候還是要他當「民主人士」。〔註 4〕宋之的愉快地接受了組織安排。國民黨發動的第二次反共高潮，不久就銷聲匿跡。張道藩隨後便以「文化運動委員會」的名義，聘請宋之的為理事，每月送車馬費 100 元。宋之的徵求夏衍的意見，夏衍告訴他，黨組織決定「黨員一律不接受聘書，非黨員同志則可以由他們自由決定。」「拿他們的錢，做我們的事」也是有先例的。宋之的聽後斷然拒絕了張道藩的聘請和車馬費。

重慶的 7 月熱得像「蒸籠」，應雲衛前往天官府，催促夏衍踐諾為中華劇藝社寫劇本的事。為了使夏衍在酷暑中能早日交稿，應雲衛為他在北碚找了一間靠山的小屋，地方安靜，較為涼爽，中午和晚飯都包給附近的一家小飯館。北碚圖書館也相隔不遠，適宜寫作。7 月下旬，夏衍來到北碚，開始構思寫作「科學與政治」關係問題的《法西斯細菌》。經過 1 個月的辛勤寫作，到 8 月底，五幕六場的《法西斯細菌》劇本如期完稿。應雲衛拿到劇本後，非常高興，連看都沒看，就拿去油印了。

1942 年 10 月 17 日，《法西斯細菌》由應雲衛領導的中華劇藝社在重慶國泰大戲院首演。洪深導演，周峰（飾俞實夫）、白楊（飾靜子）、耿震（飾趙安濤）、張逸生（飾秦正誼）等出演主要角色。首演時，適逢日寇飛機轟炸重慶，全體演職人員帶妝與觀眾一同進入防空洞暫避。空襲後，場內觀眾爆滿，座無虛席。周恩來不僅自己三次親臨戲院捧場，還通知尚在北碚的夏衍進城陪他請來的吳在東、丁瓚、弗來茨·湯生（奧地利）等幾位醫生看戲。11 月 8 日，鄧穎超約請從延安來渝的伍雲甫觀看了此劇。《法西斯細菌》共演出 18 場，觀眾達 25200 多人。葉聖陶在觀看演出後，欣然賦詩曰：「法西細菌劇披

〔註 4〕夏衍：《之的不朽》，《新文學史料》1984 年第 1 期。

蜎，七號風球亦已揚。此際誰復能獨善，不爲奮起即淪亡。妙傳心象情如繪，
異曲同工比馬門。」〔註5〕

　　基於當時文網森嚴，夏衍曾將其改名爲《第七號風球》（風球是東南亞地
區用來傳遞颱風信息的信號標誌，風大，風球就升級，第七號風球意謂著特
大颱風來臨。）交聯友出版社送審。郭沫若看了劇本後，不贊成用這個「古
怪」的劇名，建議還是恢復原名好。因「書報檢查處」查禁，《法西斯細菌》
遲至 1944 年 9 月才由重慶文書出版社初版。1946 年上海開明書店再版時，夏
衍在扉頁上寫下「獻給 W、T」的獻詞。W 即吳在東，T 即丁瓚，以此感激這
兩位醫生對創作該劇的幫助。

　　從 1942 年 6 月起，夏衍開始爲《新華日報》副刊和國際版寫稿。因客觀
形勢，他只能用曲筆，化爲余伯約寫時評。同年 11 月，夏衍又以司馬牛的名
義在重慶《新華日報》開設「周末漫談」，一直持續到至 1943 年 1 月爲止。
在此期間，夏衍與蘇聯駐華使館文化參贊費德林、美國駐華使館文化參贊費
正清過從甚密，成爲好朋友。他爲祝賀斯大林格勒大捷所寫的時評《我的心
不能平靜》在《新華日報》發表時遭「腰斬」，除開場白外，全部開天窗。費
德林知道後，將其譯成俄文全文在蘇聯《眞理報》上發表。

　　與此同時，在陳鯉庭、白楊和張西曼等人的慫恿下，夏衍開始著手構思
改編托爾斯泰的名著《復活》。爲此，他一有空就到重慶圖書館去閱讀有關《復
活》和托爾斯泰的書。11 月 17 日晚，夏衍、陽翰笙同去周恩來處，彙報中國
電影製片廠廠長吳樹勳阻拒中國萬歲劇團擬演陽翰笙《草莽英雄》一事。第
二天，夏衍出席重慶市戲劇界在中蘇文化協會召開的茶話會，歡送中電劇團
赴成都演出和國立劇專來渝公演。爲了加強重慶進步劇運的力量，在周恩來
的倡議下，由夏衍、金山、宋之的、于伶、司徒慧敏、章泯等發起的中國藝
術劇社，於 1942 年 12 月 29 日在恒社舉行成立大會。總幹事金山，領導成員
有司徒慧敏、章泯、宋之的、于伶、舒強、沙蒙等。劇社主要成員有藍馬、
鳳子、玉蘋、虞靜子、淩珀如、黃宗江等。當天，《新華日報》、《新民報》、《新
蜀報》和《時事新報》還報導了中國藝術劇社舉行成立大會的盛況。中國藝
術劇社成立後，與早已活躍在大後方的中華劇藝社並肩戰鬥，在陪都重慶建
立起一個由黨直接領導的革命戲劇基地，組織起一大批思想進步的劇作家，
創作並演出了眾多抨擊黑暗現實、宣傳抗日救國的劇目。12 月 30 日，夏衍前

〔註5〕葉聖陶：《籃存集》，作家出版社 1960 年版，第 95 頁。

往百齡餐廳出席慶祝洪深 50 壽辰的茶話會，他還爲此撰寫了《爲中國劇壇祝福——祝洪深先生五十生辰》的賀文。全文由人及文，全面評述了洪深對中國話劇運動的貢獻。洪深後來看到後，寫長信予以感謝，謂「別創一格」的「知己者」言。

1943 年春，張駿祥辭去三青團旗下的中央青年劇社社長一職，CC 派的閻折梧想接任。夏衍將此情況報告給周恩來後，周恩來叫他去動員馬彥祥來任社長。思想進步的馬彥祥不願背上三青團的名聲，待知道是周恩來的意見後，方才接受。在馬彥祥的領導下，中央青年劇社白面紅心，上演了吳祖光的《少年遊》等劇作，對重慶的進步劇運提供了支持。

1943 年 3 月 23 日晚，夏衍和陽翰笙去周恩來處，彙報應雲衛主持的中華劇藝社（簡稱「中藝」）和金山主持的中國藝術劇社（簡稱「中術」）處境艱難。爲避開頑固派的刀鋒，擴大進步劇運的影響，周恩來決定「中藝」離開重慶，到成都等地演出。4 月 3 日，中華劇藝社業務主任沈碩甫因勞累過度突發心臟病死於臨江路，入殮時發現他沒有一條完整的內衣內褲，「中藝」同仁無不失聲痛哭。爲了保障劇作家的生存和創作，老舍、夏衍、于伶、張駿祥等人在推遲出版的《戲劇月報》「保障上演稅運動特輯」上撰文呼籲。老舍說：「寫劇本除了耗費心血，也要喝茶吃飯，演我的劇本，給我上演稅，兩無缺欠。」夏衍說：「『食不飽、力不足，才美不外見。』這不單用於一匹馬，對於劇作家也是如此。」

夏衍從戰亂的香港來到陪都重慶後，當年的夏天是在北溫泉度過的。因北溫泉毗鄰北碚圖書館，夏衍讀了很多古今賢哲的傳記。特別是他讀了羅曼·羅蘭的《托爾斯泰傳》後，又相繼看了郭沫若譯的《戰爭與和平》、耿介之譯的《復活》和孟十還譯的《克果探長曲》，以及日本中央公論社出版的《大托爾斯泰全集》第十一卷的《戲曲集》後，對托爾斯泰誠實的生活態度肅然起敬。他原打算重譯一些托翁未曾介紹過的劇本，因旅舍斗室壁上掛了一副帕斯特爾納克所繪的《復活》的插畫，白衣的卡丘莎茫然若失的眼睛使其產生了憐憫之心。而此時，重慶有三個劇團在北碚「過夏」，夏衍與闊別多年的友人們放談時，《復活》常常成爲談話的主題，甚至就如何表現卡丘沙的苦痛，還成爲與演員朋友們爭論的中心。《復活》已多次被改編成戲劇和電影，夏衍就曾在銀幕上看過德麗奧和安娜·史丹的卡丘莎，也從書本和舞臺上看過法國巴大葉和田漢所改編的劇本。因此，當陳鯉庭和楊君莉（白楊）一再慫恿

他再來一次改編的時候，他感到惶恐與顧慮。「改編本來是不討好的工作，加上我的對象又是山一般崇高，海一般浩瀚，大自然一般豐饒與壯美的托爾斯泰！」〔註6〕陳鯉庭和楊君莉熱心地為夏衍找來了巴大葉的陳綿譯本，田漢的改編本，以及一些可供參考的書籍與畫片。盛情難卻，夏衍無法拒絕朋友們的催促與要求，準備改編《復活》。因一年一季的「霧季演劇」開始了，他帶著這個「任務」回到了市裏。為了豐富1943年春季演出劇目，夏衍將托翁的名著《復活》改編為可供上演的六幕同名話劇。

1943年4月10日，蘇聯對外文協得知夏衍根據托爾斯泰名著《復活》改編的六幕同名話劇即將由「中蘇文協」籌款正式公演，發來賀電。24日，中華劇藝社在國泰大戲院正式上演夏衍改編的話劇《復活》，導演陳鯉庭，白楊（飾卡丘莎）、項堃（飾涅赫留道夫）等主演。蘇聯駐華大使潘友新、文化參贊費德林、中蘇文化協會會長孫科前往觀看。夏衍在改編《復活》為同名話劇時，按小說情節發展的時間順序編排的，將原著中卡丘莎的新生與涅赫留道夫懺悔的主題改為生命的復活，披枷帶鎖的囚徒嚮往著明天，卡丘莎最後拒絕了貴族涅赫留道夫的懺悔。《復活》公演時，恰逢蘇德戰場上蘇軍反攻之際，頗受觀眾歡迎，上座率很高。5月，劇本《復活》由美學出版社出版發行。

1943年5月25日，共產國際執行委員會主席團公開宣佈，為了適應反法西斯戰爭的發展需要，即日起解散共產國際。夏衍在聽了周恩來傳達我黨完全同意解散共產國際的決定後，思想上受到了很大的震動。隨後，國民黨頑固派發動了第三次反共高潮，叫嚷解散中國共產黨。他們借「新聞檢查」之名，禁止《新華日報》刊載有關報導我黨的文章。在《新華日報》發行部縱火，並派憲兵、警察和便衣特務包圍《新華日報》所在地化龍橋。

1943年7月，夏衍夫人蔡淑馨帶著女兒沈寧、兒子沈旦華，歷經艱辛從故鄉德清來到重慶，分別近6年的一家人終於團聚了。在唐瑜的幫助下，他們一家先在臨江路覓得一小屋暫住。接著，唐瑜又賣掉他哥哥送給他的半隻金梳子，在中一路四德村附近的下坡地段蓋了兩間「捆綁房子」，他和夏衍各住一間。夏衍將住的簡易房子取名「依廬」，一家人一直住到抗戰勝利。朋友們稱讚唐瑜為「建築師」，他因此對造房產生了濃厚的興趣，狠心賣掉了在昆明與人合資經營的一家電影院的股權，在「依廬」附近租了一塊地，親自繪

〔註6〕夏衍：《改編〈復活〉後記》，會林 陳堅 紹武編《夏衍研究資料》，知識產權
　　　　出版社2010年版，第175頁。

圖設計建造了一間可住 10 多人的大房子，讓在重慶無房可住的吳祖光、高汾、呂恩、盛家倫、方菁、沈求我等朋友居住。因此，此處便成爲當時進步文化人碰頭集會的地方。有一次，郭沫若和徐冰來此看大家，閒談起從延安傳達到重慶的秧歌劇《二流子改造》。郭沫若笑言，住在此處的人，都是無固定職業的文藝「個體戶」，都是「二流子」，此處可稱爲「二流堂」，唐瑜爲堂主。原本一句玩笑話，不料在 1957 年反右時，卻引來大禍。在「文革」時期，「二流堂」更是被當作「裴多菲俱樂部」和「反黨小集團」，與之有關的人員無不受到株連，夏衍因與「二流黨」過往甚密，而被誣之爲「二流黨後臺」的罪名，直到十一屆三中全會才被摘掉。

1943 年 9 月，在董必武的主持下，對《新華日報》的工作人員和作者，進行了一次「整風」。夏衍因在同年 7 月爲紀念法國大革命 154 週年而寫作的《祝福！人類抬頭的日子》，而引起黨內某些人的不滿，招致嚴厲批評，被指責爲「無產階級立場不夠堅定，乃至欣賞了資本主義國家的所謂『自由、民主』」﹝註 7﹞。與他一同受到「批評」的還有喬冠華、陳家康和章漢夫等人。這次整風無疑對夏衍的思想作了一定程度的「校正」，不僅促使他逐漸放棄了自己思想中的普世價值，而且還促使他形成了自我審查機制。

9 月 7 日，夏衍等戲劇界的朋友在張駿祥領導的中央青年劇社召開了一個小規模的座談會，慶祝應雲衛 40 歲生日。夏衍以韋彧的筆名，在《新蜀報》上發表了題爲《新生的祝福——應雲衛先生四十之慶》的祝賀文章。他在文章認爲：「假如要以一個人的經歷來傳記中國新興戲劇運動的歷史，那麼雲衛正是一個最合適的人選。」﹝註 8﹞在座談會上，宋之的忽然想到，光寫文章、開個小會不行，我們來寫個劇本，就拿應雲衛作爲主角，來慶祝他如歲的生日。於是，夏衍和宋之的、于伶 3 人合寫了一個劇本《戲劇春秋》，其中的主人公陸憲揆，就是以應雲衛爲模特兒而塑造的。劇本中的「戲」，開始於「五四」之後，結束於「八‧一三」上海抗戰之前，計五幕七場，主要表現了陸憲揆（實爲應雲衛）爲戲劇運動而犧牲，甘冒一切困難、敢於承擔一切重任來從事戲劇事業，並藉以反映矢志於戲劇運動者的忠貞與艱辛。這部集體創作的大戲，從開始醞釀到脫稿完成，前後耗時一個多月時間。11 月 14 日，《戲

﹝註 7﹞陳堅、陳抗：《夏衍傳》，北京十月文藝出版 1998 年版，第 402 頁。
﹝註 8﹞夏衍：《〈戲劇春秋〉後記》，會林 陳堅 紹武編《夏衍研究資料》，知識產權出版社 2010 年版，第 177 頁。

劇春秋》由中國藝術劇社在銀社公演，導演鄭君里，藍馬（飾陸憲揆）、黃宛蘇（飾雲霓）、黃宗江（兼飾馮季珊、吳景開和酒吧間老侍者三個角色）主演。該劇因反映了中國話劇工作者三十餘年來血淚交加、堅貞奮鬥的艱苦歷程，演出獲得極大成功，連演多場。扮演主角的演員藍馬，在臺上完全以生活中的應雲衛爲模特創造角色，「連細節都是應先生的」。應雲衛夫人程夢蓮專程從成都來渝觀看演出。

11 月，夏衍在看了李健吾的新作《雲彩霞》後，觸動於當時話劇界某些演員爭名逐利的邪氣，有感而發，寫有《論「戲德」》一文，在重慶戲劇界引起了較大的反響。夏衍認爲，要清除戲劇圈的人事糾紛，建立起一種自發的，作爲一個演員的基本精神的「戲德」，須要有一種合理而適時的劇團組織、演出制度和排演規則。惟其如此，才能真正的防微杜漸，清除一切形式的劇壇惡德，創造出一種公正和諧，有競爭同時也有恕讓的良好風氣。

1943 年冬，郭沫若在天官府「文委」舉行了一次進步民主人士參加的歡迎宴會。從延安來重慶的林伯渠、王若飛向大家作了國內外形勢的報告，詳細介紹了解放區軍民「自力更生、豐衣足食」的生動情景。他們還把延安帶來的小米、紅棗、毛料等土特產分送給民主人士。第二天，徐冰約夏衍到曾家岩，叫他把這些土特產分送給文藝界人士。經張慧劍介紹，夏衍將一包禮物送給在渝的張恨水，張恨水遲疑一下，只接受了小米、紅棗，而把毛料退還時說，衣料穿在身上，人家會說我跟延安有關係。夏衍覺得張恨水的考慮是對的，在當時的重慶，送禮物也是搞統戰工作的一門學問。接著，夏衍也給「二流堂」的朋友送去了延安帶來的小米和紅棗。除夕晚上，他還應邀參加了他們的聚會，在暢談中傳達了林伯渠所作的解放區大生產情況的報告。

1944 年 2 月 23 日，是于伶 37 歲生辰，夏衍與廖沫沙、胡繩、喬冠華爲之祝壽，請他吃「毛肚開膛」。席間，夏衍借于伶的幾部代表作的劇名，聯成一首「打油詩」《贈于伶》七絕一首：「長夜行人三十七，如花濺淚幾吞聲；杏花春雨江南日，英烈傳奇說大明。」詩中巧妙地把于伶的 4 部劇作《長夜行》、《花濺淚》、《杏花春雨江南》、《大明英烈傳》的名稱鑲嵌進去，形象生動地概述了他的藝術和人生經歷，而且完全符合詩詞格律。飯後，大家又一起到天官府郭沫若家小坐。在情意融融的交談中，大家請郭老將詩句書一斗方以饗于伶。郭沫若揮毫而就後，仔細端詳，發現詩的情調太低沉了，便提筆改動，重新抒寫一張：「大明英烈見傳奇，長夜行人路不迷；春雨江南三七

度，如花濺淚發新枝。」郭沫若點石成金，一改原詩的低沉，昂揚向上之氣躍然紙上。

　　1943 年 11 月，在中國共產黨的領導和支持下，在廣西桂林成立了由歐陽予倩、田漢、熊佛西、瞿白音、丁西林等 35 人組成的西南劇展籌備委員會，歐陽予倩任主任委員。夏衍與洪深、陽翰笙、于伶、宋之的、陳白塵、馬彥祥、張駿祥、應雲衛等被特邀擔任大會指導。1944 年 2 月 15 日，「西南劇展」在廣西省藝術館正式開幕。來自廣東、湖南、廣西、江西、雲南等省的 32 個文藝團隊，近千人參加了大會。開幕式上，歐陽予倩報告了大會的籌備經過，田漢回顧了抗戰以來中國戲劇工作者的戰鬥歷程和所取得的成績。

　　「西南劇展」開幕當天，夏衍在《新華日報》發表專論《我們要在困難中行進》，代表中共南方局對全體與會者的關懷、祝賀與鞭策。從 2 月 16 日至 5 月 19 日，舉行了戲劇演出展覽。廣西、湖南、江西、廣東 4 省的 28 個文藝團隊演出了 21 個大型話劇。夏衍的《法西斯細菌》、《水鄉吟》、《愁城記》和《戲劇春秋》等，在演出中佔有突出的地位。「西南劇展」是一次在國民黨統治區進行抗日進步演劇活動的空前大檢閱。在黨領導下，堅持抗戰、進步的原則，通過「演出展覽」、「資料展覽」、「工作者大會」三項有意義的活動，展示了中國西南地區戲劇運動的成果，促進了戲劇界的團結，為迎接抗戰勝利作了充分的準備。

　　1944 年，隨著蘇軍猛烈西進，以諾曼底登陸為標誌，歐洲第二戰場成功開闢，世界反法西斯同盟開始了大反攻。在香港以「軍事評論家」著名的喬冠華（於懷）此時正在給《新華日報》寫「時事述評」。他摩拳擦掌要寫一篇英美聯軍登陸諾曼底的重磅文章，以示慶祝。不料，因突患腸梗阻住進了醫院，夏衍臨危受命，仍用余伯約的筆名，從 6 月 6 日至 8 月底喬冠華出院（法國文學翻譯家李青崖之子李灝為之進行了成功的開腹手術）為止，每周撰寫一篇關於諾曼底登陸等歐洲戰事的「述評」，如《前進吧，時間》、《震撼世界的兩周間》等。

　　從 1944 年 4 月起，日軍為挽救其在太平洋戰場上的失利，從河南發起了「打通大陸交通線」的作戰。由於國民政府奉行「觀戰、避戰」等政策，不到半年時間，河南、湖南、廣西淪陷。日軍一度打到了貴州的獨山，危及重慶。南方局緊急開會，疏散民主人士。所幸，日軍止於獨山，重慶解除危險。國民黨第三次反共高潮的失敗和國民黨軍隊的一退千里，激起各民主黨派要

求廢除一黨專政的要求空前高漲，民主運動風起雲湧。中國民主同盟還在《新華日報》上發表了《對抗戰最後階段的政治主張》。

　　1944 年 4 月，何其芳等人奉周恩來之命，隨林柏渠為團長的中共代表團來到重慶，幫助中共南方局的黨員開展整風運動。何其芳任文教組宣傳部副部長，主要任務是介紹延安整風及文藝界情況，同時兼管《新華日報》副刊和做文藝方面的調查工作，住紅岩村八路軍辦事處。整風運動還沒展開，夏衍就主動停下了在《新華日報》所開設的「司馬牛」雜感的寫作，「以檢查其中是否有原則上的錯誤」〔註9〕。

　　5 月，夏衍懷著愛國主義激情和「野火燒不盡」的信心，開始創作中朝人民在抗日鬥爭中的生死友誼和愛國者之間肝膽義氣的四幕劇《離離草》。

　　8 月下旬，因章漢夫要隨董必武到美國參加籌備聯合國大會，夏衍奉命代理《新華日報》總編輯。9 月下旬，夏衍搬到化龍橋居住，在王若飛的領導下，編輯工作雖緊張卻也愉快，夏衍還常常用「司馬牛」寫點補白。周恩來從延安回到重慶後，於 11 月 18 日在化龍橋《新華日報》向全體工作人員作「國內外形勢和解放區的情況」的報告。幾天後，周恩來又在曾家岩召開一次小會，夏衍與徐冰、喬冠華、陳家康向他彙報了前一段時期的統戰、外事、文藝方面的情況，周恩來傳達了毛澤東在延安文藝座談會講話的精神，以及文藝整風以後解放區文藝工作的動向。

　　同年秋，夏衍創作了描寫抗戰時期知識分子婚戀題材的《芳草天涯》。此前，夏衍在劇本創作中從未涉足過戀愛題材，幾位與之相識的演員朋友，便一再要求他寫一部以戀愛為題材的劇本，同時，希望「出場人物少」，「有戲可演」的本子交他們排演。於是，夏衍創作了只有六個人物的四幕話劇《芳草天涯》。

　　夏衍寫劇一旦定稿，很少作較大的修改，而《芳草天涯》則是個例外，原因有二：其一，1945 年春，夏衍在《新華日報》編輯部看到毛澤東在「七大」預備會上的一段講話：「我們現在還沒有勝利，困難還很多，敵人的力量還很強大，必須謙虛謹慎，戒驕戒躁。」全黨「要團結得和一個和睦的家庭一樣。家庭是有鬥爭的，但家庭裏的鬥爭，是要用民主來解決的」。毛澤東用家庭來比喻加強全黨團結的話，觸動了夏衍，於是，他對業已完稿的《芳草天涯》的悲劇結尾，作了一次較大的修改，把劇中男女主人公的決裂改成了

〔註9〕陳堅、陳抗：《夏衍傳》，北京十月文藝出版 1998 年版，第 411 頁。

和解。因其用了「容忍」一詞，後來一直被批評爲「資產階級」思想。抗戰勝利後，《芳草天涯》由中國藝術劇社於 1945 年 11 月 2 日在抗建堂公演，「賣座極盛」，深受觀眾喜愛。11 月 10 日，周恩來組織《新華日報》召開了「《清明前後》與《芳草天涯》兩個話劇的座談會」。與會者認爲，《芳草天涯》「是一個非政治性傾向的作品，和《清明前後》恰成對照」，作者在劇本中宣傳的「感情」，不值得向觀眾宣傳。〔註 10〕《芳草天涯》提出家庭和戀愛糾紛問題，「意義並不很大」，劇中提倡「尊重別人的愛情或者幸福，不惜犧牲自己的觀點」，「實質不過是宣傳個人的愛情或者幸福是很神聖很重要而已」，而這也還是一種「資產階級文學」的「戀愛觀」〔註 11〕。周恩來對《芳草天涯》中提倡和宣揚資產階級的「容忍」也表示不滿，他給夏衍寫信，指出這齣戲是失敗之作。《芳草天涯》受此批評是延安文藝整風對國統區左翼文學整合的開始。夏衍在劇本中依然以知識分子作爲表現的主體，尤爲突出的是對待知識分子的態度，違背了宣傳工作中所必需的明確的價值判斷，影響了引導受眾的認知和行動。雖然如此，對《芳草天涯》在藝術上取得的成就卻沒有異議。樂少文對尚志恢、石詠芳、孟小雲的結局雖不認同，但仍然認爲作者用「這一平凡的戲劇素材的黏土，塑製出一個個出色的藝術品；那麼沖淡，像一泓秋水，清可見底；那麼雋永，耐人咀嚼，耐人回味。」作者「所追求的不在所謂戲劇性的發掘，而是現實生活的再現，他所寫的都是那麼親切，幾乎可以捕捉得到，一種道地的契訶夫的味道。」作者「所要表達的人間鬥爭，往往是內在的，如同春波微漾，秋雲舒卷，可以感覺，而不可以言傳」。該劇「保持著作者特有的清新沖淡的風格，並且在技巧方面更加洗煉，更加文學地動人」，因而，他斷言，「這無疑的是作者最好的一個劇本，無論從演出價值看，從文學價值看，都是一個稀有的收穫」。〔註 12〕

夏衍在張家花園參加「文協」理事會歡迎邵荃麟從敵後返渝的歡迎會上，得知好友畫家沈振黃在獨山爲老百姓讓座從車頂上跌下殞命的消息，很是悲痛。1945 年 4 月 1 日上午 9 時，重慶文藝界在夫子池爲沈振黃舉行了隆重的追悼會，與會者達 200 餘人。夏衍在《悼振黃》中寫道：「他是一個平常的人，

〔註 10〕 《〈清明前後〉與〈芳草天涯〉兩個話劇座談》，1945 年 11 月 28 日《新華日報》。

〔註 11〕 何其芳：《評〈芳草天涯〉》，1945 年 11 月 28 日《新華日報》。

〔註 12〕 樂少文：《五個戰時劇本》，會林 陳堅 紹武編《夏衍研究資料》，知識產權出版社 2010 年版，第 497 頁。

他從來不想把自己的位置安置在平常人之上；他死了，盡了一個平常人的責任。他把一個平常人的全心全力傾注到人民的事業裏面了。從他參加社會活動以來，在人生的路途中，他也是一直地『把自己的座位讓給別人』，而甘心情願地自己爬在既不舒服而又危險的車頂上的。死亡又從我們陣營裏奪去了一位心甘情願地為人民服務的青年朋友。人民會記住你們，他們走的路、他們遺下來的崗位，是會有更多的人來繼承的。」

1945 年 8 月 15 日，日本無條件投降。夏衍和全國人民一樣，沉浸在欣喜若狂的喜悅中夜不能寐。8 月 26 日晚，夏衍接到潘梓年交給他的一條簡訊：「毛澤東同志即將來渝」，叫他第二天在第一版顯著位置上發表。消息一經發表，整個山城沸騰了。8 月 29 日，《新華日報》的「本報訊」，就是夏衍奉周恩來之命寫的。在「本報訊」中夏衍較為生動地記載了毛澤東搭乘赫爾利專機飛臨九龍坡機場的盛況。9 月 1 日，中蘇文化協會會長孫科、副會長邵力子出面，在中蘇文協舉行盛大酒會，歡迎毛澤東。夏衍奉命寫「特寫」，發表在《新華日報》上。在此期間，夏衍還應《中學生》雜誌之囑，寫有《九一八雜記》。

1945 年 9 月 20 日，夏衍奉周恩來之命，辭掉《新華日報》的代總編輯，搭乘美軍用飛機，離開生了生活戰鬥過三年半的陪都重慶，飛赴上海籌備《救亡日報》的復刊工作。1945 年 10 月 10 日，由《救亡日報》更名為《建國日報》在上海正式復刊，依舊採用了《救亡日報》的報頭，即：「上海文化界救亡協會主辦，社長郭沫若，總編輯夏衍。」

二、歌頌民眾抗戰和反映戰時知識分子面貌題材的戲劇創作

1942 年 6 月，夏衍在重慶北溫泉創作了一部以描繪浙西水鄉群眾營救抗日游擊隊長為主要情節的四幕話劇《水鄉吟》。

《水鄉吟》的故事發生在浙西一個「地是陰陽界、人是兩面倒」的偏僻水鄉。中農何裕甫家裏，兒子何廉生與新婦梅漪，侄女漱蘭，剛從淪陷後的上海和縣城避難歸來。從上海來到鄉下的梅漪，不習慣鄉居生活，倍感寂寞和痛苦。此時，游擊隊長俞頌平在敵人的追捕中受了重傷，倒在了何家門前，純真的漱蘭予以悉心照料，而俞頌平則是梅漪昔日的戀人。他的到來，使梅漪重新萌生了新的希望。梅漪請求俞頌平帶她走，並設法弄來了兩張通行證。俞頌平拒絕了她。最後，在日偽軍逼進家園時，沉浸在與俞頌平駕夢重溫的

梅漪，理束於情，把通行證交給了漱蘭，叫俞頌平帶著漱蘭離開，自己留下來照顧為她而受傷的丈夫廉生。

《水鄉吟》充滿著江南水鄉的情調。這與夏衍出生在浙江杭縣，長大後又長期羈旅在外有關。他在《憶江南》開篇即引用了李白寫鄉思的名作《春夜洛城聞笛》中的後兩句：「此夜曲中聞折柳，何人不起故園情？」以此表達對故鄉的眷念之情。夏衍回想起近兩年前自己從香港脫險歸來，途經柳州，獨自到江邊去擷拾的一些往事。當晚，夜黑無星，燈光黃淡，渡浮橋，中途索然思返，路遠天長，陡然感到淒苦。夜靜無聲至橋堍時，微風中傳來了少男少女發出杭州上城人語調的鄉音。他們正在講述家鄉，沉浸在淒哀的鄉愁之中。觸景生情，夏衍壓抑的鄉愁被激發，日寇的侵略，使其「回想中的故鄉也已經不再是含垢垂淚的西子湖邊的桃柳，而只是馳騁在莫干天目之間的被迫著用原始的武裝來反抗強暴的游擊戰士了。」這一年夏天，日寇攻陷金華，正因為有浙西人民武裝和游擊隊伍的一再出擊與阻撓，法西斯妄想以「三光」政策征服故鄉人民的企圖才沒有得逞。夏衍開始「明白了浙西人所謂『浙西人的柔弱』這個概念只能正確地適用於上層知識分子」，「故鄉」值得「誇耀」的正是「王八妹之類的草澤英雄。」基於此，他在重慶北溫泉創作《水鄉吟》，目的就是要歌頌千千萬萬「刑天舞干戚，猛志固常在」的故鄉人民，要寫出「眼看得見的是幾乎無可挽救的土堤般的潰決，眼看不見的卻像是遇到阻力而更顯示了它威力的春潮」。這春潮的代表，無疑是游擊隊長俞頌平。

俞頌平是作者著力歌頌的革命戰士，一方面他具有堅定沉著的意志，英勇獻身的精神；另一方面，因與梅漪的重逢又使其陷入個人情感的矛盾與痛苦之中。這種描寫符合人物的正常心理，性格更加豐滿、可信。小資產階級女性梅漪，是貫穿劇作的中心人物。她與俞頌平在鄉下重逢而舊情復熾是全劇的主線。作者對這個人物用力最多，刻畫最為深刻，使其具有獨特的藝術魅力。因上海淪陷，她隨丈夫何廉生來到其家鄉避難。城鄉的反差，使她對鄉間生活很不習慣，繼而厭惡，對幫工啞巴阿鴻無端呵斥，對鄰居阿祥嫂冷淡，對丈夫廉生無情。全家勞作時，她卻悠然地在躺椅上看小說、伸懶腰、打瞌睡⋯⋯正當她百無聊賴時，與受傷被漱蘭救起的昔日戀人，如今的游擊隊長俞頌平重逢，使之找到了傾訴的對象。她向頌平訴說：她不甘心就此沉淪；她嫁給低能的廉生，是為了報復頌平的離開。她乞求頌平把她帶走，甚

至還精心準備了逃走的兩張通行證。當俞頌平冷靜地拒絕了她的要求後，她彷彿要做出什麼驚人的舉動來。可當敵人迫近，情況緊急時，梅漪終於從個人的情感中掙脫出來，拿出兩張通行證，叫頌平帶著愛他的漱蘭同行，她自己留下來，照看受傷的丈夫，準備繼續痛苦而寂寞地生活下去。在劇尾，梅漪的轉變並不唐突，作者經過一系列的鋪墊：如梅漪「望著漱蘭輕快的步伐，一陣酸楚重新塞上心來」，「癡望著他們（頌平和漱蘭）的背影，突又悲從中來，掩面而泣。」既真實地表達了人在愛情上的天性——給予就是索取，又寫出人在感情上的複雜性。此外，誠實樸訥，雖沒有文化，卻具有天然的愛國思想，堅決支持游擊隊抗擊日寇的老農何裕甫；純樸熱情，認真地救護游擊戰士，為出征戰士家屬服務，有著清澄的外表和靈魂的少女何漱蘭；精心護衛著數十小學生的鄉學校長、安貧樂道的舅父張德祿；忠厚老實的何廉生等等，在敵情緊迫時，他們不再似含垢垂淚的西子湖邊的桃柳，而是默默成長著的、平凡而悲壯的民族脊梁。

觸動於鄉音而寫就的《水鄉吟》，因夏衍並不熟悉故鄉人民抗擊日寇的生活，故他「不想再在沙上建塔」，正面描繪刀光劍影的戰爭場景，而是通過一群知識分子的悲歡離合，「有意的把真真想寫的推到觀眾看不見的幕後，而使之成為無可究詰的後景與效果。」[註13] 同時，劇中還加入大量水鄉景物的描寫，在濃鬱的抒情氛圍中，讓觀眾與劇情產生共鳴，使觀眾在潛移默化中感受劇情所傳達出的強烈時代感。

或許作者對浙西人民武裝和游擊隊的歌頌寓於一個純美的水鄉故事的敘述之中，加上對游擊隊的活動又作了暗場處理，沒有正面描寫戰火紛飛的場面，而是從家庭的角度集中描寫俞頌平、何漱蘭、梅漪三人之間的感情糾葛和命運變遷，乃至於劇尾梅漪為了民族解放大業，擯棄私情，大度地送小姑子何漱蘭和俞頌平奔赴前方抗日的現實針對性，並沒有被劇團所認可，《水鄉吟》受到了「中國萬歲劇團」的歧視與冷遇。直到 1944 年 2 月在「西南劇展」上才由中國藝聯劇團用粵語演出過。明之在 1944 年 4 月 22 日的《大公晚報》發表《〈水鄉吟〉觀後》一文，認為「這一個劇本，雖則它中間缺乏對於當前的戰鬥的正面的描寫，然而，就其向我們展示了一個農村現實的橫斷面這一點上說來，它是非常富於現實意義的。」

〔註13〕夏衍：《憶江南》，會林 陳堅 紹武編《夏衍研究資料》，知識產權出版社 2010
　　　年版，第 160 頁。

　　《法西斯細菌》是夏衍在 1942 年 8 月在重慶北溫泉創作的，繼《心防》之後又一部以抗戰時期知識分子面貌爲題材的重要劇作，是中國話劇史上的典範作品之一。

　　劇本的時間跨度從 1931 年秋至 1942 年春，地點從東京、上海、香港到桂林，全劇有五幕六場，7 萬餘字。

　　《法西斯細菌》的劇情大致如下：

　　　　留學日本，租住在東京的俞實夫，不問世事，醉心於醫學，因一篇醫學論文發表在《東京朝日》上而被日本「文部省」授予醫學博士的稱號，他對此卻不以爲然。老同學的趙安濤，熱衷於政治，卻陷入到與錢琴仙（一個刮飽了地皮的下野軍閥，如今的河北墾業銀行董事長的女兒）的戀愛煩惱之中。老留學生秦正誼，極富藝術才華，奢求發財得勢。「九·一八」事變後，俞實夫無法再在東京從事研究工作，帶著日籍妻子靜子和女兒壽美子（俞壽珍）回到國內，在日本人開設的「上海自然科學研究所」繼續從事醫學研究。

　　　　不久，在淞滬抗戰的炮聲中，趙安濤和錢琴仙夫婦帶著妻弟錢裕來到上海法租界俞實夫的家裏。靜子告訴趙安濤，俞實夫因聽了死於患斑疹傷寒的莫扎爾特的音樂，而矢志通過蝨子和跳蚤的實驗，以期研究出防治斑疹傷寒的疫苗。趙安濤奉勸俞實夫，在戰爭期間，不問政治，醫學研究就會被利用，成爲殺人的細菌武器。俞實夫則說，他絕不會做違反科學宗旨的事。抗戰爆發後，中國人民的抗戰熱情和民族精神空前高漲，在俞家幫傭的張媽，因主人靜子是日本人，就辭職不幹了。妻子是日本人，自己又給東洋人做事，女兒也受到了人們的攻擊和蔑視，俞實夫在趙安濤的規勸下，帶著妻女避居香港。走前，他們在「新雅」聚會告別。

　　　　香港是英屬殖民地，英國未對日本宣戰時，仍保持著暫時的繁榮與和平，各色人物蜂擁而至，香港成爲冒險家的樂園，走私商的天堂。趙安濤因仕途失意，棄政從商，依附妻子的家族勢力，帶著錢琴仙來香港做生意。太平洋戰爭爆發後，日本人佔領了香港，燒殺擄掠，無惡不作。一心從事斑疹傷寒疫苗研究的俞實夫慘遭毆打，寄居在他家的青年錢裕被日寇殺害，趙安濤的貨物財產也被洗劫一空。俞實夫一家、趙安濤、秦正誼等人冒著生命危險，歷盡艱辛逃

離香港，來到桂林。在途經東江時，趙安濤還不幸染上了瘧疾。目睹和經歷了日寇的一系列暴行後，趙安濤的發財思想和俞實夫的科學至上都變得支離破碎了。在事實面前，俞實夫終於認識到法西斯戰爭才是一種對人類危害最大的細菌，「法西斯細菌不消滅，要把中國造成一個現代化的國家，不可能。」於是，他決定到貴陽紅十字醫院去工作，投身到消滅法西斯細菌的抗戰工作中去，「為我們的國家，為人類，盡一點力量。」

《法西斯細菌》的創作緣起、動機和契機，夏衍在《老鼠‧蝨子和歷史》（《法西斯細菌》代跋之一）、《胭脂‧油畫與習作》（《法西斯細菌》代跋之二）、《公式‧符咒與「批評」》（《法西斯細菌》代跋之三）、《關於〈法西斯細菌〉》和《懶尋舊夢錄》等文章和著作中，一再作過解釋。

夏衍從淪陷後的香港歷盡艱辛途經桂林返回重慶後，遇到了闊別十年研究精神病學的丁瓚教授，又結識了剛從香港回來的著名外科醫生吳在東。與這些名醫交往後，聽他們講了許多「善良的、真純地相信醫學的超然性的醫生們，都被日本法西斯強盜從科學之宮，驅逐到戰亂的現實中來了，他們被迫著離開了實驗室，放下了顯微鏡，把他們的視線轉移到了一個滿目瘡痍的世界」的故事，激起了夏衍對醫學研究的濃厚興趣。他從丁瓚、吳在東及重慶圖書館那裏借閱了一些相關的書籍。詩人曾沙（Zinsser）教授的名著《老鼠‧蝨子和歷史》（Rats, Lice and History）完全迷住了他。接著，他又看了曾沙發表在《大西洋》雜誌上那篇有名的自傳：《比詩還要真實》（More Truth Than Poetry），決定把一個善良的細菌學者作為即將寫作的劇本裏的英雄。其主觀的創作意圖，主要集中在《老鼠‧蝨子和歷史》一書的結語上：「傷寒還沒有死，也許，它還要續存幾個世紀，只要人類的愚蠢和野蠻能給它有活動的機會。」野蠻和愚蠢必然導致貧窮、牢獄和戰爭，而這一切都與法西斯主義有著不可分離的關聯。「對於傳染病，現代醫學是有法子可以預防和治療，——最少也可以阻止其發展了，可法西斯的侵略戰爭，恰恰阻止了醫學技術的活動，而助長了疫病的傳染。」這已被第一次世界大戰、西班牙戰爭、希特勒鐵蹄下的歐洲和日寇蹂躪下的淪陷區的現實所證明：「傷寒和其他的疫病，每年不過死傷幾萬乃至幾十萬人罷了，可是法西斯細菌在去年一年內，不已經在蘇聯殺傷了千萬人嗎？——法西斯主義不消滅，世界上一切衛生、預防、醫療的科學，都只有徒託空言，科學只有在民主自由的土地上，才能生根滋

長。」基於此，夏衍確信：「法西斯與科學不兩立」〔註14〕，他希望通過這個劇本，為那些獻身人類幸福的醫學工作者提供一些參考。

　　《法西斯細菌》圍繞科學家俞實夫在抗戰前後一段遭際為線索來展開劇情。在日中關係惡化及日寇對中國野蠻侵略的背景和環境下，劇本聚焦在主人公俞實夫的精神狀態及其轉變上。

　　在人物的內心衝突上，劇作者刻畫的重心在於深刻地反映人物的情緒和心路歷程。一直在日本從事斑疹傷寒細菌研究的科學家俞實夫，因其在黑熱病原體研究上取得的突出貢獻，而被日本文部省破格授予「醫學博士」稱號。妻子靜子將刊載此消息的《東京朝日》交給他看，他瞥了一眼後就叮囑妻子「真正做學問的人，是不該把自己的名字在報上這樣那樣的登出來的，何況自己的照片。」「今後要是再有人來，統統給我回了，說我不在。」好友趙安濤、秦正誼向他祝賀，他明確地說「我，可沒有把學位看得那樣稀奇」。當趙安濤向他談論中日之間的「政治問題」時，他充耳不聞。在他看來，政治不過是在公園和會堂裏聊天的資料。然而，誠如趙安濤所說，「你不管政治，政治要來管你！」此時正是「九一八」事變前夕，國難危急關頭。俞實夫醉心於醫學研究的美好願望和平靜的生活被打破，身處敵國，「每個日本人的眼光，都是一根刺」，他感到坐臥不寧。當趙安濤聲言中日之戰不可避免，俞實夫在吃驚之餘，幾度「無言」，表明他內心茫然若失和極度痛苦。現實的政治風暴迫使他決定帶著妻女回國，投奔到日本人在上海開辦的自然科學研究所去從事斑疹傷寒病菌的研究工作。趙安濤提醒他不能去，可他仍然堅信科學沒有國界，自己的「研究不僅是為國家，為民族，而是為人類，為全世界全人類的將來。」可上海「八一三」事件和人民抗日的浪潮又波及到他，使他不能置身於實驗室之外的政治風雲不顧。妻子的日本人身份，使有愛國心的傭人張媽也辭職不幹了，女兒壽美子因母親的血統和父親的工作，遭到鄰居小孩的奚落與打罵。這些因戰爭引發的家庭和鄰里紛爭，開始觸動著俞實夫麻木的政治神經，他內心也因此陷入越來越強烈的衝突之中。在趙安濤夫婦的勸說和建議之下，俞實夫決定離開上海，前往香港繼續從事傷寒細菌的研究。經過四年的努力，俞實夫成功地培養出防疫的菌苗，可他在訂閱的報紙上看到日寇在華北的河水、井水裏投放傷寒病菌的消息後，非常震驚。為人

〔註14〕夏衍：《老鼠·蝨子和歷史》，曾林　陳堅　紹武編《夏衍研究資料》，知識產權
　　　　出版社 2010 年版，第 162 頁。

類謀福利的醫學研究竟然成了日寇施暴的工具；細菌學家的研究成果，被利用來造成細菌彈毒殺人民；好心腸的科學家，因不問時政而成爲了人類的罪人。俞實夫的內心掀起了狂濤巨浪。緊接著，太平洋戰爭爆發，戰火蔓延到香港。俞實夫的家遭遇到無米斷水之虞，日本士兵還無情地搗毀了他慘淡經營起來的實驗室。他自己遭到了日寇的毆打，妻子也受到侮辱；好友趙安濤的住宅被強佔，貨倉被洗劫一空；愛國青年錢裕慘死……這一切促使俞實夫終於清醒過來，帶著妻女一起回到抗日的大後方，堅定地投身於消滅人類最大的傳染病——法西斯細菌的戰鬥中去。

《法西斯細菌》通過俞實夫從堅持科學至上、不問政治到走向抗戰和新生的歷程，生動地表明：科學沒有國界，而科學家卻是有祖國的。作爲一名愛國的科學家，應當擔負起挽救民族危亡、實現民族復興的任務。俞實夫的經歷，爲廣大知識分子提供了很有價值的「人生路途上的參考」。

劇中趙安濤的性格、志趣和理想迥異俞實夫。他熱衷政治，能言善變。可在生活碰壁後，娶了有錢有勢的闊小姐錢琴仙爲妻，借助太太的家族勢力做起了投機生意。可香港的淪陷，他積累的財產被日寇洗劫一空，連妻弟錢裕也被日軍槍殺。在慘痛的事實面前，趙安濤決定從頭做起，「做一點切實有用的事情」。作者對這個只尚空談，沒有堅定信念的人物是持批判態度的。當然，夏衍在塑造這個人物時並沒有簡單化，對其身上所具有的愛國思想，反應敏銳，爲人熱情，重義輕財等品質也加以了肯定。

相形之下，作者對劇中秦正誼形象的塑造，更多是否定。這個人物有點才氣，留學回國後當過編輯，但命運多舛。人生失意時又庸俗貪財，貪生怕死。當日寇登門搶劫時，他爲了活命竟然要靜子用日語同敵人打交道來求得寬大，沒有絲毫的民族節氣。顯然，這個人物是「文人無行」、品德低下的代表。

此外，青年錢裕和日本女人靜子的形象，也比較富有個性。錢裕，活潑、聰明，具有強烈的愛國心。他從防空洞回來後對俞實夫所說的那段關於「法西斯細菌」的話，是全劇的點睛之筆，促使了俞實夫的醒悟。不久，他慘死在日軍的槍下，使俞實夫徹底明白了「法西斯細菌」的真正含義。靜子，溫良賢淑又深明大義。作爲妻子，不僅與丈夫俞實夫同甘共苦，相濡以沫，而且對他的醫學研究竭力支持，對他取得的成就引以爲榮；作爲一個日本人，她目睹了自己的同胞對中國人民的殘害，感到恥辱和痛苦，並產生了負罪感。

因嫁給了一個中國科學家，自己也倍受日本法西斯的禍害，避難逃亡，居無寧日。這個形象昭示：日本人民和日本法西斯是截然不同的，中日兩國人民都是法西斯的受害者，兩國人民應該聯合起來消滅法西斯，世代友好相處，共建美麗家園。

《法西斯細菌》以俞實夫一家在 1931 年至 1942 年的十年間，從東京至上海至香港到桂林的生活變遷和他本人的思想轉變為中心，使每一次時空的更換，都成為其思想發展中的一個階段。作者在中日戰爭爆發的典型環境中，用理智、情感、事實和道理逼迫俞實夫遠離實驗室與顯微鏡，將視線轉向炮火灰飛、滿目瘡痍的現實社會。雖然劇本的戲劇衝突並不強烈，故事也非動人心魂，但作者通過日常生活的變故發掘人物內心感情的激蕩、靈魂深處的搏鬥，還是產生了震撼人心的藝術力量。如第二幕壽珍受辱後，靜子和俞實夫所遭受的感情衝擊；第三幕靜子（聽到日寇投放細菌彈）的沉默和趙安濤（做投機生意賺了錢）的喜悅，就是通過人物的舉止和驚雷閃電的環境氣氛來表現的。夏衍的劇作以「平淡」著稱，用簡潔樸實自然的語言發掘人物的內心世界，注重人物在時代巨變時的茫然、自省和振作，具有撼人心魂的藝術魅力。

《法西斯細菌》在重慶國泰大戲院演出後，觀眾反映強烈。著名戲劇評論家劉念渠化名顏翰彤在 1942 年 10 月 16 日的《新華日報》發表《消滅法西斯細菌》一文，稱贊其「是在少數的傑作中的一本。」章虹在《談〈法西斯細菌〉》一文中，從「劇本說到演出」，肯定了「作者採用了學術意味很濃的題材，美妙而真實地烘託成一個反法西斯的故事。」〔註 15〕

《法西斯細菌》劇本在司馬文森主編的《文藝生活》第 3 卷第 3 期上發表後，黃薇茵用教條和八股的語氣對該劇提出質疑，認為俞實夫的轉變不真實；他到貴陽去參加抗戰實際工作，是一種「前線主義」。夏衍並不認同這種指責，撰文《公試、符咒與「批評」》予以反駁。

夏衍在將托爾斯泰名著《復活》改編為同名話劇劇本時，中國已有巴大葉編劇的譯本和田漢的改編劇本。夏衍不想自己的改編重複前人的輝煌，落入窠臼，把《復活》寫成巴大葉改編本中側重構建的卡丘莎和涅赫留道夫哀豔動人的愛情故事，抑或如托翁那樣，執拗地攻擊俄國的司法制度和田漢那

〔註 15〕1942 年 11 月 5 日的《新華日報》。

樣把土地問題置於作品的主要地位為我所用，而是基於從「如何表現卡丘莎的痛苦」入手，描寫是什麼力量幫助她獲得新生，以及使人們「從涅赫留道夫的苦惱之中感到一點人生的嚴肅」等方面來構思全劇的主題，塑造「一些出身不同、教養不同、性格不同，但是基本上卻同具著一顆善良的心的人物，被放置在一個特定的環境裏面，他們如何蹉跌，如何創傷，如何愛憎，如何悔恨，乃至如何到達了一個可能到達的結果。」〔註16〕從如此創作動機出發，夏衍冒著改編工作「吃力不討好」的「風險」，擺脫原著中卡丘莎的新生與涅赫留道夫的懺悔，著重刻畫了以卡丘莎為主的人物形象，使之成為人的生命的復活。在結構上抓住主線，按小說情節發展的時間順序編排劇情，於 1943年春成功地寫出了《復活》的改編本。

夏衍的改編劇本《復活》分為六幕，其中第三幕分兩場。小說的原著是倒敘的結構，小說一開始便是法庭提審卡丘莎，她的過去則通過涅赫留道夫的回憶來交代。夏衍以卡丘莎為劇中主角，把重心放在她身上，用整個第一幕和第三幕的第一場來敘述她的過去，使觀眾對這位不幸的少女有個完整的印象，這樣的敘述順序也照顧到了中國觀眾傳統的欣賞習慣。改編後的第三幕第二場才是小說原著的開端，即法庭審判。各幕場景如下：

第一幕：巴諾伏村，復活節之夜。軍官涅赫留道夫公爵與姑母家的養女兼使女卡丘莎互表愛情，最後他們發生了關係。

第二幕：七個月之後的一個寒風冷雨的黃昏。聽說涅赫留道夫將乘火車路過巴諾伏，懷孕的卡丘莎奔向車站，希冀相會，結果撲空，倍感絕望，喪魂落魄地回來。不久，卡丘莎被涅赫留道夫的姑母從地主莊園趕走，孩子出生後很快死去，卡丘莎被迫淪落為妓女。

第三幕。第一場：在莫斯科涅赫留道夫豪華的寓邸。他姐姐勸他同一個貴族的妻子斷絕曖昧關係，並向將軍小姐眉西求婚。涅赫留道夫猶豫不決地以陪審官身份赴法庭陪審。在法庭上，他突然同被控謀殺罪的卡丘莎相見了。第二場：當天傍晚，涅赫留道夫的家裏，客人們在等他。他精神恍惚地回來，激動地談起法庭上的冤案並向眉西坦白了他過去與卡丘莎的關係。涅赫留道夫深感自己有不可饒恕的罪惡，決心放棄與將軍小姐眉西的美滿姻緣，用自己的貴族地位，拯救冤枉入獄的卡丘莎。眉西強忍住個人的痛苦，毅然支持

〔註16〕夏衍：《改編〈復活〉後記》，會林 陳堅 紹武編《夏衍研究資料》，知識產權出版社 2010 年版，第 176 頁。

了他。

第四幕：涅赫留道夫去探監，請求卡丘莎寬恕，表示要與她結婚。卡丘莎因受盡折磨，對他麻木冷淡，不相信他的甜言蜜語，拒絕了他的懺悔。

第五幕：監獄醫院，受傷的西蒙生被抬到醫院，卡丘莎照顧他。「瑪絲洛娃與醫士胡鬧」的流言使涅赫留道夫失望，使卡丘莎傷心。

第六幕：囚犯們將出發去西伯利亞。涅赫留道夫替卡丘莎到處奔走，打通關節，甚至向沙皇本人提出申訴。他跟隨、保護被判流刑的卡丘莎去到遙遠、寒冷和荒涼的西伯利亞。卡丘莎為了讓涅赫留道夫自由而同意和西蒙生結合。「茫茫的西伯利亞……」歌聲中幕落。

改編後的《復活》著力刻畫了卡丘莎和涅赫留道夫等人物形象。出身低微的卡丘莎，知書達理，聰明而有教養，青年貴族涅赫留道夫在姑母的鄉村別墅度假的最後一晚，佔有她，並使她懷了孕。從此，卡丘莎遭到了厄運，被涅赫留道夫的姑母趕出了地主莊園，孩子出生後又很快夭折，她在絕望中淪為放縱的妓女。十年之後，一個偶然的機會，以陪審官身份出席的涅赫留道夫公爵，在法庭上突然與被控謀殺罪的卡丘莎相見。得知事情原委，涅赫留道夫的靈魂受到極大震動，深感自己對卡丘莎犯下了不可饒恕的罪惡，決心拋棄與貴族小姐眉西的美滿婚姻，以自己的貴族地位，來拯救蒙冤入獄的卡丘莎。他去探監請求卡丘莎的寬恕，表示要與她結婚；他替卡丘莎斡旋，打通關節，甚至向沙皇提出申訴；他跟隨、保護被判流刑的卡丘莎去遙遠、寒冷和荒涼的西伯利亞。卡丘莎在得到涅赫留道夫贖罪性的救援後，特別是在流放到西伯利亞，接觸到了人格高尚的被流放的政治犯瑪麗、維拉、西蒙生和格雷哥里等人後，受其幫助，懂得了生活的真諦，精神有了一個質的飛躍，決定與他們一同往前走。絕望墮落的卡丘莎，「像鳳凰一樣復活了。」同樣，對於涅赫留道夫複雜性格的刻畫，改編本也有一定的深度。夏衍沒有簡單地把涅赫留道夫的前期生活臉譜化地寫成一個毀掉卡丘莎命運的惡棍，而是把他置於十九世紀末期沙皇俄國特定的歷史條件和典型環境之中。作為一個佔有大量土地、農奴的俄國公爵來說，霸佔一個年輕的女奴隸，稀鬆平常。然而，涅赫留道夫畢竟受過斯賓塞《社會平均論》學說的影響，瞭解一些俄國農民悲慘生活的實際情況，漸漸地為自己的貴族生活感到可恥，決定把土地分給農民，自己過平民的生活，以救贖自己的靈魂。知道因自己的不是對卡丘莎造成不幸後，他進一步地認識到貴族特權的罪惡，加快了拯救自己靈

魂的進程。他向卡丘莎虔誠地懺悔自己的罪惡，想以此釋放自己的精神重負，使自己被扭曲的人性得以復活。從人性上刻畫這些人物，顯得眞實可信。然而，把長達幾十萬字的世界名著改編爲幾萬字的劇作，難免掛一漏萬。誠如巴金在看了夏衍的改編本《復活》後給編者的信中所指出的那樣：「第一幕卡丘莎和涅赫留道夫發生關係的一段不是托爾斯泰式的，比原作簡單得多，第二幕卡丘莎追車回來，感情變化也不及原作複雜。不過既是改編，也不必完全保留托爾斯泰的東西。」〔註17〕雖然如此，夏衍的改編仍是成功的，「托翁發隱顯微的慧眼只看見了涅赫留道夫犧牲一己挽救卡丘莎於墮落的沈淵，夏衍先生卻看到人類只有在『大我』之中，才能抑制罪惡的洪流。」〔註18〕

《戲劇春秋》原本是夏衍、宋之的和于伶三位劇作家，爲記錄應雲衛戲劇生涯而協同創作的一部多幕劇。當他們在追憶20年來戲劇戰線的各種往事時，爲中國話劇運動的興起和發展而感動，便將劇本擴展爲記錄整個戲劇運動的歷史。從最初的文明戲、愛美劇、現代話劇和「普羅列塔列亞」演劇運動，到職業演劇；從被蔑稱爲「戲子」的苦澀，被各種勢力鉗制的艱辛到劇運內部的人事糾葛……中國話劇的勃興和發展，飽含著投身於這一戲劇運動的廣大進步話劇工作者的血淚和辛酸。

《戲劇春秋》再現了中國話劇事業從「五四」運動到「八一三」上海抗戰之前的歷程，共有五幕七場。劇本將中國話劇的歷史劃分爲播種、茁壯成長、開花和結實幾個階段。全劇人物眾多，核心人物是陸憲揆，比較突出的場面是第一、第三和第四幕。第一幕爲1921年秋，話劇界的開路先鋒陸憲揆率領宣講團在京華戲院演出易卜生的社會問題劇《逃婚記》。陸憲揆自演言論小生，動員未婚妻馮韻荷演青衣泰斗，從而與其有封建正統思想的老岳父，國會議員和大紳士馮季三發生了衝突。馮季三趕到劇場大興問師之罪，斥責女婿男女同臺演戲「荒唐」，警察也以「傷風敗俗」的罪名禁演，並傳訊了「女戲子」馮韻荷。然後，歷史的潮流勢不可阻擋，馮老太爺最終讓步。在這一幕裏，還展現了戲劇運動初期的許多現象：文明戲之後「化妝時事講演」的「青年宣講團」，打破以男扮女的成例，開始男女同臺合演的新舉措；順口編

〔註17〕《雜談改編》，見《夏衍論創作》，上海文藝出版社版1982年版，第376頁。
〔註18〕汪淙：《評〈復活〉》，曾林 陳堅 紹武編《夏衍研究資料》，知識產權出版社2010年版，第484頁。

詞的「幕表」制被劇本規定的臺詞所取代等。第二幕已是「五卅」運動之後，西子湖邊，東方藝術學院（以南國藝術學院爲模特）的編導梁孟輝，帶領一群男女青年，爲追求藝術宮殿神聖化而苦鬥著。從上海來到杭州的陸憲揆，強調適應現實環境，在藝術上作些妥協，從而與堅持藝術至上的梁孟輝產生了嚴重的分歧，劇運內部矛盾顯現。學院領導人江涵新編寫的一齣表現一個可憐的少女命運，爲弱小的靈魂呼喊的劇作，感動了梁孟輝和陸憲揆。在江涵的勸告下，二人聯合執導了這部戲，矛盾得到暫時的緩解。第三幕是九年後的 1935 年春，中華民族正遭受異族入侵，中國話劇已從愛美劇進入了職業演劇時期。退出劇壇經商的陸憲揆，經梁孟輝等人的苦勸重返劇壇，主持幾個劇團聯合排演新戲《上海的一角》（暗指《都會的一角》），在端午節上演，以衝破沉悶的戲劇空氣。不料，在公演之日，因劇中一句「東北是我們的」臺詞，遭到工部局禁演，陸憲揆也被帶到捕房問話。陸憲揆和同伴們毫不畏懼，贏得了觀眾的支持。第四幕時已是 1937 年抗戰爆發的前夕，劇人們在壓抑、苦悶的環境之中，只能演出沒有戰鬥意義的古裝戲、外國戲。陸憲揆爲維護劇團的生存堅持演出，與爲維護藝術良心堅持提高質量的梁孟輝又爆發了矛盾。正當陸憲揆準備典當結婚戒子時，善良的雲霓用 2000 元支票救了劇團的急。梁孟輝因戲未排好，不准登臺，要求推遲三天。爲了顧及劇團已賣票的信譽，陸憲揆堅持按時演出，二人的矛盾加劇。陸憲揆向梁孟輝當眾下跪，梁孟輝拂袖而去。戲按時開演，前臺掌聲如雷，後臺的陸憲揆卻喃喃地說道：「鼓掌，是的，他們知道的只有鼓掌。可是，有誰知道：這歡笑後面，包藏著多少人的血汗，多少人的眼淚！一批人來，一批人去；一批人暫時被人當作寵兒，明星，一批人又漸漸地從人們記憶裏面消失。若燕、雲霓會被人忘記的。可是，這些被忘記了的，渺不足道的人，他們的屍骸，築起了一條道路，不踏過這些人的屍骸，中國新劇運動是不能達到她的目的地的。」陸憲揆的一番告白，將全劇推向了高潮。到了最後一幕，在全民抗戰的炮聲中，劇人們萬眾一心，組織救亡演劇隊奔赴各地，陸憲揆與梁孟輝的矛盾也在民族戰爭中握手言歡了，中國戲劇運動進入到繁榮興盛的新時期。

　　集體創作的《戲劇春秋》，屢次突破原來的設想。原先打算「獻給一個人」（應雲衛），結果卻成了「獻給一群人」了。夏衍、宋之的、于伶在虛構的故事中，容納進了自己的心聲和淚影，借陸憲揆串聯起眾多劇人的經歷，既勾勒出了中國現代話劇的發展歷程，又呈現了幾代劇人前仆後繼爲劇運奮鬥的

身影。

《戲劇春秋》上演前後，重慶各報紛紛發表評論，給與褒揚與批評。杜鏡若在 11 月 1 日的《新華日報》上發表《〈戲劇春秋〉先讀有感》，贊賞作者們描寫了一部交織著血和淚的三十年的中國戲劇運動史。11 月 23 日，《大公報》為配合《戲劇春秋》上演配發了專題特寫《艱苦的話劇界》，報導了話劇界的窘況，呼籲各方面加以關注。本月底，《戲劇春秋》由重慶未林出版社作為《現代劇叢之一》出版發行。夏衍以「作者們」之名為單行本所寫的獻詞，是他一生中唯一的一首詩作。詩曰：

> 獻給一個人
>
> 獻給一群人
>
> 獻給支撐著的，
>
> 獻給倒下了的：
>
> 我們歌，
>
> 我們哭，
>
> 我們「春秋」我們的賢者
>
> 天快亮，
>
> 我們頌贊我們的英雄。
>
> 已經一大段路了，
>
> 疲憊了的聖·克里斯篤夫回頭來望了
>
> 一眼背上的孩子，
>
> 啊，你這累人的
>
> 快要到來的明天！

在詩中，夏衍引用羅曼·羅蘭在《約翰·克里斯朵夫》最後一節所用的典故，以「背上的孩子」形象地比喻中國劇人三十年來背在肩上的神聖事業。

12 月 27 日，章罌（即張穎）在《新華日報》發表《談〈戲劇春秋〉》一文。作者在充分地肯定了該劇社會意義的同時，也提出了一些質疑，如陸憲揆與梁孟輝的矛盾是否一定不能協調，如不能協調，是否應分出主次；劇作在反映戲劇運動各階段的某些事實時「過多哀傷」，劇中有些人物的刻畫還不夠突出，有些交代還不夠細微等。

　　《戲劇春秋》的成功合作，爲夏衍、于伶、宋之的的再次合作打下了良好的基礎。1944 年春，他們又共同創作了四幕喜劇《草木皆兵》，1944 年 4 月 23 日由重慶新知書店出版。

　　《草木皆兵》以上海地下抗日志士的對敵鬥爭爲背景，描繪了女演員薛素雯和衝天炮等人，機智巧妙地打進上海的敵僞上層活動中心，同日寇頭子犬養茂吉少將、橋本清三少佐、僞上海市府委員宗伯皐相周旋，伺機給予打擊，收集情報。劇中女主角薛素雯，秀美動人，才藝雙絕，膽識過人。爲了替父報仇，隻身入虎穴，設法搞到了敵人的軍事建設工程圖紙，及時送給地下共產黨；她又憑藉聰明才智，借刀殺人，將權勢炙手可熱、秉性陰險歹毒的漢奸宗白皐、投機奸商湯桂丹投入監獄。劇中的江瀚川，表面上是薛素雯的琴師，實際上是一位僞裝得很巧妙的愛國志士。在緊要關頭，他挺身而出，主動承擔撲殺犬養茂吉的重任，掩護同志，從容就義。劇中的漢姦人物形象宗伯皐，也塑造得形象飽滿。他在日本主子面前，竭盡討好之能事；對人民瘋狂屠殺，將女傭阿珍屈打成招，陷害富家公子鄭錦濤；而在雌老虎般的老婆面前，又一幅膿包的樣子。他憑著反動嗅覺，早就懷疑薛素雯的眞實身份，苦於沒有證據，結果反被薛素雯借助橋本清三少佐之手，將其除掉。

　　1944 年 3 月 24 日，中國藝術劇社在「銀社」上演《草木皆兵》，導演史東山，主演有張瑞芳（飾薛素雯）、藍馬（飾衝天炮）、黃宗江（飾江瀚川）等。共演 35 場。或許是對地下工作不甚熟悉，這個劇在情節和人物的構思上漏洞明顯，薛素雯的形象不夠眞實，虛構的傳奇性色彩過於濃厚，削弱了其可信度。李戇在 1944 年 5 月 29 日的《新華日報》發表《我們要正視一切病態》中寫道：「作者們不加批評地從社會表層摭拾而來的風習笑料，顯然地成了奪主的喧賓，而終於使那些應該是艱辛沉痛的生死鬥爭混淆在一片世俗的笑聲裏面。」

　　1944 年 5 月，夏衍因偶然讀到一些日本人寫的關於滿州移民的報告和筆記，觸動他當年留學日本途經東三省回國休假的記憶。他在每天辦完繁雜的公務之餘，利用零散的時間，創作了直接描寫抗擊日寇侵略者的唯一作品：四幕劇《離離草》。題意取自白居易的著名詩篇《賦得古原草送別》中的名句：「離離原上草，一歲一枯榮，野火燒不盡，春風吹又生。」以此寄寓東北人民的抗日意志、愛國熱情有如春草，燒不盡、斬不斷，蓬勃生長之意。

　　《離離草》的背景是 1942 年前後東北佳木斯地區。劇情圍繞著愛國者馬順、蘇嘉等人對日本「移民開拓團」的不合作與反抗，冒死救護義勇軍領導人「爬山虎」而波瀾迭起的展開。

　　劇中主人公馬順是一位原東北軍的副官，他帶著蘇團長留下的幼女蘇嘉堅守在家鄉，等待著八年前離開這裡去打日本鬼子的「蘇爺」回來解放這塊土地。鄰居朝鮮僑民崔承富和兒子崔大吉忠厚善良，兩家關係親密。幕起是，日本武裝開拓團頭目黑田源三來到正在翹盼「蘇爺」歸來的馬家，強徵房屋與土地，引起馬順和蘇嘉的反抗，崔氏夫子盡力斡旋，以求「平安」。第二幕，義勇軍在周圍有了活動，黑田強迫馬順為他們組建「自衛團」，並將他們捉住的義勇軍首領「爬山虎」張文西讓馬順「鑒定」。馬順將計就計，機智地冒認游擊隊領導人「爬山虎」為外甥三喜，崔大吉用送木柴的方式將之送回游擊隊基地，為後來戰鬥的勝利奠定了基礎。隨著劇情的發展，馬順救「爬山虎」的事情敗露，崔大吉被黑田示眾殺死，馬順、蘇嘉、崔承富也被關押起來。同「爬山虎」一起被捕的神秘「女人」，聽到蘇嘉轉達的「爬山虎」臨走之前交代的「暗語」後，叫被關的一個偷兒設法取得火種，正當偷兒用蘇嘉的髮針做成一個鑽子在鑽木取火時，進來的黑田發現有煙冒起。千鈞一髮之際，崔承富一改平時和稀泥的懦弱，猛撲過去，趁機奪過一個日本移民手上的火把，竭盡生命之力撞開了釘死的窗子，將火把擲到外面的高粱垛子裏，為義勇軍報信。惱怒的黑田開槍打死了崔承富。此時，義勇軍首領「爬山虎」張文西帶著部隊打了過來，攻克了這個堡子。義勇軍代表東北千萬受難的民眾向南方寄言：「我們還在幹！東北人的靈魂，沒有被消滅，他們死得漂亮，活得光輝！」

　　劇中塑造兩個出色的抗日少年：蘇嘉和崔大吉。少女蘇嘉在故鄉堅守，等待參加義勇軍離家八年的父親歸來。她對日寇恨之入骨，當面責罵「移民團」的士兵；在營救義勇軍被關進牢獄後，視死如歸；最後，她繼承遺志，光榮地參加了義勇軍。朝鮮少年崔大吉，人小志大，抗日堅決，為救義勇軍獻出了寶貴的生命。劇中的崔承富篤信基督教，為人安分膽小，對人友好，甚至相信日本人也是和氣的，因為大夥兒都是主的兒女，是兄弟，應該相親相愛。可當年幼的兒子大吉被黑田槍殺後，他才領會到主的兒女也是有差別的。所以，在關鍵時刻，他拼著身家性命擲出火把，為義勇軍發出進攻的信號。這樣的人物，在日佔區的中國農村是常見的，因而顯得

真實可信。劇中的反面人物黑田源三、六平俊吉等人物形象，也描繪得較為深刻。作為日本「開拓團」的「移民」，黑田曾當過騎兵營長，狡詐殘暴，心黑手辣，表面上禮貌待人，實際上殺人不眨眼，是日本軍閥的忠實爪牙。六平俊吉，參與「開拓團」作惡時，內心不安，乃至於有點精神分裂，後來終於開了小差。這個人物說明，不義戰爭必然喪失人心，在敵人內部，也並非鐵板一塊。

《離離草》與現實結合較緊密，對東北人民的抗日鬥爭有較大的鼓舞作用，體現了夏衍的創作理念：「這塊苦難深重的地方正在生長著新肌與新血麼？血在灌溉新芽，他們沉默的戰鬥以心傳心地在激勵著整個的民族。我相信，每個有血性的中國人，誰也不會忘記將我們引導到全民抗戰的這『最初投擲的一石』和『一粒死了的麥子』的。人民，是不朽的，人民，是善於抉擇的，也只有人民的武裝抵抗，是才能使侵略者的軍隊癱瘓的。」〔註 19〕劇本的故事情節不落俗套，人物個性鮮明，結構緊湊。全劇流露出粗獷、渾厚、悲壯的格調。《離離草》於 1944 年 12 月在遼東建國書社出版。1945 年 4 月 7日，《離離草》由中國藝術劇社的賀孟斧執導，在銀社公演，共演 34 場。5 月23 日《新華日報》發表了周翁的《看〈離離草〉》一文。認為在充斥黃金案、失蹤、貪污等消息的山城，《離離草》看到了淪陷區的鬥爭，聽到了敵後人民的呼喊，充滿了勝利的信心。由於作者對敵後生活的遠離，導致劇中的新女性帶有不夠堅韌的小資產階級情調。

1944 年秋，夏衍創作了取名蘇軾《蝶戀花》中「枝上柳綿吹又少，天涯何處無芳草」詩句的四幕劇《芳草天涯》。它通過主要人物尚志恢、石詠芬、孟小雲之間的情感衝突，反映了當時知識分子的思想苦悶和心理活動，藉此寄予對坎坷不幸的知識分子走向廣闊天地的熱切期待。

劇本以湘桂大撤退為背景，寫一場婚外戀的平復過程。在粵北小城中山大學任職的心理學教授尚志恢，追求進步。由於戰時生活不安定，與外界隔離，他變得焦慮、煩躁。妻子石詠芬，曾是中學時代的校花，上過一年大學，參加過救亡工作，「也講過什麼自由平等」。她與從國外回來的尚志恢的姻緣，當時亦「頗為朋輩羨慕」，但婚後，由於受束縛在家，「不免在生活的細微末

〔註19〕夏衍：記《離離草》，《夏衍研究資料》，知識產權出版社 2010 年版，第 182頁。

節上作不必要的苛求」。夫妻之間，常常爲一些日常瑣事發生爭吵，感情日益
惡化。在一次爭吵後，尚志恢離家來到桂林老友孟文秀處躲避。石詠芬尾隨
丈夫而至，但倆人在桂林安家後，關係更加惡化。尚志恢到桂林後，在老友
孟文秀家裏遇見了其遠房侄女、「洋溢著生命力量的少女」、正在學農科的孟
小雲。兩人相互產生好感，進而造成了孟小雲與其男友灘江中學文史教員許
乃辰的分手。石詠芬知道此事後，向孟小雲提出要求，要她「懂得別個女人
的苦處」；同時，孟文秀也告誡尚志恢：「踏過旁人的苦痛而走向自己的幸福，
這是犯罪的行爲」，要他「懸崖勒馬」。妻子的挽救和朋友的干涉，使尚志恢
與孟小雲的婚外情在萌芽中就凋謝了。隨後，孟小雲參加了戰地服務隊。在
從桂林撤退到大後方的混亂中，尚志恢與石詠芬夫婦握手言和。

　　夏衍創作《芳草天涯》的動因，在外是朋友所託，在內是認同托爾斯泰
之言：「人類也曾經歷過地震、瘟疫、疾病的恐怖，也曾經歷過各種靈魂上的
苦悶，可是在過去，現在，未來，無論什麼時候，他最苦痛的悲劇，恐怕要
算是——床第間的悲劇了。」夏衍希望通過婚戀的愛情視角來探討怎樣的生
活方式才能讓人生最具有意義：「正常的人沒有一個能夠逃得過戀愛的擺佈，
但在現時，我們得到的往往是苦酒而不是糖漿。……我望著天癡想：要是普
天下的每一對男女能夠把消費乃至浪費在這一件事情上的精力節約到最小限
度，戀愛和家庭變成工作的正號而不再是負號，那世界也許不會停留在今日
這個階段了吧。」〔註20〕

　　從劇情可以看出，夏衍對愛情婚姻家庭問題的清醒思考。他在禮贊尚志
恢到桂林邂逅孟小雲產生愛情的同時，密切地結合現實，揭示出尚志恢和孟
小雲的愛情痛苦所具有的悲劇性和普遍意義。劇本借孟文秀的話：「前一輩的
女人，結婚就是生活。」「她們不單是怕強奪她們的愛，而是怕搶奪了她們的
生活。」表達了作者的態度：「容忍」和「同情」。在婚姻家庭問題上，即便
是處於戰亂的壓抑環境中，也要剋制個人欲望的無限制膨脹，對於受苦難與
精神創傷的婦女要諒解與同情。在對待家庭和夫妻關係時，要有擔當和責任，
當涉及到夫妻感情游離、出現第三者時更需要冷靜處理。

　　夏衍在《芳草天涯》中，不僅有傾向性地描繪尚志恢、石詠芬和孟小雲
三個人的「愚蠢和悲愁」，而且還因此提出了一個相當嚴肅的、對現實社會不

〔註20〕夏衍：《〈芳草天涯〉前記》，會林　陳堅　紹武編《夏衍研究資料》，知識產權
　　　　出版社2010年版，第183頁。

無關係的問題：在抗戰時期的國統區後方，知識分子應當具有怎樣的家庭生活和戀愛觀？或者說，如何「使戀愛和家庭變成工作的正號而不再是負號」。

《芳草天涯》完稿後，夏衍將其交給好友宋之的。當時宋之的領導的中國藝術劇社正在排練茅盾的《清明前後》。因茅盾初次涉足話劇創作，舞臺經驗不足，令劇社的人擔心其上座率。宋之的便決定同時排練《芳草天涯》以防《清明前後》失利。經過導演金山的精心排練，1945 年 11 月 2 日《芳草天涯》在抗建堂如期公演。主要演員有陶金（飾尚志恢）、趙韞如（飾石詠芬）、張瑞芳（飾孟小雲）、孫堅（飾孟文秀）、王戎（飾許乃辰）、吳茵（飾孟太太）。金山推崇劇本中「濃厚的文藝筆調」，認為這是「應該在我們舞臺上的藝術作品中加以保留並加以發揮的。」〔註21〕《芳草天涯》演出效果極佳，從 11 月 2 日演至 11 月 30 日後，又續演 6 場。

雖然《芳草天涯》因其提出知識分子在家庭和戀愛的糾紛問題，遭到了何其芳等人的批評，夏衍本人也因在劇本中對情愛的「容忍」態度而長期背負資產階級思想的責難，但其在藝術上的成就幾近無人否認。一些有識之士，一直認為《芳草天涯》是「一部衝破了陳套和窠臼，而至今仍沒有得到公正評價的難得的好作品。」〔註22〕

如今，對《芳草天涯》的評價基本達成共識。劇本具有強烈的時代感和嫻熟的藝術魅力。《芳草天涯》中知識分子的婚戀遭遇與戰爭情境緊密相連。正如作者所說「民族解放戰爭，正是我們這個時代的『心靈的地震』的震源所在。」《芳草天涯》的戲劇結構單純集中、意境深遠。劇本的情節總是緊緊圍繞著婚戀糾葛發生、發展，少有旁生的枝蔓。劇中刻畫的人物性格的命運，既與他所代表的時代和階級不可分割，在抗戰時期又有著巨大的社會背景，烙印下了時代和階級的特徵，蘊含著深邃而豐富的社會內容。不僅如此，《芳草天涯》對於愛情婚姻的思考，遠遠超越了時代與社會的層面，在今天看來仍有現實意義。

無庸諱言，《芳草天涯》畢竟是夏衍第一次以戀愛為主題所寫的劇本。或許是缺少這方面的經驗，劇本在情節上仍有許多疏漏，存在著一些不合情理之處。如年輕貌美的孟小雲，正處於與許乃辰戀愛之中，卻對比她年長整整一代的有婦之夫尚志恢「一見傾心」，因沒有必要的鋪墊，顯得突兀；他們之

〔註21〕金山：《導演手記》，1945 年 10 月 31 日《新華日報》。
〔註22〕陳堅：《論〈芳草天涯〉》，《中國現代文學研究叢刊》，1982 年 1 期。

間關係的結束（石詠芬的懇求和孟文秀的規勸），也缺乏內在的邏輯說服力。
此外，在第四幕中，作者基於劇本最後的那句提示詞：「等待著他們的將是一
個爽朗的晴天」，讓劇中的每一個人物的結局都較圓滿，也有著觀念論的明顯
痕跡。

第七章　蕭紅在重慶的生活與創作

　　有「30 年代文學洛神」之稱的蕭紅（1911～1942），是「二十世紀中國最優秀的作家之一」（夏志清）。抗戰爆發後，她從武漢來到中國的戰時首都——重慶，在重慶生活了一年零四個多月（1938 年 9 月～1940 年 1 月），足跡遍佈大半個山城：江津白沙、市區的棉花街、學田灣、大田灣、歌樂山、北碚黃桷樹等地。

一、「全漢口的人都在幻想重慶」

　　抗戰爆發第二年，武漢大撤退時，「全漢口的人都在幻想重慶。」因爲重慶在軍事上易守難攻的獨特地理優勢，成爲困居武漢的人們逃難嚮往的大後方。在蕭紅心中，重慶不僅是一個遠離戰火的避難所，更是她摯愛寫作事業的理想之地。她憧憬到重慶去開辦一個文藝沙龍。「人需要爲著一種理想而生活著。」「即使是日常生活上的很瑣細的小事，應該有理想。」因爲「作家生活太苦，需要有調劑。」蕭紅曾對住在漢口「全國文協」臨時機關所在地的朋友孔羅蓀、馮乃超、李聲韻說：她到重慶後，還「要開一座文藝咖啡室」，「咖啡室一定要有最漂亮、最舒適的設備，比方說：燈光、壁飾、座位、檯布、桌子上的擺設、使用的器皿等等。而且所有服務的人都是具有美的標準的。而且我們要選擇最好的音樂，使客人得到休息。哦，總之，這個地方可以使作家感覺到是最能休息的地方。」〔註1〕

〔註 1〕羅蓀：《憶蕭紅》，《最後的旗幟》，1943 年重慶當今出版社。

　　1938 年 9 月中旬，蕭紅終於買到船票，與馮乃超夫人李聲韻結伴坐船離開武漢到重慶。臨走前她對孔羅蓀說，她和李聲韻先去重慶負責籌備文藝沙龍的事。她相信，文藝沙龍一定要實現。船開到宜昌時，李聲韻突然大咯血，幸得同船《武漢日報·鸚鵡洲》編輯段公爽伸出援手，將李聲韻送到醫院救治。懷有七八個月身孕的蕭紅，拖著沉重的包裹，在宜昌碼頭上船時，不幸被縱橫交織的纜繩絆倒。許久，才被路人扶起，身體雖無大礙，卻沒能趕上當日船班。第二天，她才乘另一班船前往重慶。

二、「多少有點像走到家裏那種溫暖的滋味」

　　1938 年 9 月底，經過 10 天的水上顛簸，蕭紅隻身來到了嚮往中的重慶。先期低達重慶的丈夫端木蕻良，原以為能在蕭紅到渝之前能給她找到一個安身之所，可戰時的重慶因政府機關、工商社團紛紛內遷，淪陷區民眾大量湧來，市區住房高度緊張，一室難求，連端木自己也只能借住到《國民公報》社的單身職工宿舍。因蕭紅在宜昌耽擱，端木第二次才在碼頭接到蕭紅，將她安頓在二嫂胡雋吟妹夫范士奎的弟弟范士榮家裏暫住。此時，端木既在北碚黃桷樹鎮的復旦大學新聞系上課，又在沙坪壩編輯《文摘戰時旬刊》，兩地奔波，無暇時時陪伴在蕭紅身邊，而蕭紅又與范家不熟，加上她初來窄到，人地生疏，不免孤獨，常有寄人籬下之感。

　　幾天後，端木通過友人在歌樂山雲頂寺「鄉建社」的樓上租到了一間房子，將蕭紅接了過去。這裡環境不錯，適合寫作。蕭紅在此創作了短篇小說《孩子的講演》。小說的情節非常簡單，在一所革命學校裏，一個叫小王根的小孩被人請上臺作「即席講演」，誤把聽眾因他不成熟而愛國的話所引起的歡呼當作了嘲笑。蕭紅通過小王根孤立無援地站在講臺上承受聽眾哄笑的情境，投射進自己刺心的苦惱，和對生命、對現實的不便明言的困惑與不安。視寫作為神聖職業的蕭紅，其不同於常規的敘事手法，使她在以男性為主的進步文壇裏所付出的艱辛努力，常常遭到非議和阻礙的心緒，在這篇小說裏不由自主地得到了隱蔽地宣泄。

　　在「鄉建社」沒住多久，因房子裏鬧耗子，特別害怕耗子的蕭紅，常常受到驚嚇。從歌樂山往返黃桷樹，端木也倍感不便。孫寒冰施以援手，在黃桷樹鎮上的秉莊幫端木找到了兩間房子。靳以住樓上，蕭紅和端木住樓下。10 月 31 日，蕭紅完成了對女性生命關注的短篇小說《朦朧的期待》。小說主

要講述了國民黨某高級軍官家的女傭李媽得知情人金立之要上抗日戰場之後，既絕望恐怖又滿懷期待的心理活動以及手足失措的舉止行為。小說主人公李媽身上承受著戰爭的深重災難和被男性世界漠視與排斥的巨大痛苦。從中可以看出，戰爭給女性帶來的苦難命運。戰爭環境下男性高昂的英雄主義和強烈的家國意識，使他們無暇顧及對女性的關愛和撫慰。一切以國家為重的男人血性，使之本就欠缺的溫柔，在對待女性的情感裏顯得粗糙而嚴厲，這對女性的打擊更為沉重。

眼看就要臨產，而端木的自我生活能力又欠缺，思前慮後，蕭紅決定到江津白沙壩白朗家裏去待產，白朗的婆母還能幫助照應，也免到時在這兒「抓瞎」。蕭紅與白朗夫婦是至交，早在 30 年代初的哈爾濱時，兩人過從甚密，情同手足。蕭紅給白朗寫信求助，白朗回信歡迎她前往。

1938 年 11 月初，蕭紅來到離重慶市區 70 多公里的江津白沙壩。這裡有不少內遷的學校。抗戰時期，江津白沙壩，北碚夏壩（北碚黃桷樹地區）和市區的沙坪壩，號稱陪都的「大學三壩」。當時，地處渝西南的白沙，因航運方便，成為重慶重要的人口疏散地和物資中轉站。蕭紅的到來，受到了白朗一家的熱情接待，白朗的婆母在異地他鄉再次見到蕭紅更是喜出望外。

產期臨近，蕭紅的情緒越來越壞。她從不向好友談起和蕭軍分開後的生活，把這一切都隱藏在心裏。白天抽煙，晚上喝酒，動不動就發脾氣。有兩三次，竟為一點小事還衝白朗發了火，事後，又表示抱歉。

後來，白朗在《遙祭──紀念知友蕭紅》中寫道：

> 有一次，她竟這樣對我說：「貧窮的生活我厭倦了，我將儘量去追求享樂。」這一切，在我看來都是反常的。我奇怪，為什麼她對一切都像是懷著報復的心理呢？也許她的新生活並不美滿！那麼，無疑的，她和軍的分開是無可醫治的創痛了。她不願意講，我也不忍去觸她的隱痛……〔註2〕

蕭紅情緒的反常，白朗能理解。可有時她竟對其婆母也發起火來，這使白朗頗為作難。好在婆母寬宏大量，知道蕭紅命途多舛，也不把這事放在心上，依然精心照顧她。當時，羅烽在市區「文協」上班，不常回白沙。有一次，他從市區回來，聽白朗說蕭紅性情變得乖戾後，還叮囑妻子多安慰安慰蕭紅。

〔註 2〕1942 年 6 月 15 日《文藝月報》。

11 月下旬的一天，蕭紅覺得小腹有些疼痛。羅老太太和白朗都知道，這是臨盆的徵兆。於是，立即將她送進了黃泥嘴街「助產士鄧玲珍」的小產科診所。〔註3〕蕭紅順利產下一白胖男嬰，酷肖蕭軍。產後第三天，因牙痛蕭紅向白朗索要止痛片，白朗給她拿了一種比阿司匹林厲害得多的鎮痛藥──「加當片」。次日一早，白朗來看望蕭紅，發現孩子不見了，詢問蕭紅，蕭紅平靜地說，孩子夜裏抽風死了。白朗聽後驚詫不已，表示要找大夫理論，蕭紅卻死活阻攔，並急著要當天出院。〔註4〕

1939 年 1 月中旬，回到重慶的蕭紅，聽胡風夫人梅志在旅館生下了女兒曉風后，特意買了一束紅梅花來看望她。閒聊中，梅志問起蕭紅的孩子，蕭紅黯然神傷地說，死了！不知怎地，第二天傍晚就死了。蕭紅又說，幸好死了，不然叫我怎麼帶呀！蕭紅在江津白沙所生孩子夭折的真實原因，除她本人外，至今仍是個謎。蕭紅對腹中孩子表現出的冷淡，與她此時的處境和心境不無關係。懷著蕭軍的孩子，斷然與他分手；流產和墮胎失敗後，映著大肚子與緊迫的端木結合，雖獲得了婚姻的名分，卻遭到了端木家人的反對，在蕭紅的心中留下了揮之不去的陰影。

1939 年初夏，當梅志聽蕭紅的兩位好友白朗、周玉屏（蕭紅的中學同學、著名作家孔羅蓀的夫人）講述了蕭紅生產的經過後，感慨道：「這當然是蕭紅的不幸！但她絕對不是不願做母親，她是愛孩子的。是誰剝奪了她做母親的權利、愛自己孩子的權利？難道一個女作家還不能養活一個孩子嗎？我無法理解。不過，我在她對『愛』的這方面更看出了她的一些弱點。」〔註5〕

孩子夭折後，因房東迷信，不准產婦進門，產後未滿月的蕭紅被迫隻身從白沙返回重慶。當白朗前往白沙的朝天嘴碼頭送她時，她淒然地對白朗說：「莉（白朗原名『劉莉』），我願你永遠幸福。」「我也願你永遠幸福。」「我嗎？」她疑問道，接著是一聲苦笑：「我會幸福嗎？莉，未來的遠景已經擺在我的面前了，我將孤寂憂鬱以終生。」〔註6〕

〔註3〕顏坤琰：《蕭紅為何無後──踏訪蕭紅在重慶白沙的足跡》，《名人傳記》2012年第 2 期。

〔註4〕玉良：《一首詩稿的聯想──略記羅烽、白朗與蕭紅的交往》，《香港文學》1996年第 6 期。

〔註5〕梅志：《「愛」的悲劇──憶蕭紅》，季紅真編選《蕭蕭落紅》，人民文學出版社 2001 年版，第 153 頁。

〔註6〕白朗：《遙祭──紀念知友蕭紅》，1942 年 6 月 15 日《文藝月報》。

三、「這不就是我的黃金時代嗎？此刻」

　　1938 年 12 月初，蕭紅從白沙返回重慶後，住進歌樂山雲頂寺鄉村建設社的招待所。不久，懷孕的池田幸子獨自來到重慶，邀蕭紅與她同住米花巷 1 號。不久，綠川英子和劉仁夫婦也搬來與她們同住。三人在此度過了相對和平的日子，直至池田的丈夫鹿地亙到來。蕭紅在此期間，「爲臨盆期近，不便自由外出爲池田煮她所得意拿手的牛肉，並且像親姐妹一般關心的跟池田閒聊，無所不談。」〔註 7〕

　　12 月 22 日，蕭紅在塔斯社重慶分社，接受了哈爾濱時期結識的蘇聯記者羅果夫的採訪。29 日，她應新華社之約，爲紀念世界語創始人柴門霍夫的專刊，寫有散文《我之讀世界語》，發表於重慶《新華日報》副刊。

　　1939 年 1 月 9 日，蕭紅完成了散文《牙粉醫病法》。在文中，她不僅控訴了英國傳教士的醫生用殘忍的灌水法，把她弟弟活活灌死的罪行，而且還將此種情形寫進小說《生死場》中第九章《傳染病》，連研究過醫學的魯迅看後也感到「莫名其妙」。受此觸動，站在國際主義立場上的池田還向蕭紅揭露了日本帝國主義者拿牙粉當藥給中國人治病的罪惡，以及日本兵吃女人的肉等種種「殺人」行徑。

　　1 月 21 日，蕭紅在端木主編的《文摘戰時旬刊》上發表諷刺小說《逃難》。小說記敘陝西某中學的一個中學教員在戰亂時期逃難的故事。何南生平日裏牢騷滿腹，動不動就罵中國人，就好像自己不是中國人。他的口頭禪就是「眞他媽的中國人」。面臨戰亂，他首先想到的就是自己一家人的利益。爲了保全身家性命，一聽到風吹草動，馬上攜家外逃。身爲抗戰救國團指導的何南生，臨走之前還發表演講，誓「與陝西共存亡」，「最後的勝利是我們的」。隨後，他匆忙帶著妻兒老小及家中財物，在顧此失彼的慌亂中連轉兩班車。可第二天到達目的地時，所帶的東西都擠壞了。蕭紅通過這個懶漢加懦夫式的人物，嘲笑了戰時一部分中國知識分子身上存在的弱點。

　　1 月下旬，蕭紅創作了中篇小說《曠野的呼喊》。小說描寫一對老夫妻和他們兒子之間的故事。兒子多日不歸，陳公公擔心他參加了抗日義勇軍。因思慮過度，竟然茶飯不思，無心幹活。事實上，陳公公的兒子早已秘密地參加了抗日義勇軍，正在計劃著如何破壞鐵路。有一天，村裏人風傳日本人的

〔註 7〕綠川英子：《憶蕭紅》，王觀泉編《懷念蕭紅》，黑龍江人民出版社，第 58 頁。

火車翻了，修鐵路的工人全部被捕。在一場黑滾滾的狂風中，這個快急瘋了的陳公公又去找兒子去了。蕭紅借變幻莫測的大風比喻日寇的殘酷，東北人民的艱辛、掙扎和頑強反抗。小說充滿著濃鬱的抒情氣息，是其詩化小說的代表作。

同年春，受杜重遠邀請，茅盾赴新疆支持建設和革命。蕭紅與端木聞訊，也有此意前往新疆，因蕭紅身體虛弱，未能成行。此時，端木正計劃寫作長篇小說《大江》，曹靖華和張友漁前來約他共同創辦一個刊物，端木應承，並將之取名為《文學月刊》，擬定在 1939 年 1 月出版發行，後因審批受挫而作罷。隨後，為配合上海創刊的《魯迅風》，蕭紅和端木加快了在重慶籌備創辦《魯迅》雜誌的進度。3 月 14 日，蕭紅在給許廣平的信中寫道：「在這一年中，各種方法我都想。」她希望許廣平寫出魯迅的回憶錄，並告訴許廣平，她還將向茅盾、臺靜農等人約稿。

從歌樂山雲頂寺鄉村建設社的招待所上下山，要路過國民黨婦女指導委員會出錢創辦的專門救濟難童的機構——模範兒童保育院。總負責人是宋美齡，院長是王崑崙的夫人曹孟君。蕭紅在養病、寫作之餘，常來保育院散步。她和端木都喜歡保育院中一個叫林小二的孤兒，林小二本是漢口街頭的一個小乞丐，後被保育院收養。1939 年 3 間，蕭紅專門為他寫了一篇散文《林小二》，通篇上下表達的都是蕭紅對林小二的憐惜、愛護和欣慰，相信這批難童們「一定會長得健壯而明朗」。文中流露出的這種舐犢之情，與蕭紅兩次失去自己的孩子不無關係。端木也以保育院為主要背景寫有小說《陪都花絮》（後改名《新都花絮》）。小說中難童小小的人物原型與林小二應是同一個孩子，但他的命運更為悲慘。《新都花絮》對小小的描述主要集中在小說的第八章和最後一章。《新都花絮》的主人公李宓君，出身北平的名門望族，在經歷了感情的挫折後，宣稱要把自己的力量貢獻給國家。李宓君輾轉來到戰時的首都重慶後，妹妹李嫈君、同學楊紫雲常常帶她出入上流社交場合，極盡奢華，但她仍然感到煩躁。後來，她到模範兒童保育院作英文顧問時，遇到了不合群、愛偷東西、向來保育院參觀的客人伸手乞討、身體瘦弱的難童小小。李宓君憐憫她，對他愛護有加，帶在身邊，事事呵護，使之小小對她有了過度的依戀。可當小小生病後，李宓君卻將他送到了寬仁醫院，自己則沉溺在與保育院的音樂顧問梅之實的熱戀之中，跑到北溫泉去玩耍。從而淡漠了對小小的愛和關心，使之小小的情感再度缺失，悒鬱而死。這深深刺傷了孤兒出

身的梅之實的心，他不辭而別，李宓君心灰意懶，決定到香港去。端木通過小小的死在更深層次上展露了陪都重慶上流社會人士殘忍的一面和難童生活處境的艱難。

蕭紅在此期間，還創作了記載自己坐滑竿經歷的記實散文《滑竿》。她通過與兩個轎夫的對話與交流，不僅表達了國家到了危難的時候，槍口應該一致對外；只要中國人心齊了，就不怕日本人的侵略與轟炸；日本老百姓和中國老百姓一樣好，就是日本軍閥壞……等愛國思想，而且還禮贊中國轎夫的堅韌和擔當的責任，他們的肩膀，如黃河北的驢子，也轉運著國家的軍糧。

4月的一天，蕭紅從歌樂山來重慶邨（今重慶村）探望胡風，胡風不在。梅志見到蕭紅很高興。兩人親熱地閒聊起來。梅志告訴蕭紅，她剛剛收到蕭軍從成都寄來的信，蕭紅看到信裏還有蕭軍與王德芬在蘭州的一張合影，半晌沒說話，臉上毫無表情，如一尊雕像似的呆坐在那裏……梅志很後悔觸及了她心頭的傷疤。

4月中旬，蕭紅完成描述歌樂山長安寺見聞的散文《長安寺》。蕭紅喜歡這座廟宇的靜謐，在梵鐘的敲打聲與和尚的誦經聲裏，看朝聖者虔誠的進香，品茗喝茶，是一種難得的享受。特別是那位沖茶的紅臉老頭，和藹可愛，笑容可掬，使長期被苦悶困擾的蕭紅十分羨慕。可她神經過敏地轉念一想，萬一敵人的炸彈落在這廟前，又會怎樣呢？蕭紅剛剛放鬆的心裏，剎那間又籠罩著了悲哀。

5月16日，蕭紅在歌樂山上完成近兩萬字的小說《蓮花池》。小說中的孩子小豆，瘦弱單薄，自幼喪父、母親改嫁，與盜墓為生的爺爺相依為命，住在昏暗狹窄的破屋裏。小豆永遠蹲在窗口，做著對小蓮花池中的花草充滿渴望的美夢，也「永久是那樣，一個夢接著一個夢，雖然他不願意再做了，可是非做不可。就像他白天蹲在窗口裏，雖然他不願意蹲了，可是不能出去，就非蹲在那裏不可。」因為推門出去，鄰居家的孩子就要打他。他不僅因為懦弱而倍受壓抑，而且還意識不到自我存在的意義，沒有想過走出牢獄式的窗口，去感受蓮花池的美景。後來，爺爺夜裏盜墓的貨色常被日本人扣劫，因沒有職業，舊貨商人就要被拉去當兵。小豆跟隨舊貨商人來到日本人的小兵營，因看到中國人弔打和爺爺差不多的老頭，恐懼地叫了一聲「漢奸」而被日本兵一腳踢死。幼小的生命，還來不及體會生命的滋味，就消失了。

汪精衛在1938年12月8日叛國後，日寇開始了對重慶的狂轟濫炸。因

山城的濃霧，日寇的四次轟炸未能達到摧毀國民政府抗戰信心的預期效果。
山城霧季一過的 5 月 3、4 日，日寇對重慶市區進行報復性的轟炸，死亡近 4000
人。蕭紅與端木因住在遠離市區的歌樂山，免遭此劫。5 月 12 日，蕭紅來到
市區，親眼看到「大火的十天以後，那些斷牆之下，瓦礫堆中仍冒著煙。」「街
道是啞默的，一切店鋪關了門」。「無論你心胸怎樣寬大，但你的心不能不跳，
因為那擺在你面前的是荒涼的，是橫遭不測的，千百個母親和小孩子是吼叫
著的，哭號著的，他們嫩弱的生命在火裏邊掙扎著，生命和火在鬥爭。但最
後生命給謀殺了。」當天，蕭紅在中央公園的一座鐵獅子附近躲過一場空襲。
時隔 13 天，「五月二十五號那天，中央公園便被炸了。水池子旁邊連鐵獅子
都被炸碎了。在彈花飛濺時，那是混合著人的肢體，人的血，人的腦漿。這
小小的公園，死了多少人？我不願說出它的數目來，但我必須說出它的數目
來：死傷×××人，而重慶在這一天，有多少人從此不會聽見解除警報的聲
音了……」懷著一腔憤怒，蕭紅寫下了記載了日本法西斯對重慶實施 4 次轟
炸所犯下野蠻罪行的散文《放火者》（後改為《轟炸前後》）。

因端木要到北碚黃桷鎮的復旦大學去講課，蕭紅擔心他往返過江不安
全，不准他坐小船，要他坐汽車，可乘汽車又要從歌樂山到市區，且還需事
先託人定回程票，很是麻煩。為了照顧端木教學、辦刊和寫作，在復旦大學
孫寒冰的安排下，蕭紅和端木搬到了黃桷鎮復旦大學所屬農場的苗圃居住。
雖然條件簡陋，環境尚好。因與大學的學生宿舍毗鄰，在東北青年升學補習
班學習的姚奔、李滿紅、趙蔚青、苑茵等同學得知兩位東北作家近在咫尺，
便常來拜訪，向他們請教。端木和蕭紅不僅在他們擇校選專業上，給予指導，
還對他們的文藝習作加以指點和推薦發表。蕭紅到香港後，仍與他們保持聯
繫，為發表、出版他們的作品費了不少心力。

產後，蕭紅的身體一直未曾恢復，「臉色淡白，時常乾咳，身體虛弱無力，
已經有肺病的象徵」〔註8〕了。為此，蕭紅曾給端木在北平協和醫院開辦西山
結核療養院的二哥曹漢奇寫信，詢問結核病的相關治療情況。

在黃桷鎮，蕭紅還創作了中篇小說《山下》。小說的故事具有寫實成分，
蕭紅通過描寫一個十一歲的小女孩林姑娘在給「下江人」（抗戰時期，重慶本
地人謂之經濟文化相對發達的江逝人）做工以獲得報酬到失去工作的成長經
歷，折射出下江人到重慶避難時對本地人心靈上造成的文化衝擊。

〔註 8〕苑茵：《流亡中的復旦大學——兼憶蕭紅》，《金婚》長征出版社 1996 年版。

　　小說以東陽鎮山下靠江邊的住戶爲敍述對象。東陽鎮在嘉陵江畔三個鎮中，顯得貧窮而沉寂。山下住的多半是女人和孩子。下江人的到來，特別是其出手大方和對生活品質的追求，使閉塞的東陽人的內心躁動不安。林姑娘的家裏很窮，母親是天生的瘸子，父親和哥哥長年在外做窯工。母女倆窩居在租住的黑屋子，「沿著壁根有一串串的老鼠的洞」。戰亂時物價飛漲，他們買不起布、也吃不起鹽，以麥子帶皮磨成粉的麥粑爲生。爲省兩角錢，林姑娘要上山砍很多柴，晾乾了再燒。某一天，下江人來了，特別是有關下江人，「吃得好，穿得好，錢多得很」和無緣無故給傭人賞錢的傳言，使當地人產生了掙下江人錢的騷動，對錢的渴望甚至引起了心態的急劇變化，他們把下江人當作肥肉任意宰割。蕭紅就此對弱勢群體的「劣根性」在戰時的普遍泛起，以及「人類的愚昧」進行了諷刺和批判。

　　林姑娘的瘸子母親聽說鄰居王丫頭給下江人洗被單賺到了錢，很是動心。後來，林姑娘受雇於王先生，幫他掃掃地，到鎮上買點零碎東西，洗洗衣服，去飯館裏取一天三頓包飯，工錢四塊錢。林姑娘回家時順帶的「繁華的飯」，味道特別香。鄰居劉二妹一家很是羨慕。爲此，林姑娘取代了王丫頭，成爲人們關注的焦點和羨慕的榜樣。林姑娘在越發勤奮的同時，也滋生出驕傲來，與周圍的小朋友們劃開界線，從而引發了同齡孩子的妒忌。她不幸患病打擺子不能下河擔水，王丫頭拒絕幫她，母親也有點嫌棄她。後來，王先生家請了廚子，取消了在飯館包飯一項活計，林姑娘的工錢也從四塊銳減到兩塊。這在周圍鄰里引起了軒然大波。母親在鄰居們的慫恿下去找王先生談判，王先生不堪其敲詐，解除了他和林姑娘的雇傭關係。母親的貪婪斷送了11 歲女兒的工作機會。爲此，她非常懊悔，「全身一點力量也沒有了」。林姑娘得知真相後，從張揚的自尊自信中學會了獨立思考：拒絕穿母親爲安慰她做起的白短衫，也不繫母親給她買的紅頭繩，上山打柴時獨自前往，「狼又有什麼可怕」呢！林姑娘從此變成小大人了。

　　7 月 24 日，蕭紅又創作了懷鄉小說《梧桐》。小說寫東北淪陷後，張家老太太跟著兒子從關外逃難途經上海、漢口，來到重慶，過著飢寒交迫生活的小故事。老太太精神弱得像掉了半個心，像她手中的撚，隨便彈彈就完了，也像那件清朝做的小襖，團花都起毛了，眼也老花，補不了。重慶鄉下的日子不比逃來逃去安寧，外面整天下著大雨，只是夜裏葉子的露水，滴著玻璃窗，老太太忍不住推門一看，卻是露水。老太太感覺到，一半寂寞來自半生

以來的顛沛流離；一半煩厭，則來自她對溫度的不安感：「明明不是家呀」。
有家不能歸，蘇聯出兵的消息又被證實是謠言，老太太氣得大罵。何時歸得
了家？猶如梧桐樹下淅淅瀝瀝的夜雨，沒有盡頭……從此，可以窺見飄泊在
重慶的蕭紅，對東北家鄉的思念之情。

　　或許因為端木忙於上課、編雜誌，蕭紅常常有被冷落的感覺。她在小說
《花狗》中就表現了這種情緒。小說中的李寡婦與養了十幾年的大花狗，感
情深厚。因久盼兒子未歸，她便整天鎖著門到東城門外的佛堂去為兒子燒香
祈福，流浪在外的大花狗在街上被別的狗咬傷了腿，流血不止。恰巧，李寡
婦又收到了兒子從廣州退卻時寫來的信，她興奮地逢人便講，兒子要回來了，
結果，她竟把大花狗忘記了。大花狗在外院的門口躺了三兩天，死了。蕭紅
在小說的結尾處寫道：「是凡經過的人都說這狗老死了，或是被咬死了，其實
不是，它是被冷落死了。」

　　8 月 28 日，蕭紅完成了紀實散文《茶食店》。蕭紅在文中講述了一群逃難
來的文化人，在復旦大學所在地黃桷樹鎮花上八塊多錢，七八個人吃了一頓
西餐的故事。這批逃難的文化人、機關職員，延續著城市裏培養起來的口味
習慣，難免不對黃桷樹鎮剛開業的西餐館抱有幻想。後開業的館子，因購有
留聲機，播放了好聽的外國歌曲，配有盤子、碗、桌布、茶杯、醬醋瓶、煙
缸、痰盂等講究的擺設，滿足了這些從江浙逃難至此的城裏人的奢華心思。
雖然他們每人都吃出來西餐麵包有利華香皂的味兒，還像鋸末子一樣直掉
渣；豬排像木片似的乾硬難吃，但是，在戰亂中的重慶鄉下，能夠享受得到
這西餐館的環境，也值得了。散文《茶食店》和小說《山下》，都是描寫「下
江人」的傳聞和故事的，二者具有互文性，共同呈現出了「下江人」在戰時
重慶的獨特身影。

　　是年秋天，蕭紅和端木搬到秉莊復旦大學教工宿舍的二層筒子樓。在此
期間，蕭紅與華崗建立了深厚的友誼。華崗 1925 年加入中共，1932 年調任中
共滿洲特委書記，赴任途中在青島被捕。抗戰開始後，因國共二次合作，1937
年 10 月，他才由董必武交涉保釋從國民黨武昌監獄被營救出獄。出獄後，華
崗擔任了中共湖北省委宣傳部長，隨即又於 1938 年 1 月 11 日，調到《新華日
報》任總編輯，同時擔任《群眾》周刊編輯。在武漢時，蕭紅和端木通過胡
風和《七月》文學雜誌與華崗相識的，到重慶後，他們交往愈加密切。蕭紅、
端木準備創辦文學期刊，華崗大力支持，向他們表示，刊物所需紙張，概由

《新華日報》供給。

　　蕭紅為紀念魯迅逝世三週年所寫的回憶錄《回憶魯迅先生》，由重慶婦女生活書店（1940 年 7 月 25 日）出單行本後，她曾特地贈送華崗一本，並題字：「紀念敬愛的導師」。華崗在擔任《新華日報》總編輯時，因堅決抵制王明（當時任長江局書記）那一套投降主義的錯誤，遭到其蓄謀打擊。1938 年春，華崗被免去總編一職，回家「賦閒」，住在大田灣「養病」。在北碚的蕭紅知道後，專程到大田灣去看望過華崗夫婦。一次在餃子館，華崗向蕭紅講述了他曾經和葛琴的一段悲劇戀情。華崗熱心政治，葛琴喜歡文學，兩人為此爭論不休，誰也說服不了誰。苦悶中的葛琴，常去找從事文藝理論研究的邵荃麟請教，時間一長，兩人情愫暗生。當華崗被捕出獄後，葛琴早已成為邵荃麟的妻子了，這給華崗留下了難以磨滅的痛苦。因都是革命同志，在重慶，作為黨報主編的華崗，與左翼文藝領導人之一的邵荃麟，經常在一起開會碰頭，華崗常常陷入一種複雜的情感交織之中。華崗的這段感情經歷給蕭紅留下了深刻印象，她到香港後，還準備以此創作一部革命者婚戀悲劇的小說。華崗「賦閒」在家，繼續從事政論研究和寫作，還不時到川北各地尋覓幾年前紅軍長征留下的遺跡。與蕭紅見面時，華崗常講給蕭紅聽，蕭紅聽後很是激動、振奮。她提議說，將來有機會可以一起重走長征路，把這場人類奇跡寫成小說傳揚開去。

　　1939 年 9 月 10 日，由胡風、陳子展發起，魏猛克、王潔之籌備的「文協」北碚聯誼會在黃桷鎮王家花園成立，蕭紅與端木到會，與復旦大學任教的教授們相談甚歡。青年作家王林谷在重慶大轟炸後隨商行遷到北碚，創辦抗戰文藝壁報。蕭紅曾應邀到他組織的「火焰山文藝社」作過演講。蕭紅在演講中談笑風生，受到與會的文藝青年的熱烈歡迎。

　　1939 年 10 月 19 日，是魯迅逝世三週年紀念日。在魯迅逝世兩週年紀念活動期間，蕭紅因身懷有孕，未曾參加。第二年 3 月，許廣平曾從上海來信要她收集一下重慶等地有關魯迅逝世兩週年紀念活動的報刊資料。接信後，蕭紅立即著手收集相關資料，並為自己在「周先生去世之後」，「自己做的事太少，就心急起來」。《魯迅》雜誌又未辦成，蕭紅的內疚更加嚴重，因此，在紀念魯迅逝世三週年之際，她和端木應《文藝陣地》約稿，發揮各自所長，分別寫下散文《魯迅先生生活散記──為紀念魯迅先生三週年祭而作》（後改名為《回憶魯迅先生》）和論文《論魯迅》。

　　在蕭紅短暫的一生中，與魯迅相處的時光是她最快樂的日子。她一直對魯迅充滿著崇敬和感激之情。魯迅的猝然離世，對她來說，猶如天塌地陷，茫然無措，給她留下了難以癒合的創傷。在很長的一段時間裏，她都不能把「死」和魯迅聯繫到一起，不能平息自己悲傷的情緒去寫紀念魯迅的文章，直到她從日本回到上海去萬國公墓祭奠魯迅之後，才於 1937 年 3 月 8 日第一次寫出一首《拜墓詩──爲魯迅先生》：「我哭著你／不是哭你，／而是哭著正義」，深切地表達了對魯迅精神的仰慕。在這一年，蕭紅先後寫過兩篇回憶魯迅的文章《在東京》（後改名《魯迅先生記（二）》）和《萬年青》（後改名《魯迅先生記（一）》）。在這兩篇回憶魯迅的文章中，蕭紅充分施展女性作者細膩、清新的筆調，爲讀者刻畫出一個特別富有人情味的魯迅先生的形象。

　　蕭紅在《在東京》中記述了她在日本得知魯迅逝世噩耗的前前後後。1936年 7 月 16 日，蕭紅離開上海，隻身東渡日本後，爲了不給工作緊張、身體勞累的魯迅增加寫信的負擔，她和蕭軍約定不輕易給魯迅寫信打擾他。因此，在日期間，蕭紅並不知道魯迅健康惡化的情況。魯迅猝然離世的噩耗傳來時，給身在異國他鄉、語言不通、舉目無親的蕭紅造成的震驚，無異於強烈的地震：周圍的聲音消失了，她只聽見自己的腳步聲；一想到「魯迅是死了嗎」就心跳不已，精神恍惚；在學校聽到日文教師和中國學生對魯迅的歪曲，她便產生了難以名狀的「不調配的反應」。那種被同胞「放逐」的寒冷，對身處異國他鄉的蕭紅而言，眞有感同身受的痛苦。在《萬年青》中，蕭紅則選擇了第一次去魯迅家中做客時所見的情景：灰藍色的花瓶、瓶裏種的萬年青和魯迅先生手中拿著的點燃了的紅色香煙頭，再現了魯迅可親感人的身影。特別是「四季裏都不凋零的植物」萬年青，在魯迅逝世後依然「站在魯迅先生照相的面前」，「聽」許廣平和作者談著魯迅先生，「但那感覺，卻像談著古人那麼悠遠了」，而當初裝花的瓶子，則「站在墓地的青草上面去了」，雖然瓶底已經丟失，但會伴著萋萋荒草一直「站」著，寓意魯迅的精神永垂不朽。戰爭使「我們是越去越遠了」，魯迅的墓草也荒蕪了，雖不能前去修剪，「但無論多麼遠，那荒草是總要記在心上的。」從中看得出，極度悲傷之情籠罩著蕭紅，這些對魯迅零星片斷的回憶，在時間的過濾和感情的沉澱後，誕生了一個鮮活豐滿的魯迅形象。

　　在《魯迅先生生活散記》裏，蕭紅用她那支細膩的筆描繪了魯迅、許廣平、海嬰一家的生活起居，爲讀者刻畫出了一個特鮮活、可親的魯迅形象。

　　魯迅的笑聲明朗，走路輕捷，不大注意人的衣裳。有一天，蕭紅「穿著新奇的大紅的上衣，很寬的袖子」，詢問大病初愈的魯迅，「漂不漂亮？」從而引出發魯迅對衣裳顏色搭配的看法：「紅上衣要配紅裙子，不然就是黑裙子，咖啡色的就不行了。」「人瘦不要穿黑衣裳，人胖不要穿白衣裳；腳長的女人一定要穿黑鞋子，腳短就一定要穿白鞋子；方格子的衣裳胖人不能穿，但比橫格子的還好；橫格子的胖人穿上，就把胖子更往兩邊裂著，更橫寬了，胖子要穿豎條子的，豎的把人顯得長，橫的把人顯的寬……」

　　蕭紅初到上海後住在法租界，她到虹口魯迅的家裏做家，搭電車也要一個多小時。每當暢談晚了，魯迅總要叫許廣平給她打車，「並且一定囑咐許先生付錢。」後來，蕭紅搬到北四川路來後，她「每夜飯後必到大陸新村來了，颱風的天，下雨的天，幾乎沒有間斷的時候。」魯迅的飲食習慣較爲獨特，喜歡北方飯、喜油炸和吃硬的東西，不大吃牛奶和雞湯。蕭紅和許廣平一起包過餃子，做過韭菜合子和合葉餅。只要她一提議，魯迅必然贊成，哪怕是蕭紅做得不好，魯迅也喜歡吃。魯迅的胃不大好，每飯後必吃「脾自美」胃藥丸一二粒。魯迅還喜歡跟蕭紅開玩笑，他們剛剛見過面，他還會一本正經地對蕭紅說：「好久不見，好久不見。」因蕭紅梳著辮子，海嬰常常拉著她的小辮子到院子裏去玩。

　　魯迅家裏的生客很少，幾乎沒有。一個禮拜六的晚上，蕭紅在他家裏遇見一個「販賣精神」商品的「商人」，參加過二萬五千里長征的馮雪峰。魯迅對青年人太過草率的信件，深惡痛絕。他最佩服珂勒惠支的畫和做人，向蕭紅講史沫特萊，給人推薦電影，不遊公園，「不戴手套，不圍圍巾，冬天穿著黑石藍的棉布袍子，頭上戴著灰色氈帽，腳穿黑帆布膠皮底鞋。」魯迅經常給青年們回信，記憶力非常之強，「他的東西從不隨便散置在任何地方。」魯迅家裏有兩個年老的女傭人，但客人來了都是許廣平親自下廚，菜食很豐富，而平常卻簡單到了極點。

　　魯迅對自己譯的《死魂靈》原稿和出書的校樣，都不看重，拿來揩桌子。許廣平從早晨忙到晚上，迎來送往，幫魯迅寄信，從無怨言，頭髮因此就有些是白了。有時，他們去看電影，魯迅總是叫周建人等人坐出租車，自己則點上香煙等電車。魯迅吃清茶，不吃別的飲料。他陪客人到夜深，必同客人一道吃些點心和向日葵子。魯迅備有兩種紙煙，便宜的綠聽子平常自用，價錢貴的白聽子，用來招待客人。休息時就「坐在椅子上翻一翻書」。魯迅往往

從下午兩三點鐘開始坐在藤躺椅上，吸著煙，開始陪客人，有時要陪到夜裏十二點。待客人走後，許廣平也睡著了，魯迅才站起來，坐到書桌邊，在那綠色的臺燈下開始寫文章了。直到大家都起來了，他才睡下。魯迅喜歡喝一點中國的花雕。他常到老靶子路的一家小吃茶店，泡一壺紅茶，和青年人坐在一道談上一兩個鐘頭。魯迅還向蕭紅講述過 30 年前他在紹興任教時，有天晚上過墳地看見過鬼（盜墓人）的故事。從福建菜館叫了一碗魚做的丸子，海嬰說不新鮮，大家不信，魯迅拿來嘗嘗，果然是不新鮮的。魯迅說：「他說不新鮮，一定也有他的道理，不加以查看就抹殺是不對的。」他給別人寄書，總是要親自動手把書包得方方正正，把捆書的繩頭剪得整整齊齊。

因工作太過勞累，魯迅病到了：

> 1936 年 10 月 17 日，魯迅先生病又發了，又是氣喘。17 日，一夜未眠。18 日，終日喘著。19 日，夜的下半夜，人衰弱到極點了。
>
> 天將發白時，魯迅先生就像他平日一樣，工作完了，他休息了。

在蕭紅清新雋永的筆下，魯迅不僅是受人景仰的文學大家，也是一位和藹可親的老人，尊重妻子的好丈夫，瞭解兒子的好父親，辛勤培植晚輩作家情深義重的寬厚長者。

《魯迅先生生活散記》，發表在曹靖華任編委的《中蘇文化》1939 年 10 月第 4 卷第 3 期紀念專刊上後不久，蕭紅又在北碚黃桷樹嘉陵江邊的茶館裏口述，由姚奔等幾位青年學生記錄，完成了《記憶中的魯迅先生》、《記我們的導師——魯迅先生生活片斷》、《魯迅先生生活憶略》等文。10 月中旬，蕭紅將回憶魯迅的這些文字整理成冊，取名《回憶魯迅先生》交重慶婦女生活社出版。因字數較少，徵得許廣平和許壽棠的同意，將他們創作的《魯迅和青年們》（許壽裳）《魯迅的生活》（景宋），收入其中。該書於 1940 年 7 月在重慶面市。它是蕭紅紀念魯迅的集大成者，也是現代作家筆下獨一無二的一份魯迅回憶。

蕭紅身體虛弱，端木的生活能力又不強，加上端木喜宏大敘事，蕭紅專注日常瑣事，所以，兩人無論是生活能力還是創作觀念都存在著較大的差異。毗鄰而居的靳以在《憶蕭紅》中就記載了蕭紅當時照顧端木的辛勞，以及端木不屑於蕭紅回憶魯迅日常生活的創作。梅志在《「愛」的悲劇》中也記載了蕭紅時常找她發牢騷，向她敘述自己生活的孤獨和內心的不快樂。儘管如此，蕭紅與端木在創作上仍是夥伴，經常在一起磋商創作事宜。如端木受蕭紅的

要求，在 10 月 26 日爲蕭紅的《回憶魯迅先生》作《後記》。他有感於蕭紅寫的是魯迅的日常生活，因而在「後記」中補充道：「關於治學之經略，接世之方法，或未涉及。將來如有機會，當能有所續記。」端木應香港的戴望舒之約，在其主持的《星島日報·星座》上連載抗戰小說《大江》，篇名就是蕭紅所題，連載一段時間後，因端木生病，蕭紅接著續寫。

1939 年 11 月，主持中蘇友好協會工作的曹靖華，受蘇聯駐華大使館文化參贊、著名漢學家羅果夫所託，爲其物色一批重要作家和作品，翻譯介紹到蘇聯去。曹靖華便向羅果夫推薦了率先在中國文壇上創作和發表抗戰文藝作品的東北籍作家蕭紅和端木。於是，蘇聯大使館邀請在北碚的蕭紅和端木來枇杷山參加慶祝紀念十月革命的招待會。在這次招待會上，曹靖華與蕭紅相識，兩人一見如故。後來，羅果夫翻譯出版的《中國短篇小說》就收錄了蕭紅的《蓮花池》，蕭紅的作品第一次爲俄羅斯讀者所瞭解。

蕭紅在北碚潛心創作的安寧日子並沒有過多久。1939 年底，日軍加緊了對重慶的狂轟濫炸，而北碚又是其轟炸的重點。從 12 月中旬開始，日軍對北碚的連續轟炸，常常打斷蕭紅的創作，頻繁的跑空襲又使她體力難以支持，精神高度緊張。特別是 12 月 27 日，日軍對北碚的轟炸，使復旦大學校園損失慘重。毗鄰而居的國民黨文化特務——體育教授陳丙德，爲人處事張揚跋扈，他家的保姆也仗勢欺人，常常把空醬油瓶、臭鞋襪隨意丟棄在蕭紅的窗臺上，使蕭紅的窗戶無法開窗透氣，端木多次交涉無效，便將其曬在他家窗臺上的鞋扔在過道上，保姆藉此撒潑，端木一氣之下，與之動手，保姆不依不饒。在陳丙德的唆使下，保姆將端木告到黃桷樹鎮公所，結果還是蕭紅前去賠錢道歉才算完事。爲此，蕭紅萌發了離開重慶的念頭。她同端木商議，端木主張前往桂林，蕭紅則堅持去香港。一則端木的《大江》正在戴望舒主持的《星島日報》副刊《星座》上連載；蕭紅的小說《曠野的呼喊》、《花狗》、《茶食店》和散文《回憶中的魯迅先生》也曾在此刊載。二則楊剛主持的《大公報》副刊也邀請端木寫《新都花絮》，有稿費收入，在香港生活應不成問題。他們還專程到鄉下向好友華崗徵求過意見，華崗在詳細瞭解情況後，支持他們去香港。隨後，端木去找孫寒冰，孫寒冰表示支持，並告訴他復旦大學在香港辦有「大時代書局」，端木去後可以爲書局編輯一套「大時代文藝叢書」。

蕭紅不願驚動大家，她只告訴好友張梅林，過幾天，她和端木要去香港，並請他別告訴別人。1940 年 1 月 14 日，蕭紅和端木從北碚進城，託在中國銀

行的朋友袁東衣購買去香港的機票。沒想到當天晚上就買到了 17 號的兩張機票。因時間太過匆忙，他們甚至來不及往返北碚整理行李，辭退傭人，與朋友們辭行。1940 年 1 月 17 日，蕭紅和端木離開了生活一年半的重慶，飛抵香港。蕭紅突然離開重慶，還曾引起了一些人的不滿和猜疑，認為他們「秘密飛港，行止詭秘」，甚至還為此告到許廣平那裏去了。〔註9〕

四、「天天想回重慶」

　　蕭紅雖然離開了戰時首都重慶，來到了暫時還處於恬靜和幽美的香港，或許是語言、生活習慣的原因，她在港時幾近與世隔絕，操持家務和寫作之餘，孤獨和寂寞之中常常想起了在重慶生活一年多的點點滴滴。她忘不了在重慶結識的知交故舊，忘不了在北碚度過的朝朝暮暮，忘不了重慶文藝界的抗戰活動，忘不了重慶人民艱苦卓絕的抗日鬥爭，忘不了重慶的大霧……她在給好友白朗、華崗、艾青的信中常常流露出要返回到重慶的想法：「我將可能在冬天回去。」「天天想回重慶。住在外邊，尤其是我，好像是離不開自己的國土的。」她甚至還與朋友們商討過回渝的具體路線。然而，香港的淪陷，逃亡中重病在身的蕭紅又不幸遭遇庸醫的誤診。1942 年 1 月 22 日，蕭紅病逝香港，她重回山城的願望，終成永遠憾事。

〔註 9〕1940 年 7 月 7 日蕭紅給華崗的信，《文史哲》1983 年 4 期。

第八章　張恨水在重慶的報業生涯和文學創作

　　張恨水（1897〜1967）從 1938 年 1 月 10 日來到重慶，直到 1945 年 12 月 4 日離開重慶輾轉前往北平，他在重慶整整生活了近八年的時間。在這期間，他不僅長期擔任《新民報》主筆兼副刊（《最後關頭》《上下古今談》）主編，親自撰寫和編發了近兩千篇時評和雜文，而且還創作發表了《虎賁萬歲》、《八十一夢》、《水滸新傳》等一系列抗戰、諷刺、歷史等小說，採取多種手段，喚起民眾救亡圖存，揭露國統區的黑暗現實。離開重慶後，他還創作了記錄重慶的生活和故事的《巴山夜雨》和《紙醉金迷》。可以說，重慶，既是張恨水報業生涯的福地，也是其創作生涯中的一個重要階段。

一、張恨水在重慶的報業生涯

　　1937 年 12 月 13 日，南京淪陷之時，張恨水尚在故鄉潛山。12 月底，他從潛山趕往漢口與四弟張牧野會合。此時，張牧野正押運《南京人報》〔註1〕的資產來到武漢。兄弟倆見面後，練過武術的張牧野不願繼續西進重慶，他勸兄長回故鄉大別山拉隊伍，打游擊，與日寇真刀實槍的幹。張恨水欣然接受，並向國民黨第六部上報了組建抗日游擊隊的呈文，結果卻遭到嚴詞拒絕。張恨水只好前往重慶，繼續自己的報人生涯，用手中的筆和報紙鼓勵民眾抗

〔註 1〕1936 年 4 月 8 日，創刊於南京，四開 4 版日報。張恨水自任社長，張友鸞任
　　　　副社長兼經理。主張抗日，重視社會新聞，文字通俗，版面新穎，欄目多樣。
　　　　副刊《南華經》由張恨水主編，連載他自撰的兩部章回體小說《中原豪俠傳》
　　　　和《鼓角聲中》。

日。血氣方剛的張牧野則留了下來，與孿生哥哥張僕野，帶領一批有志保家衛國的青年回到家鄉潛山組織了 100 多人的游擊隊。後來，這支民間武裝被國民黨的正規部隊剿滅，張牧野被抓，經張恨水多方斡旋，才被放了出來。「請纓無路」對張恨水的刺激很大，他在主編《新民報》副刊伊始，便以此經歷創作了長篇小說《瘋狂》在《最後關頭》上連載，直至 1939 年 10 月 20 日載畢。

1938 年 1 月 10 日，張恨水乘小火輪到達重慶朝天門碼頭，好友趙純繼、張友鸞將其接到了《新民報》的職工宿舍。之前，他創辦的《南京人報》，因南京失守被迫關閉，來重慶後，因資金困難，《南京人報》復刊無望。經老友張友鸞介紹，張恨水加盟陳銘德、鄧季惺伉儷創辦的《新民報》，任該報主筆兼副刊主編。《新民報》是一張由對開改為四開的小報，篇幅不大，但卻是抗戰時期國統區發行量最大的報紙。《新民報》最吸引讀者的是副刊，因有張恨水、張友鸞、張慧劍和趙超構的相繼加盟，人稱「三張一趙」，英才薈萃，陳容強大。《新民報》一向以「超黨派、超政治、純國民」的「淨友」自居。保持「中間派」身份的張恨水，堅持抗戰、反對投降的思想，與團結一切力量抗擊日寇的共產黨主張一致，使得《新民報》在國共兩黨的尖銳鬥爭中，具有明顯的進步傾向。

在重慶，張恨水抗戰的愛國情懷更加高漲，「書生頓首高聲喚，此是中華大國魂。」〔註2〕他將《新民報》的副刊取名「最後關頭」，在 1938 年 1 月 15 日的發刊詞中寫道：

關這個字，在中國文字裏，已夠嚴重。關上再加最後兩個字，這嚴重性是無待詞費了。

最後一語，最後一步，最後一舉……這一些最後，表示著人生就是這一下子。成功，自然由這裡前進。不成功，也決不再看一下。那暗示著絕對的只有成功，不許失敗。事情不許失敗了，那還有什麼考慮，我們只有絕大的努力，去完成這一舉，所以副刊的命名，有充分的吶喊意義包涵在內。

……

這吶喊聲裏，那意味著絕對是熱烈的，雄壯的，憤慨的。決不

〔註 2〕張根水：《健兒詞》，《彎弓集》，北平遠恒書社 1932 年 3 月版。

許有一些消極意味。我相信，我們總有一天，依然喊到南京新街口
去，因爲那裏，是我們南京報人的。〔註3〕

　　從此可以看出，張恨水闡明其編輯副刊《最後關頭》的宗旨，一反他以
前追求的消閒娛樂趣味。隨之，他刊發的約稿信（一、抗戰故事（包括短篇
小說）；二、游擊區情況一斑；三、勞苦民眾的生活素描；四、不肯空談的人
事批評；五、抗戰韻文。每篇文章不超過一千字。）也明確地表明了他將會
全身心地投入到抗日救亡的現實生活去。爲了強調這個副刊的辦刊宗旨，1月
26日，張恨水還在《新民報》上刊登了《白事》：「蒙在渝文彥，日以詩章見
賜，無任感謝，惟『最後關頭』稿件，顧名思義，殊不能納閒適之作，諸維
高明察之。」3月4日，他又一次告白：「本欄名爲『最後關頭』，一切詩詞小
品，必須與抗戰及喚起民眾有關。此外，雖有傑作，礙於體格只得割愛，均
乞原諒。」從發刊詞及先後兩次向作者的告白，都明確地表現，他主編的《新
民報》副刊《最後關頭》，是爲抗日救亡服務的。

　　張恨水來重慶不久，如夫人周南攜子張全、張伍尾隨而至。他便在重慶
通遠門的新金山飯店租房而居。張恨水來重慶前，在北京、南京等地聞名遐
邇，即便他來到重慶，其影響也並未減弱，敵僞在淪陷區爲了招徠讀者，在
報刊上仍然盜用他的名字發表小說。張恨水爲此怒不可遏，他在1938年3月
31日的《最後關頭》上刊登了一則《張恨水啓事》：

　　　　自上海淪爲孤島後，該處出版界情形甚爲複雜，鄙人從未有片
　　紙隻字寄往。今據友人告知，上海刊物最近仍有將拙作發表者，殊
　　深詫異。查其來源，不外二途，一則將他人著作擅署賤名，一則將
　　舊日拙作刪改翻版。鄙人現遠客重慶，綿力無法干涉，只得聽之。
　　唯人愛惜羽毛誰不如我，事實在所必明是非，不可不辨，特此聲明，
　　敬請社會垂察是幸。

　　此後，還多次在漢口、香港、桂林等地發表聲明。與此同時，他在自己
主編的《最後關頭》上，將滿腔愛國熱血，化成了山洪向黑暗的現實傾泄而
下。撰寫了許多針砭時局、鼓吹抗戰的雜文、小品、散文、詩詞和漫畫。粗
略統計，這些文字近100萬言，嬉笑怒罵，辛辣嘲諷，自成一格。讀者喜歡，
反響強烈。如1938年2月24日，在八路軍深入敵後建立抗日根據地之際，
張恨水在《新民報・最後關頭》上刊發了雜文《怒吼吧，八路軍！》，針對國

〔註 3〕張恨水：《這一關》，重慶《新民報》1938年1月15日。

民黨當局的腐敗和軍隊的潰退，將希望寄託在共產黨領導的八路軍身上。當徐州會戰失利的消息傳來，張恨水痛心疾首地賦詩道：「誰解唇亡齒亦寒？危梁燕雀尚爭官。潼關不是邯鄲道，也作諸侯壁上觀。登臺袍笏唱腔新，虛弄干戈莫當眞。二十萬人齊掩甲，傷心豈獨孟夫人？大江何處阻樓船？趙宋兵來一檄傳。應記今非司馬氏，更無公爵錫劉禪。」〔註4〕再如 1938 年 8 月 8 日報載，重慶市警察局長爲「整頓中外觀瞻所繫的臨時首都市容，下令驅逐乞丐出境」。《最後關頭》隨即發表了署名呂非質疑這種做法的文章《教他們往哪裏去？》。作者在文中指出：「製造乞丐的因素不除去，乞丐還是免不了『觸目皆是』的。我們常常聽到（身體殘廢的）乞丐呻喚，『好腳好手天堂路，壞腳壞手地獄門』，難道今天眞把乞丐一個個逼到地獄裏去不成？」1939 年 2 月，張恨水在《新民報》發表了《讀史十絕》，其中一首云：「六朝何事不滄桑，巷口桃花慘夕陽。腸斷中原烽火遍，人間猶是半閒堂。」藉此抨擊國民黨政權的腐敗，表達自己憂心國事的心情。同年 6 月 12 日「平江慘案」發生後，張恨水收到董必武通過張效良轉來的一份追悼平江事件犧牲同志的訃文後，特地撰寫了一幅輓聯：「抗戰無慚君且死，同情有淚我何言。」以此表達自己對國民黨頑固派同室操戈的憤慨。

然而，主張「新聞自由」的張恨水，面對國民政府嚴格的新聞檢查制度十分苦惱，特別是一些針砭時弊的雜文，常常被書報檢察官剪掉，迫使報紙開天窗。爲了使自己的意見能見諸報端，又不被新聞檢察官抓住把柄，他常常採用聊天似的隨筆和託夢於小說的巧妙方式編輯副刊，使《新民報》在文網森嚴的陪都艱難地生存了下來。然而，1939 年 5 月 5 日，因日寇對重慶的狂轟濫炸，重慶各報不能按時出版，改由《時事新報》總編輯黃天鵬主持出版「重慶各報聯合版」，因國民黨中宣部一再拖延，直到同年 8 月 13 日，在各報的堅決要求下，才答應由各報自行設法單獨復刊。張恨水在《新民報》復刊之日寫了《久違了》一文和詩《江南（三首）：「八一三」隨筆》，巧妙地向讀者道出《最後關頭》停刊 100 天的原由和他心中的憤懣。

張恨水向來奉行「君子不黨」、只爲百姓說話的做人原則。不攀龍附鳳，也鄙視入仕做官。全憑手中一支筆，養活一大家人。國民政府遷渝後，住房緊張，日寇飛機轟炸頻繁。1939 年 5 月 5 日，他把家從市區遷往 18 公里外的郊區：南溫泉桃子溝 27 號。先從當地農民租了兩間乾淨的瓦房，後疏散到此

〔註 4〕張恨水：《無題》（五首）1938 年 4 月 14 日《新民報・最後關頭》。

的人多了，房東待價而沽，將他一家趕出。多虧老舍伸出援手，將「抗戰文協」搬遷後空下的「國難房子」留給了他，張恨水一家才有了一個落腳之處。桃子溝景色宜人，群山環抱，溪水淙淙，是一個寫作居家的好地方。可避難在此的三間茅屋，全是竹夾黃泥壘成的茅草屋，下起雨來，滿屋皆漏。張恨水謂之「待漏齋」，並以幽默文字點題道：「古之君臣，天明而晤於朝。於其未朝也，群臣先期而至宮外，待銅壺滴漏所報之時屆，以入宮門，是曰待漏。而吾之所謂待漏，則無此雍容華貴之象，蓋屋漏也。」〔註5〕平型關大捷的消息傳來，張恨水又將自己的臥室兼書房題爲「北望齋」，以此寄託他對中國共產黨的希望和對故鄉的懷念。同是避難，窮苦文人與達官顯貴有天壤之別。財政部長孔祥熙的「孔園」，是一幢四層立體式花園洋房。孔家人幾乎沒有來住過，只有幾個副官在此稱王，當地老百姓怨聲載道。張恨水在茅屋的牆壁上，自書對聯以嘲諷：「閉戶自停千里足，隔山人起半閒堂」。（「半閒堂」是南宋誤國奸相賈似道的住所。）。

　　由於稿酬低廉，負擔又重，特別三女張明明和四女張蓉蓉出生後，日子更爲艱難。言爲心聲，1940年4月26日，張恨水在《最後關頭》刊發了四首《浣溪沙》詞，分別描述了自己衣、食、住、用的困境和物價暴漲的現實。詞曰：

　　　　入蜀三年未作衣，近來天暖也愁眉，破衫已不成東西。襪子跟通嘲鴨蛋，布鞋幫斷像雞皮，派成名士我何疑？

　　　　一兩鮮鱗一兩珠，瓦盤久唱食無魚，近還牛肉不登廚。今日怕談三件事，當年空讀五車書，歸期依舊問何如？

　　　　借物而今到火柴，兩毛一盒費安排，鄰家乞火點燈來。偏是燭殘遭鼠咬，相期月上把窗開，非關風雅是寒齋。

　　　　把筆還須刺激嗎？香煙戒後少抓詩，盧仝早已吃沱茶。尚有破書借友看，卻無美酒向人賒，興來愛唱淚如麻。

　　同年5月3日，他在雜談《酸詞餘話》裏自嘲《浣溪沙》（四闋）爲「酸文」，「雖不傷大雅，若再三爲之，似有意哭窮」，故呼籲讀者不必來函賜和，就此打住。

　　事實上，抗戰八年，張恨水幾乎沒買一件新衣服，每當要去一些盛大場

〔註5〕張恨水：《山窗小品》，東方出版社1994年4月版。

合，他就把在鄉場舊貨攤上花 25 元法幣買的青花緞面、湖綢襯裏的馬褂套上。長期如此，被人謂之「馬褂記者」。張恨水喜歡吸煙，又無錢購買，只好抽一種名為「神童」版的劣質香煙。這種煙，除了辛辣，毫無香味，他罵之為狗屁不如的「狗屁牌」香煙。有一次，家裏來了客人，張恨水叫兒子張全到鎮上去買菜，稚氣的兒子接過錢後獻殷勤道：「要不要帶包『狗屁』來？」，客人聞之愕然，待張恨水講明原委，客人哈哈大笑。後來，他連這種「狗屁牌」香煙也抽不起了，就抽更為廉價的「黃河牌」香煙，最後，索性戒掉了事。

因住在郊區，交通不便，公共汽車又少，張恨水進城到七星崗《新民報》社上班，常常安步當車。下班後回家，還要把一家人的口糧背回。當時，糧食匱乏，滲滿砂子、石子和穀子的「平價米」不夠吃，只好用雜糧充饑。

在張恨水苦心經營下，《新民報》副刊越來越受讀者歡迎。尤其是他創作的社會諷刺小說《八十一夢》，在 1939 年 12 月 1 日的《最後關頭》上連載後，《新民報》的發行量日增，影響越來越大。加上張恨水犀利的雜文，常常擊中當權者的痛處，《讀史十絕》又借古諷今，《最後關頭》屢屢遭致「新聞檢查」的刁難，舉步維艱。特別是以戰時重慶為背景的暴露小說《牛馬走》（《魍魎世界》）於 1941 年 5 月 2 日在《新民報》上連載後，因其抨擊的主要對象為一群醉生夢死的國民黨權貴和置民族危亡於不顧的發國難財的不法商人，更是引起國民常當局的忌恨，《最後關頭》在 1941 年 10 月 9 日被迫「奉命放棄」。可張恨水並沒有屈服，正面揭露犯忌，他便採取旁敲側擊的方式，將「那些間接有助於勝利的問題，那些直接間接有害於抗戰的表現」〔註 6〕表達出來。同年 12 月 1 日，張恨水在《新民報》第四版開設了一個類似聊天的專欄隨筆《上下古今談》，並在當天刊出《〈上下古今談〉開場白》。以後每日一篇雜文，大約持續三年半之久，累計發表隨筆、雜文 1000 多篇，字數達 100 萬字，是張恨水雜文的代表作。在《上下古今談》開設之初，張恨水就以「閒談」的手法直指民生，代民發言，如《過份恭維》、《植樹不知何處去》、《越抓越癢》、《由火柴說起》、《兒童讀物之毒物》等。所談雖瑣碎卻與老百姓的日常生活息息相關。張恨水並非不想指點江山，激揚文字，可在國民黨當局治理下的陪都，為報紙和自己的生存計，也只好虛以委蛇，以小見大、由此及彼。如在《由大家庭談到殖民地》中，他先從中國的大家庭制度談起，在描繪了大家庭中的種種複雜關係後認為，中國人的思想開放後，為難的家長

〔註 6〕張恨水：《寫作生涯回憶》，人民文學出版社 1982 年版。

還想「奴役子媳弟婦」幾乎不可能，還不如「各組門戶」。最後，文章自然而然地得出「一家如此，國何不然？」的結論。文章的題旨昭然若揭，世界上的殖民地終將解放，世界大戰的結果必然是正義的一方獲勝。與此同時，張恨水站在平民立場，不僅針對當局的政策，提出一些切實可行的改進措施，如《禁冰評議》、《遠處的大票子問題》、《丘陵地帶宜築塘堰》等，而且還關注社會上的弱勢群體，爲他們鳴屈吶喊。正因爲張恨水充分利用其淵博的歷史知識和敏銳的洞察力，在閒適的外衣下針對現實有感而發，針對民眾生死攸關的抗戰問題、奸商投機、物價上漲、官僚作風和奢侈浪費及傳統文化的保護等問題，爲民代言，替民說話，既巧妙而隱晦地諷喻了當時社會的黑暗與腐敗，又因文章短小精悍，通俗易懂，趣味十足，深受讀者喜歡！《上下古今談》被譽爲《八十一夢》的姊妹篇。

抗戰進入相持階段後，國民政府加緊推行「消極抗戰，積極反共」的政策。1941 年 1 月上旬，「皖南事變」發生後，作爲民營報紙的《新民報》，在奉命刊發中央社誣詔新四軍爲「叛軍」的消息時，又在 1 月 31 日的副刊上發表了張恨水的雜感《再談孔門恕道》。在文中，張恨水引用孟子「殺人父者，人亦殺其父」的話，曲折地表達了對中國共產黨的同情。同年 9 月某晚，在重慶七星崗陳銘德家中，周恩來應邀與《新民報》編輯部同人作國際國內形勢分析。周恩來在回答了各種有關抗戰問題後，對張恨水的《八十一夢》給予了熱情的肯定。他說：「同反動派鬥爭，可以從正面鬥，也可以從側面鬥。我覺得用小說體裁揭露黑暗勢力，就是一個好辦法，也不會弄到『開天窗』，恨水先生寫的《八十一夢》不是就起了一定作用嗎？」〔註7〕

1942 年 11 月某天，住在北溫泉的趙清閣來南溫泉看望張恨水，張恨水高興之餘即興爲她畫了一幅水墨畫，笑稱爲《清閣圖》，並題詩一首：「聞道幽居不等閒，一渠流水數行山。欲尋清閣知何處，只在蒼松翠柏間。」〔註8〕1943 年 3 月，張恨水應四川省建設廳廳長鬍子昂的邀請，與重慶新聞界同仁一道前往成都參觀遊覽了武侯祠、杜甫草堂和都江堰等地。在考察成都報業和社會情況之餘，張恨水還應燕大新聞系之邀，爲之作了題爲《新聞與文藝》的公開演講。成都新聞界同仁在枕江樓宴請張恨水之前，他應《成都快報》記者李敦厚之請，在宣紙上題寫七言絕句一首：「江流嗚咽水迢迢，惆悵欄前萬

〔註 7〕羅承烈：《難忘的深情教誨》，1977 年《四川文藝》第 2 期。
〔註 8〕趙清閣：《長相憶：恨水流何處》，學林出版社 1999 年 1 月版。

里橋。今夜雞鳴應有夢，曉風死月白門潮。」〔註9〕張恨水返渝後不久，周南
為他生下了第二個女兒，張恨水為紀念此次成都之行，將女兒取名蓉蓉。同
年6月18日，成都《新民報》晚刊創刊，張恨水為之寫有《華陽小影》在張
慧劍主編的副刊《出師表》上逐日發表。

　　1943年9月至1944年1月，張恨水在就任總管理處協理和副刊主編、主
筆職務的同時，兼任《新民報》渝社經理一職。因《新民報》在抗戰後的陪
都重慶羅致了一部分入川的知名人士，報紙辦得風生水起，在輿論界佔有一
定的地位。為了使這份「民間報紙」在國民黨當局嚴格的新聞出版檢查制度
下更好地發展，少開天窗，伸張正義，張友鸞、張恨水等人在一次編輯會上
提出「居中偏左，遇礁即避」的辦報方針，趙超構的《延安一月》的發表，
就是其「中間偏左」的具體表現。〔註10〕

　　1943年冬，林伯渠、王若飛從延安來重慶，帶來了抗日根據地開展大生
產運動的勞動果實：小米、紅棗和毛織衣料。夏衍通過張慧劍送給張恨水一
份。張恨水接受了紅棗和小米，婉拒了衣料。他說：「這衣料，我不能接受，
因為做了衣服，穿在身上，人家就會說我和延安有關係了。」〔註11〕

　　1944年2月，張恨水應作曲家楊明良之邀，創作了名為《從軍樂》的歌
詞：「最逍遙，是當兵，弟兄多，武裝輕，關山萬里作長城，軍歌唱起山響應，
大隊行來陣如風，鐵打金剛百鍊成，靜等著成功，一戰笑回來，全國都歡迎。」
隨後，歌曲《從軍樂》發表在1944年《樂風》第3卷第2期上。

　　1944年5月16日，是張恨水的50壽辰，也是他從事新聞工作和小說創
作30週年的紀念日。《中央社》專門發了消息，「文協」、新聞學會和《新民
報》社等團體聯合起來，分別在重慶與成都設立茶會，以示慶祝。張恨水向
來不喜張揚，又害怕朋友們為自己祝壽而破費，便堅決推辭。成都的茶會因
相隔較遠，阻止不及，如期舉行；重慶的茶會因請柬未能發出，沒有舉行。
但《新民報》社同仁在他壽辰的前一天，還是請他們一家到重慶市區吃了頓
西餐；張友鸞、張慧劍、趙超構、馬彥祥、方奈何和萬枚子等老友也曾到他
家裏祝賀。

〔註 9〕1996年11月26日，《四川政協報》。
〔註10〕陳銘德、鄧季惺：《〈新民報〉春秋》，重慶出版社1987年版。
〔註11〕趙純繼：《章回小說大師張恨水在〈新民報〉》，轉引自謝家順：《張恨水年譜》
　　　　第497頁，安徽文藝出版社2014年7月版。

　　當時成渝等地的報刊上，發表了幾十篇讚揚張恨水的文章。5 月 13 日，重慶的《萬象》周刊第 47 期編發了張恨水五十壽辰創作卅年紀念專號；5 月 15 日，重慶的《掃蕩報》同仁以《我們認識的張恨水先生——爲恨水先生五十壽辰暨卅年著作紀念作》爲題撰文祝賀他五十壽辰及文學創作三十週年。張恨水五十壽辰當天，《新華日報》在刊發的短評《張恨水先生創作三十年》中指出：「我們不僅要爲恨水先生個人致祝，同時還要爲中國文壇向這位從遙遠的過程，迂徐而踏實地，向現實主義道路的藝人，致熱烈的敬意。」他的作品「在主題上儘管迂迴而曲折，而題材卻是最接近於現實的；由於恨水先生的正義感與豐富的熱情，他的作品也無不以同情弱小，反抗強暴爲主要的『題目』。」老舍在當天的《新民報》晚刊撰文《一點點認識》，稱讚他「是個可愛的朋友」，「是國內唯一的婦孺皆知的老作家」，「是個眞正的文人」，「心直口快」，「敢直言無隱，因爲他自己心裏沒有毛病」。「因爲他的『狂』，所以他才肯受苦，才會愛惜羽毛。我知道，恨水兄就是重氣節，最富正義感，最愛惜羽毛的人。」6 月 3 日，老舍還將張恨水的作品串連起來，寫成《賀恨水兄》一詩：

> 上下古今牛馬走，
>
> 文章啼笑結姻緣；
>
> 世家金粉春明史，
>
> 熱血之花三十年。

　　重慶的《新民報》、《新民報》晚刊，成都的《新民報》晚刊等報刊都刊發了張恨水先生五十歲壽辰創作三十年紀念特輯。

　　5 月 18 日，《新民報》刊發了國民黨中宣部《梁寒操部長詩壽張恨水》的消息。

　　張恨水面對親朋好友的如此盛情和讀者的愛戴，寫了一篇《總答謝》（上、中、下），發表在 5 月 20～22 日的重慶《新民報》上，用「桃花潭水深千尺」來形容朋友和讀者對他的情意和給予的厚愛，並用幽默的語言說明他爲什麼堅持反對慶賀的儀式。他說：「我的朋友，不是忙人，就是窮人。對忙朋友，不應該分散他的時間；對窮朋友，不應當分散他的法幣，於是我變爲懇切的婉謝。」文如其人，張恨水一生都奉行「流自己的汗，吃自己的飯！」誠如他在《五十述懷》一詩寫道：「賣文賣得頭將白，未用人間造孽錢！」

　　1944 年 5 月，張恨水得知《新民報》主筆趙超構將於 17 日隨中外記者西北參觀團前往延安參觀訪問，非常高興，專門撰文《送沙先生》和《送沙先生西遊》慶賀。兩文分別發表在 5 月 16 日的《上下古今談》和 5 月 22 日《出師表》上。6 月，毛澤東在延安接見中外記者團時，與趙超構談起了張恨水寫的《水滸新傳》。毛澤東說：「這本小說寫得很好，梁山泊英雄抗遼，我們八路軍抗日。像張恨水這樣的通俗小說配合我們的抗日戰爭，真是雪中送炭。」（大意）毛澤東還請趙超構向張恨水轉達他的問候，希望他有機會來延安看看。事後，張恨水為未能隨記者團前往延安一事深感遺憾。〔註12〕

　　趙超構從延安返回重慶後，寫有系列通訊《延安一月》，從 1944 年 7 月 30 日起在重慶、成都兩地的《新民報》日刊上連載，10 月 18 日刊完後，由該報結集出版。陳銘德，張恨水分別為之撰寫了序言。《延安一月》全書共分兩大部分，第一部分「西京──延安間」有 8 篇通訊，敘述記者團從西安經臨潼、潼關、大荔、合陽，由韓城渡河入晉，經山西入延安的沿途見聞，並配 2 幅木刻；第二部分「延安一月」有 39 篇通訊，報導其在延安對各種人物、組織和事件的觀察和採訪，並配 10 幅木刻，木刻畫面都是反映延安生活場景的。該書出版後，5 個月內重印 3 次，銷量數萬冊，影響巨大。重慶《新華日報》社還購 2000 冊派人送往延安，毛澤東看後說：「在重慶這個地方發表這樣的文章，作者的膽識是可貴的。」周恩來稱之為「中國記者寫的《西行漫記》」。日本也隨即翻譯出版。這本書，對當時國民黨統治區的讀者無疑是衝破新聞封鎖，瞭解延安、瞭解中共的一本罕見而難得的書籍。因此，不久《延安一月》即被國民黨新聞宣傳當局列為禁書。

　　同年 8 月，《新民報》又向讀者推出了一個集束式的綜合性散文隨筆專欄《七人座談》，張恨水的欄名為：《兩都賦》，專寫南北兩京風物，頗受讀者歡迎。

　　1944 年 11 月，張恨水辭去重慶《新民報》經理職務。

　　抗戰後期的重慶，物價飛漲，新聞從業人員的薪水微薄，住房簡陋。日子十分清貧困厄。當時，張友鸞住在大田灣，房子東倒西歪，張恨水為之題名曰：「慘廬」。重慶社會局局長邀請張友鸞去當主任秘書。張恨水聞訊後，極為不安，特意趕到「慘廬」，當場用毛筆畫了一幅《松樹圖》，並在畫上題

〔註12〕趙超構提供。謝家順：《張恨水年譜》第 524 頁，安徽文藝出版社 2014 年 7 月版。

《慘廬主人笑存》詩一首：

> 託跡華巔不計年，
>
> 兩三松樹老疑仙。
>
> 莫教墜入閒樵斧，
>
> 一束柴薪值幾錢。

落款：三十四年元月小兒恨水作於大田灣。忠告老友不要爲眼前利益迷住雙眼，應保持自己的氣節。諍友之情，溢於言表。〔註13〕

1945 年 4 月 3 日，張恨水開始在重慶《新華日報》上發表若干首總題爲《茅屋詩存》的舊體詩，詩內各首有其詩名。隨後，這些舊體詩又在成都《新民報》晚刊副刊《出師表》上刊出。因這些舊體組詩借古諷今、暴露黑暗而被國民黨當局查禁，並未登完。同年 5 月 7 日，「文協」第七屆年會改選理監事，張恨水再次當選監事。1945 年 8 月 15 日，日本無條件投降，抗戰勝利。張恨水在《新民報·上下古今談》上發表《最後一笑之後》。

1945 年 9 月，毛澤東來重慶談判期間，專門抽空邀見張恨水，兩人一氣談了兩個多小時。張正曾聽大姐張明明說起過這次談話的內容。「父親和主席談的是如何寫愛情的問題。但具體細節，沒有多講。」那次見面，毛澤東和張恨水談得很盡興。張恨水告辭時，毛澤東特地將一塊延安生產的粗花呢子衣料，還有一袋小米、一包紅棗送給張恨水。「父親後來把那塊呢子衣料做成了一套中山裝，每逢參加重要活動，他總要穿上它。時間長了，衣料褪了色，父親就把它染成藏青色的。」〔註14〕

1945 年 12 月 3 日，張恨水在《新民報》上發表了《告別重慶》一文，隨即辭去報社所有職務。次日，他便攜全家乘一輛帶篷卡車離渝而去，途經貴陽、衡陽，轉乘火車到達武昌，再乘「東亞輪」至南京。

1946 年春節，張恨水帶著周南及子女回安慶老家探望母親、徐文淑和胡秋霞母子。分別八年後，全家人團聚故鄉，百感交集，其樂融融。不久，張恨水即隻身前往北平主持《新民報》北平版。返回北平後，張恨水仍難忘記在重慶度過的歲月，他先後在北平的《新民報》和上海的《新聞報》上連載

〔註13〕 張伍：《憶友鸞叔與父親張恨水的交往》，《人物》編輯部編《昨夜長風憶至親》，東方出版社 2009 年 12 月版。

〔註14〕 李榮剛：《子女談張恨水：父親一直在尋找愛情》，2009 年 2 月 9 日《環球人物》。

了兩部以抗戰時期陪都重慶爲背景的長篇小說《巴山夜雨》和《紙醉金迷》。

二、張恨水在重慶的文學創作

　　張恨水在抗戰時期的重慶創作了大量與救亡有關的小說和紀實文學，以「國如用我何妨死」的大無畏氣概與「未用人間造孽錢」的高風亮節，向讀者展示了他的錚錚鐵骨，也讓抗戰文藝界改變了以往視他爲「鴛鴦蝴蝶派」代表作家的偏見。

　　1938 年 3 月 27 日，「中華全國文藝界抗敵協會」在漢口成立時，張恨水以唯一一位章回體小說家缺席當選理事。他到陪都重慶後，一改寫作爲「稻粱謀」的初衷，將其作爲「說中國話的民眾」的正式工作。張恨水在渝期間的小說創作甚多，主要有抗戰小說：《游擊隊》、《衝鋒》（《巷戰之夜》、《天津衛》）、《敵國的瘋兵》、《大江東去》、《虎賁萬歲》（《武陵虎嘯》）；諷刺暴露小說：《八十一夢》、《牛馬走》（《魍魎世界》）、（《負販列傳》（《丹鳳街》）、《第二條路》（《傲霜花》）、（《石頭城外》（《到農村去》）；言情和歷史等其他小說：《夜深沉》、《秦淮世家》、《蜀道難》、《偶像》、《趙玉玲本記》、《水滸新傳》。此外，尚有結集的文言散文《水滸人物論贊》、《山窗小品》和回憶北平、南京、成都的系列散文《兩都賦》、《蓉行雜感》和《華陽小影》等。

（一）表現前方將士英勇殺敵的抗戰小說

　　南京淪陷後，張恨水一度矢志投筆從戎，無奈請纓無路，然而其報國之心絲毫未減。他在激憤之下創作的抗日中篇小說《游擊隊》，交遷往漢口出版的上海《申報》上連載，時間從 1938 年 2 月 1 日至 7 月 3 日止。《游擊隊》共十章，共連載 158 次，主要描寫了河北某縣城小學教員余忠國，被迫拿起武器，擔任游擊隊長，組織農民劉五、孫孟剛、程步雲等父老鄉親，和日寇漢奸打游擊戰的故事。從小說第十章題名爲《打回老家去》，便可窺見他潛藏於內心深處的保家衛國情懷。

　　張恨水寫小說秉承不寫眞人眞事，以免節外生枝的創作宗旨。他總是在熟悉的生活基礎上，加以提煉和虛構。然而，《衝鋒》、《大江東去》和《虎賁萬歲》卻一改其創作宗旨。前兩部是根據眞人眞事加工而成的，故事中的人和事都有其現實依據；後一部幾乎是眞人眞事的實錄。

　　張恨水未能了卻自己上戰場與日寇當面廝殺的夙願，加上四弟張牧野組建游擊隊九死一生的經歷，使他來重慶後的一段時間裏創作的重心都放在抗

日游擊隊題材的小說上。這些游擊隊都是自發起來保家衛國。小說中的英雄
人物，莫不來自於人民，或與人民有著密切的聯繫。如抗戰小說《巷戰之夜》
中張競存的原型就是張牧野。小說於 1938 年 4 月 27 日至 8 月 22 日在重慶《時
事新報》副刊《青光》上連載時名爲《衝鋒》，1939 年 5 月 1 日至 8 月 15 日
上饒《前線日報·戰地》轉載時更名爲《天津衛》。小說描寫天津淪陷前夕，
戰和不定，內耗頻仍，街混王七爺要當漢奸，富人陳老爺動搖，人力車夫小
三子漠不關心。當晚，日機前來轟炸，一小時炸彈聲在五十次以上，民房被
毀，死傷無數。日寇的暴行炸醒和激怒了中國人。小三子別上一把斧頭，要
砍小鬼子。從事教育的張競存趁機組織民眾慰問軍隊，路遇日寇向中國軍隊
進攻，慰問的老百姓無法回家，便撿起軍隊的大刀、鋤頭和鐵鍬，一起上陣。
這群由國軍（一個班）、老百姓組織的武裝，在張競存的帶領下，乘著月色，
在天津一個胡同裏，殲滅了 79 個日軍。1942 年 12 月，重慶新民報社出單行
本時，張恨水增加了張竟存回故鄉潛山組織抗日鬥爭的第一章，和他兩年後
到重慶所看到的腐敗現實的第十四章，將其易名爲《巷戰之夜》。

　　張恨水秉承中國傳統文人的民族氣節，直接描寫抗日題材的小說，卻受
到了左翼作家的批評，錢杏邨在《上海事業與鴛鴦蝴蝶派文藝》中，稱張恨
水爲「封建餘孽」，屬於「沒落的封建階級」，作品「包含了強度的封建意識，
也部分的具有資產階級意識的要素」。〔註15〕在民族危亡之際，張恨水無暇他
顧，竭盡所能報效國家，將自己擅長的言情與社會結合起來，創作抗戰小說。
在中國新文學史上，張恨水創作的抗日小說是最多的，以抗戰作爲主要素材
的作品有近十部。他是基於抒寫日寇對中國人民的屠殺，喚醒民眾奮起反抗
的創作動機和心理才創作這些具有強烈國家意識的抗戰小說的。

　　1939 年 10 月 21 日至 11 月 30 日，張恨水開始在《新民報·最後關頭》
上連載中篇小說《敵國的瘋兵》。小說以現實主義的筆觸，深入到戰爭對人性
扭曲的問題，盡情地揭示了日寇的獸行，其解剖的力度與深度，值得稱道。

　　1940 年春，張恨水應香港《國民日報》的約稿，在其連載長篇抗戰小說
《大江東去》。小說的素材取自於他的朋友陳君向他講述的南京淪陷時一位年
輕軍人的不幸遭遇：南京淪陷前，這位軍人死裏逃生，妻子卻棄他而去。受
此觸動，張恨水在收集了大量史實後，將自己的一腔愛國熱情化作一部描寫

〔註15〕錢杏邨：《上海事變與鴛鴦蝴蝶派文藝》，《阿英全集（第 1 卷）》第 605 頁，
　　　　安徽教育出版社 2003 年版。

抗戰期間軍人戀愛婚姻的言情小說。《大江東去》主要描寫了軍人孫志堅上前線時，將妻子薛冰如託付給好友江洪，請他將其帶到武漢。少年軍官江洪不負重託，一路上對薛冰如照顧得無微不至。後來，南京陷落，孫志堅生死未卜，孤寂中的薛冰如對江洪萌生情愫，想嫁給他。但江洪義重如山，婉言謝絕。孫志堅在南京大屠殺時躲進一寺廟剃度為僧，在佛光的庇護和老和尚的慈悲下，他幸運地取得通行證逃離了南京，歷經艱辛終與薛冰如重逢。然而，此時，薛冰如心中只有江洪，孫志堅幾次乞求未果，只好與之離異。薛冰如離婚後繼續追求江洪，卻遭到了他的嚴辭拒絕。江洪與孫志堅消除嫌隙後，把兒女私情置於一邊，再次搭上前往抗日前線的輪船，只留下負情女薛冰如對江空歎。1942 年冬，重慶新民報社出版單行本時，刪去了原稿第 13 至 16 回及第 17 回的一部分，增加了一位親歷過南京保衛戰的軍人所講述的保衛光華門戰役的情節和南京失陷後日軍屠城的慘狀。「《大江東去》是首部把南京屠城這一震驚中外，慘絕人寰的罪行，記錄下來的文藝作品！」〔註 16〕有其重大的歷史價值和意義。

取材於「常德之戰」的《虎賁萬歲》，是受國軍 74 軍 57 師師長余程萬所託而真實記錄這次戰役全部過程的紀實抗戰長篇小說。

1943 年 11 月下旬，日寇華中部隊橫山勇的 13 軍，分別由沙市、岳陽渡過長江和湘江，大舉向常德進犯。當時駐常德的守軍是代號「虎賁」（古代指勇士之意）的 57 師。全師 8000 人，在師長余程萬的率領下，抵擋日軍 116 師團 30000 精兵，在常德堅守 14 天之久。沒有使常德陷落敵手，為援軍合圍爭取了時間，最終使日寇不得不竄回長江北岸。史稱「常德會戰」。

常德會戰中愛國將士可歌可泣的英雄事跡傳到重慶後，張恨水深受感動。在常德會戰將要勝利之時，他就在 1943 年 12 月 7 日的《新民報·上下古今談》上發表了《余程萬不朽之業》，稱贊「余師長以血肉保衛國土的精神，已與明末閻典史之守江陰，唐代張令公之守睢陽，為同垂史冊的不朽之事，士氣如此，中華民族大有希望。」

不料，余程萬在常德會戰彈盡糧絕之際，率 8 名衛士向西北方向突圍，城內官兵也各自突圍出城，最後清點人數，只有 83 人。一周後，常德復克，余程萬率部返回常德時，從斷垣殘梁中竟奇跡般走出了 300 餘名 57 師官兵。

〔註 16〕張伍：《雪泥印痕：我的父親張恨水》第 130 頁，團結出版社在 2006 年 9 月版。

戰後，蔣介石聞知余程萬擅離陣地，震怒之下，下令將其撤職、扣押，送交軍法處審判，並揚言要將他判處死刑！余程萬被押解重慶，關押在重慶土橋監獄。

　　1944 年初，余程萬派自己的貼身副官曠文清和參謀李嶽山，專程到重慶南溫泉桃子溝拜訪張恨水，懇請他把常德會戰寫成小說，使這些為國捐軀的壯烈事跡能夠保存下來，永垂青史，教育後人。張恨水雖對兩位壯士肅然起敬，卻因自己沒有戰場經歷而婉拒。曠文清和李嶽山一再懇求，無論如何都要他把浴血死守常德的壯烈事跡寫下來，並保證向他提供充足的相關材料。張恨水無法推辭，答應從長計議，將來再說。曠文清住在與南溫泉相隔 6 公里的土橋，此後常常來茅舍與張恨水聊天，時間一久，便成了朋友。1944 年 5 月，他看到張恨水仍未動筆寫常德之戰，就誠懇地對張恨水說：「我是在為 57 師陣亡的將士請命。」說畢，就將帶來的兩個大包材料，包括地圖、相片、日記、剪報冊等三四十種資料，交與張恨水。此情此景，於公於私，張恨水都無法再拒絕。於是，他答應先看看材料，有暇後再寫。到了 11 月份，張恨水辭去《新民報》經理一職，稍為輕鬆後，便看了一些常德會戰的相關材料。曠文清和李嶽山仍然輪流來到南溫泉與張恨水閒聊，不時問問他材料看得怎樣了？張恨水說，看雖看了，有些地方卻不懂。他們就問何處不懂，儘管問，他們詳細告知。於是，針對張恨水關於戰場的一些相關問題，他們無不告之甚詳，不勝其煩，甚至還輔之以手勢表演作戰的姿勢。張恨水為其熱忱感動，不再推諉。

　　1945 年 5 月，在經過一年多的醞釀和充分準備後，張恨水秉承為常德會戰中陣亡的將士和奮起抗日的中華兒女樹碑立傳的創作宗旨，開始創作這部全程記錄常德戰役全過程的小說《虎賁萬歲》。張恨水在《自序》中說：「我寫小說，向來暴露多於頌揚，這部書卻有個例外，暴露之處很少。常德之戰，守軍不能說毫無弱點。但我們知道，這八千人實在也盡了他們可能的力量。一師人守城，戰死得只剩八十三人，這是中日戰史上難找的一件事，我願意這書借著五十七師烈士的英靈，流傳下去，不再讓下一代及後代人稍有不良的印象，所以完全改變了我的作風。」《虎賁萬歲》是一部以真人、真實為史料創作的紀實戰事小說。張恨水基於懇請他創作又不願寫出其姓名的曠文清和李嶽山要求，「盡可能的保留故事的真實性」「把他們五十七師的血漬，多流傳一些到民間。」為「讀者的興趣」計，在「不損害真事為原則」的基礎

上，加入了程堅忍和魯婉華、王彪和黃九妹的戀愛故事。「據說，這羅曼斯也是真的，但其人健在，不肯露真姓名，因之，這書內的真實姓名，有點例外，就是涉及羅曼斯的幾個角兒姓名，是隨便寫的。其餘卻是自師長到伙夫，人是真人，事是真事，時間是真時間，地點是真地點。」小說中「一切人的動作，物的描寫，全由甲乙兩先生口述。」爲了還原戰爭的真相，張恨水還「託甲乙兩先生，找了兩位在重慶的常德老百姓，曾經歷過這次戰役的人，來作過幾次長時間的談話。」小說中的「每位成仁英雄的故事」和「戰事經過」，分別根據《五十七師將士特殊忠勇事跡》和《五十七師作戰概要》的油印品和報紙記載，私人筆記寫成。

《虎賁萬歲》長達 35 萬字，有 80 章，前 61 章在重慶寫就，後 19 章在北平完成。小說以余程萬第 57 師保衛常德爲主線，友軍增援合圍爲輔線。通過往返師部和前線及指揮所之間的程參謀和李參謀的行蹤來構成情節，脈絡清晰。真實地呈現了戰場上兩軍的博弈。日軍主力試圖摧毀國民黨軍隊第 6 戰區主力，以策應南洋方面的作戰計劃。余程萬以 57 師 8000 餘眾抗擊日軍 10 萬虎狼之師。1943 年 11 月初，日軍以山洪暴發之勢向常德四面合圍，各山隘、渡口分散了國民黨軍隊兵力，往往一個據點以一排一連的兵力，要抗擊上千敵人。日軍以飛機、山炮、重炮、平射炮、重機槍等強火力突擊直攻。很快，常德內外，煙焰蔽天，民宅蕩然。余程萬師長不斷調整戰術，堅守迂迴與反衝鋒交替進行。然而，在日軍毀滅式轟炸之下，國民黨軍隊整排整連的犧牲。連日血戰，57 師傷亡慘重，陣亡率高達 95% 以上，並逐漸被壓迫到城中心狹小地段。12 月 3 日，余程萬率餘部突圍，與第 10 軍各部及第 9 戰區增援的一個兵團會合，回戈反擊，很快完成對常德之敵的包圍。12 月上中旬，常德會戰遂告結束。是役共斃敵萬餘人，國民黨軍隊傷亡近 10 萬，而第 57 師陣亡達 8000 餘眾，最後只剩 83 人。小說中，余程萬師長的形象十分飽滿，畢業於黃埔一期及中山大學政治系，是國民黨軍隊將領中少有的文武雙全的將領。小說除以他彈下巡城，親督肉搏戰和忠勇事跡答覆敵人荒謬傳單等細節來正面塑造他的形象外，還以兵士、參謀、友軍長官的談話加以襯托。大戰前疏散常德群眾之時，城裏的王主教以爲余程萬是大老粗，看到的卻是一個儒雅堅毅的將軍。小說中的各戰鬥場面，描繪得形神兼備，極有現場感。此外，將士作戰的勇敢與犧牲的壯烈，敵我雙方的衝鋒與反衝鋒，以及坦克的轟鳴，機槍的密集，到大戰之後的一鈎月亮，都可圈可點。《虎賁萬歲》完

稿於 1946 年 4 月 18 日，同年 5 月 26 日至次年 3 月 23 日，在北平《新民報》上連載。

　　74 軍前軍長俞濟時和軍長王耀武，得知蔣介石要槍斃余程萬，便一再向蔣介石求情，常德老百姓和縣長戴九峰也聯名上書求情，稱常德會戰時 57 師官兵已盡全力。4 個月後，余程萬無罪釋放。當他得知張恨水已著手創作「常德會戰」的小說《虎賁萬歲》，很是高興。抗戰勝利後，已被任命為 74 軍副軍長的余程萬駐守南京，張恨水攜家人返回北平途經南京時，他還盛情邀請張恨水一家吃飯，以示感謝。張恨水婉拒，只接受了他贈送的一把從日俘中繳獲的戰刀。《虎賁萬歲》即將殺青之時，余程萬專門派人送來一筆酬金，也被張恨水拒絕。《虎賁萬歲》出版後，57 師揚名中國，大大地提高了余程萬的知名度。蘇州粹英女中的學生吳冰看了此書後，心儀張恨水筆下的「虎賁英雄」余程萬。因緣巧合，有一次余程萬去上海遊玩，經人介紹，與之相見。吳冰一縷芳心，非君不嫁，幾經周折，親赴雲南，做了余程萬的二太太。雲南監察使張維翰大受感動，特撰聯祝賀：「激烈壯懷傳虎嘯，風流文采引鳳來。」1949 年 3 月，余程萬擔任國民黨昆明綏靖公署主任，中共找到了在北平主持北平版《新民報》的張恨水，讓他通過中央廣播電臺發表了題為《走向人民方面去》的廣播講話，敦促余程萬棄暗投明。後來，余程成解甲歸田，與吳冰在香港九龍屏鳳凰臺創辦了一個農場種菜養雞。1955 年 8 月 27 日，萬屏山寓所遭歹徒搶劫，余程萬乘車返回時，正遇警察與劫匪槍戰，他不幸被亂槍打死。吳冰悲痛欲絕，萬念俱焚，削髮為尼。

（二）揭露大後方國民黨政府的黑暗與腐敗的諷刺小說

　　抗戰爆發後，張恨水長期生活在戰時首都重慶，從事的職業又是信息發達的新聞媒體——主編《新民報》副刊。在關注前方戰事的同時，又目睹了後方的現實腐敗。為此，一方面，他以短小精悍的雜文諷刺之。如《路旁的刺激》，抨擊國民黨的官員在國難期間依然耀武揚威；《獅子輸血》，譏諷宋美齡倡導的「節約獻金」運動，只見平民捐款不見豪門獻金；《理學能救國乎》，鞭撻蔣介石極力吹捧的曾國藩，「吃裏扒外，為異族打江山」。針對現實的諷刺文字，因辛辣、深刻，既遭致國民黨當局的不滿，又不能給人以長久的震撼和影響。於是，他又另闢蹊徑，創作了社會諷刺小說《八十一夢》，從 1939 年 12 月 1 日起在他自己主編的副刊《最後關頭》上連載。

　　張恨水站在老百姓的立場，從其生計入手，以「寓言十九，託之於夢」

的手法，兼以漫畫式的人物勾勒和人物諧音，如吳士幹（無事幹）、萬士通（萬事通）、魏法才（爲發財）、鄧進才（等進財）等，揭露大後方投機盛行、物價飛漲、風氣頹敗，導致「窮人沒飯吃」的社會現實，受到了周恩來的積極肯定。小說號稱「八十一夢」，其實除了《楔子》和《尾聲》外，只有十四夢：《號外號外》、《生財有道》、《狗頭國之一瞥》、《退回去了廿年》、《一場未完的戲》、《星期日》、《天堂之遊》、《在鍾馗帳下》、《忠實分子》、《上下古今》、《「追」》、《我是孫悟空》、《北平之冬》、《回到了南京》。腰斬的原因，張恨水在 1943 年重慶新民報社結集出版單行本所寫的《楔子‧鼠齒下的剩餘》中說：《八十一夢》書稿完成以後，妻子沒有收藏好，孩子在書稿上灑了些荼湯，結果許多「夢」都被貪吃可惡的耗子咬壞了。爲了避免耗子再來咀嚼殘稿起見，就刊於報端，耗子就無法一一咬之了。

《八十一夢》是張恨水在戰時首都重慶創作的一部傑作，也是「現代文學史上的一部奇書」〔註17〕作者引《枕中記》、《南柯記》等唐人傳奇爲同調，卻反其道而行之。假託夢境，拿歷史與小說中的人物和典故作遊戲筆墨，在時空的錯亂顛倒中諷刺現實人生，有著極強的現實批判性和諷刺鋒芒。

小說把矛頭直指陪都的國民黨政府，針砭時弊，揭露國民性弱點。如《在鍾馗帳下》中「我」，受邀給誅妖蕩怪軍大元帥的鍾馗當秘書，「郁席贊」（「有隙必鑽」也）代表九幽十八地獄的鬼魂來勞軍。鍾馗挑開其面皮，露出其青面獠牙的本來面目。鍾馗揮劍劈去，他便順著蟲蛀的小窟窿倉皇逃逸。隨後，鍾馗率部攻打「阿堵關」，以兩車珠寶賺開關門，一車十足赤金的金錢，使挾重資逃跑的守將錢維重及家人，一個個鑽進錢眼，束手就擒。接著，鍾馗率蕩妖大軍攻打混蟲關，進逼渾淡國。渾談國關閉城門，召開緊急會議，在約定期限派兩個代表來搪塞、拖延。蕩妖軍攻入城內中，渾談國的人們逃進森林，依然召開什麼「緊急救亡臨時大會」。蕩妖軍斷其水兩天，他們還在召開「臨渴掘井討論會」，哪怕只剩下兩個人，也要召開「求水設計委員會小組會議」。最後，這些可憐的國民們全都因無水而渴死。小說不僅對鑽營和賄賂的現實怪象進行了辛辣的諷刺，而且還以誇張的筆觸揭露了崇尚空談，議而不決、不採取切實措施和不注意現實目的的國民性弱點。不僅如此，小說還通過嫉惡如仇的鍾馗要麼「教他們爛了舌頭」，要麼立下「說廢話者處以死刑」的法令，表達了作者的悲憤。再如《退回去了廿年》，作者通過北京「農商部」

〔註17〕楊義：《中國現代文學史》第三卷第 728 頁，人民文學出版社 1991 年版。

的辦公情形，對國民黨衙門人浮於事，效率低下的作風進行了眞實的寫照。科長陶菊圃攤了一本木版大字《三國演義》，架上老花鏡，看得入神。一個錄事和一個小辦事員，在屋角裏的小桌子上下象棋；佟君放肆地笑談著；二等科員馬君，拿一疊公用信箋作「劇評」；胡君津津樂道談著打牌的趣事；坐得遠一些的人，輕輕地談著麻雀經，兩個比較高明的人卻拿報上的材料，議論著國內時局。

　　與此同時，作者把筆觸直刺投機商人的巧取豪奪，小市民階層的閒散無聊和國民黨官僚的僞善面孔。如《生財有道》裏的鄧進才，在漢口撤退時買了兩籃子西藥，待價而沽。爲了發財，他希望戰爭能夠持續下去，不願給身患重病的同鄉兼幫工老王一粒奎寧丸。在他心中只想發國難財，戰爭的勝負似乎與他無關。經過艱苦抗戰，剛剛取得戰爭的勝利，投機商人們也不失時機地巧取豪奪。如《號外號外》裏，作者借人之口叫道：「回家，且慢歡喜！捆行李的繩子，突然漲價，三塊錢一根，大網籃也賣到二十塊錢一隻，到宜昌的船票，恐怕要賣到五百塊錢一張了。不等家裏賣了田寄川資來，我們怎走得了？天下事，無論好壞，一切是小人的機會，一切是正人君子的厄運。」再如《天堂之遊》，作者不僅描寫了天國裏走私成風，錢能通神的怪現象，而且還站在知識者的立場抨擊那個銅臭薰天、儒冠落地的腐敗社會。小說寫「我」腳踏雲朵不由自主地來到天上的「南天門」，警察署督辦豬八戒以爲「我」是押支龍宮私貨的奸商，待若上賓。豬八戒慨歎「除了高老莊那位高夫人之外，又討了幾位新夫人。有的是董雙成的姊妹班，在瑤池裏出來的人，什麼沒見過，花得很厲害。有的是我路過南海討的，一切是海派，家用也開支浩大，我這身體，又不離豬胎，一添兒女，便是一大群，靠幾個死薪水，就是我這個大胖子，恐怕也吃不飽呢」。只好做點偷稅漏稅的手腳聊補家用。豬八戒聘請「我」爲顧問，在漫遊天宮時，我看見孔子到處講道德說仁義，只落得整日餓飯，其弟子仲由來到伯夷叔齊處，向他們討了一些蕨薇拿回去權且度命。梁山泊義士毛頭星孔明得知孔子遭遇陳蔡之厄，特坐上流線型汽車送來黃金萬兩，饅頭千個，想續族譜，以謬稱「聖門後裔」，卻被子路拔劍趕走了。接著，我又看見鬚髯飄然的黑翟帶著弟子，在這裡熬守了三年，苦心孤詣談救世之道，財神府的蝦頭蟹背的嘍羅們勸他在竹籬門上張貼「歡迎送錢的四海龍王」的標語，以博得他們大者撥幾十萬款子，讓你開一所工廠，或少也撥一萬元，讓你去辦一種刊物，鼓吹墨學，可也養活了你一班徒子徒孫。墨老

先生氣得根根鬍子直豎，跳將起來大罵，為免受侮辱帶領弟子上西天去尋找
一片淨土去了。我又來到秦樓楚館的地帶，花販告訴我，千古名妓李師師已
成為宋徽宗的夫人。出了這巷子口，我遇見濟癲和尚，與之交流時，看到了
西門慶公館門樓掛有「厲行禮義廉恥」，「修到富貴榮華」的牌匾。西門慶開
辦有 120 個公司，當上了十家大銀行的董事和行長。夫人潘金蓮穿著袒胸露
臂的巴黎時裝，跳下汽車，揮動玉臂左右開弓給維持秩序的警察兩記耳光。
在我疑惑之際，濟癲和尚（寶誌）向牛魔王引介，叫他帶我到普渡堂去瞻仰
瞻仰觀音大士。我坐上牛魔王的汽車去看望善財童子，他正在籌辦超度一兩
千鬼魂的盂蘭大會。為安排故舊親朋，他竟然組織了兩萬人的辦事機構，人
人都有正式薪金。「我」告辭準備地拜訪觀音大士時，又遇驕橫跋扈的龍女因
在「九霄大酒家」請客時被茶房輕慢，便帶人將它搗毀。正是沉吟之際，邂
逅了在涼州病故的老友郝三，如今在此做了竈神。郝三還說他們共同的朋友
張楚萍，也做了竈神。隨後，到了「九天司命之府」門前的一爿小酒館裏，
兩人正在推酒把盞時，亡友張楚萍得信而來。「我」問他們好友韓先生近況何
如？他們告之，韓先生成了一名散仙。閒談間，酒盡三壺，菜乾五碟，大家
有點醉意闌珊了。忽然酒保來報東嶽府報應司送來復炎請郝三代為審查案件
的信。他鄉遇故知，多飲了三杯，腦子發脹。張楚萍問「我」在哪裏寄宿？
我含糊地回答天堂銀行。張楚萍問「我」，憑什麼住到那裏去？」「我」說是
豬八戒介紹的。這兩位老友聽後默然，沉默不語，待「我」從昏睡中醒來時，
二友不見，桌上有一張紙條，還是打油詩一首：「交友憐君卻友豬，天堂路上
可歸歟？故人便是前車鑒，莫學前車更不如！」「我」看後汗下如雨，覺得天
堂不能再待了。在《忠實分子裏》裏，作者借白胡老頭子之口，對新貴們發
泄了自己的不滿：「你們說年紀老大的是貪污分子，都趕了走。換上你們來了，
沒有別的，第一件事就是摟錢，你們不是貪污，乾脆，你們是硬要！你們忠
實？」紳士王老虎對前來「徵募寒衣捐」的童子軍，非但一毛不拔，還大罵：
「你們也談愛國，國家大事，要等你這群小娃兒來幹，那中國早就完了。廢
話少說，……你們滾出去！」之後，他又向「我」（張先生）吹噓報上登的無
名氏捐千金之事就是他做的，虛偽之舉昭然若揭。隨後，「我」看見石牌柱上
的七言聯對：「卻攬萬山歸掌上，不流滴水到人間。」才明白陰森山谷孔道的
橫匾「無天日處」四字的真正含義。《星期日》裏的吳士幹想極力擺脫打牌，
尋找一片淨土，卻滿目所見，無不是牌聲一片，飯店、公園的茶亭都擠滿了

酣戰的人們。最後，連他自己也捲入到打牌行列中去了。陪都市民們貧乏無聊的精神生活，可見一斑。

在小說中，作者迫切希望早日打敗日寇，結束戰爭，卻又時為自己無力改變現實而痛苦。如《號外號外》裏，平日只知賺錢的老闆聽說抗戰勝利了，也忍不住把兩次號外買了十幾張，口裏還連說：我們可以回老家了，花這兩個錢，不在乎，不在乎！在《我是孫悟空》裏，「我」固然有降服妖魔的雄心壯志和七十二變的本領，然而對付鷹犬之流，也得借助廉頗和善財童子的幫助，在手指套著黃金、白金、赤金、鑽石、寶石的老妖面前，無能無力，甚至還差點丟掉了性命。

整部小說以「我」為線索將作品連成一部，使之成為一個有機體整體。在這些「夢」中，「我」身上無疑具有作者自己的影子，然而又迥異那些官僚惡吏和庸俗市民，而是作為事情的見證者和經歷者獨立存在。如此，既增加了小說的真實性，又有助於擴大反映生活的場景和面貌。

《八十一夢》批判現實的鋒芒過於犀利，觸犯了當局的忌諱，那些被影射和譴責的人，濫用權威，授意「新聞檢查所」以「不利於團結抗戰」的名義，勒令《新民報》停止刊登這部小說。張恨水不予理睬，他們便託他的同鄉，時任蔣介石侍從室第一處主任張治中來規勸。張恨水在《寫作生涯回憶》說：

> 某君為此，接我到一個很好的居處，酒肉招待，勸了我一宿。最後，他問我是不是有意到貴州息烽一帶，去休息兩年？我笑著也就只好答應「算了」兩個字。於是《八十一夢》，寫了一篇《回到了南京》，就此結束。〔註18〕

《八十一夢》在 1941 年 4 月被迫腰斬後，《最後關頭》也在同年 10 月 9 日「奉命棄守」。張恨水面對國民黨頑固派的高壓，並沒有屈服，而是採取迂迴的方式繼續戰鬥。他將眼光轉向陪都重慶混亂的經濟現象。於 1941 年 5 月 2 日至 11 月 3 日在《新民報》副刊《最後關頭》上連載了長篇小說《牛馬走》，1947 年 2 月南京《新民報》社初版，1955 年 1 月 1 日至 1956 年 2 月 11 日香港《大公報》轉載時改名《魍魎世界》。

張恨水在小說《牛馬走》中深入到抗戰相持階段陪都重慶的商業內幕，以心理學博士西門德教授棄學從商成為暴發戶和小公務員區莊正父子窮困潦

〔註18〕《張恨水精選集》第 313 頁，北京燕山出版社 2009 年 6 月版。

倒爲中心情節，暴露了重慶大後方官僚資產階級和姦商們大發「國難財」的
罪行，批判了全社會被金錢主義毒化的墮落現象。

小說寫了兩類牛馬：一類爲金錢奔波的牛馬——大學教授西門德博士之
流。西門德在時局動蕩之際，不甘心過清苦的日子，放下博士身份去當「高
等跑街」，投入到瘋狂的商業投機之中。幾次錢貨倒手，賺到了第一桶金。那
些辦公司的滑頭發現他乘機揩油後，將他拋棄。他雖鄙視這些勢利小人過河
拆橋，仍唆使太太去走商界巨子溫五爺的門路。溫家手眼通天，大發國難財。
溫二奶奶將一批緊俏物資在原倉庫「洗個澡」，囤積倒手，幾天就賺了 60 萬，
使西門太太眼饞不已。西門德痛定思痛，吸取教訓，變通手腕，向一個耿直
老者詆稱自己到仰光做一椿汽車生意，以資助其開設工讀學校，從而換得綠
燈，從仰光買回六部汽車和大批走私貨物。轉手後獲利頗豐。驟然暴富，使
西門太太精神失常，整天把玩小金元和鉅額存摺，擔心被人持刀劫去。她時
常慫恿丈夫到香港去過洋場闊太生活。此時，大財氣粗的陸神洲想富而優則
仕，入政界當次長，便資助西門德到香港選購一批西文書籍來翻譯，以此裝
點其政績，順便倒手一批港貨。西門夫婦得意忘形飛赴香港定居，適值太平
洋戰爭爆發，他們在淪陷前的香港杳如黃鶴，不知所終了。

另一類則是爲民族出力的牛馬——區莊正。他與西門博士是鄰居，常在
一起擺「龍門陣」。區老先生家學淵源，父親是翰林，他自己國學根柢深厚，
遠近聞名，一些政客和暴發戶常來附庸風雅。在抗戰的流亡中，他雖然失卻
了教授職，整天爲全家的溫飽焦慮，但他依然奉行正心、修身、齊家、治國
平天下的人生理想，不接受商賈富宵家庭教師的重金之聘，只求內心安寧。
大兒子區亞雄，雖爲公職人員卻無法改變家庭的窘況；二兒子區亞英，棄醫
經商，遭受失戀打擊，後追隨西門德到香港去做西藥生意投機，一去不復返；
三兒子區亞傑，棄教去開車跑運輸，發了大財。區家周圍的朋友、同事、鄰
居、親戚，在瘋狂投機的社會風氣裹脅下，無不投機鑽營，唯利是圖，爲掙
錢發財，日夜奔忙。如西門德的學生黃青萍，爲了生活，一改秉性善良的品
德，以色伺人。先是巴結溫五爺，接著又和老同學李大成、區亞英好上了。
再後來，她又瞄上了有錢的曲芝生，把幾個男人要得團團轉，騙錢，騙情，
如魚得水。社會制度的腐敗，必然導致經濟危機折射到人倫關係上。誠如小
說中的陸神洲對西門博士所說：「當今社會是四才子的天下，第一等的是狗
才，第二等是奴才，第三等蠢才，第四等是人才。」

在抗戰後期的陪都重慶，通貨膨脹導致了商業投機活動的猖獗，又反過來加劇了物價暴漲。兩者相互刺激，相互纏繞，整個社會，無論是官僚、商人還是普通市民，甚至連一些知識分子都紛紛從事商業投機活動，希望從中牟取暴利。張恨水在《牛馬走》中借一位耿直的老先生慨歎道：「唉！我說從前是中華兵國，中華官國，如今變了，應該說是中華商國了！」經濟的混亂，誘發了人們貪婪地欲望。為個人利益所驅使，心中早已沒有了國家利益、民族存亡的觀念。很多人看報「所要知道的，並不是我們的軍隊已反攻到哪裏，而是金價漲到了什麼程度。」這與傳統價值觀大相徑庭的混沌世態，被稱為「魑魅」，魑魅大行其道，便是一個世界。在張恨水看來，魑魅「遍及當時陪都重慶的各個階層，上自大公館，下自販夫走卒，無不有魑魅隱匿其間。」〔註19〕《牛馬走》可以說是「前方吃緊，後方緊吃」的真實寫照！

基於為普普通通的平民英雄著書立傳的創作意圖，張恨水在 1940 年的重慶創作了被稱為民國南京「清明上河圖」的小說《負販列傳》。小說於 1940 年 1 月 1 日至 1942 年 1 月 1 日在上海《旅行雜誌》第 14 卷每 1 號至第 16 卷第 1 號連載。因太平洋戰爭爆發，小說僅連載至第 11 章，未完。1942 年冬續書 15 章，共 26 章，18 萬字，1947 年 1 月重慶新民報社初版時易名為《丹鳳街》。

《負販列傳》描繪了抗戰爆發前夕，生活在南京丹鳳街上的一個社會底層人家女子陳秀姐為生活所逼迫，被舅舅賣給了趙次長做姨太太。以童老五為首的一幫自食其力的小菜販、小酒保們不畏強權，忍痛挨餓，甚至不惜傾家蕩產，東奔西走，希望將其救出風塵。他們的義舉雖然以失敗告終，但作者卻在小說結尾處稱這些可敬的普通人為「丹鳳街的英雄」，並由此對抗戰及中華民族之未來寄予厚望。

張恨水之所以在小說《負販列傳》裏選擇商販為敘述對象，既得力於他在南京丹鳳街附近唱經樓生活過的切實感受，也體現了他對時代的諷刺與思考。陳秀姐的母親，一開始並不忍心將女兒賣去做姨太太，一番掙扎後，用女兒賣身換來的錢，似乎也心安理得了。而那些販夫走卒們在其窮苦粗糲的外表之下，無不包藏著坦蕩、真誠、一諾千金的俠士精魂。以童老五為代表的「重然諾，助貧弱，尊師、敦友」的「丹鳳街的英雄們」，不僅俠膽義肝，扶危濟困，而且位卑未敢忘憂國。他們在經過一系列磨難與鬥爭後走上街頭，

〔註19〕張紀：《我所知道的張恨水》第 171 頁，金城出版社 2007 年 1 月版。

報名參加抗日集訓，擔負起抗日救亡的重任。張恨水在序言裏直言：「讀者試思之，捨己救人，慷慨赴義，非士大夫階級所不能亦所不敢者乎？朋友之難，死以赴之，國家民族之難，其必灑血洗恥，可斷言也。」在國家危難的緊要關頭，張恨水在陪都重慶，多次創作了以南京爲背景，歌詠南京風光的小說（《秦淮世家》、《丹鳳街》、《石頭城外》）和散文（《白門十記》、《南遊雜誌》、《憶南京》）等，其用意不言自明，他試圖以淪陷後的民國首都南京的市井文化風俗慘遭屠戮，民眾不屈自發反抗來喚醒那些沉睡的中國民眾，團結起來，將日寇趕出中國。

此外，張恨水還把創作的目光伸向到了抗戰時期的教育界和公務人員的生活。1943 年 6 月 19 日至 1945 年 12 月 17 日在重慶、成都《新民報》晚刊連載長篇小說《第二條路》，1947 年 2 月上海百新書店初版易名爲《傲霜花》，共 2 冊，48 章，32 萬多字，主要描寫抗戰時期教育界朋友們的困苦生活。1943 年 6 月 26 日至 1945 年 7 月 28 日在重慶《萬象》周刊連載長篇小說《石頭城外》。小說主要描寫了南京公務員的苦悶，以過去的故事來諷刺現實的沉悶，並穿插了愛情生活。

（三）借古喻今的歷史和言情小說

具有憂世傷時思想的張恨水，在抗戰時期的重慶常懷憂患時世、針砭時弊的創作心態。1938 年初春，張恨水到重慶不久，上海《新聞報》同人給他來信，說因受到租界的庇護，《新聞報》還在正常發行，希望他把耽擱了半年的《夜深沉》續完。張恨水在續完了小說《夜深沉》〔註 20〕的同時，還創作「以歌女爲背景，而暗射著與漢奸廝拼的」〔註 21〕《秦淮世家》。

《夜深沉》是一部爲被侮辱被損害的弱小者鳴不平的長篇傑作，是張恨水爲那些卑微的女藝人唱出的一曲悽楚動人的哀歌。小說借用戲曲《霸王別姬》中「虞姬舞劍」的一段曲牌名，通過一個女人與三個男人間糾纏不清的感情歷程，抒寫了一個極端激烈和殘酷的毀滅性的悲劇性愛情故事。小說既反映了在那暗無天日的社會裏女藝人的苦難與酸辛和有錢有勢者的無恥與狠毒，也頌揚了下層勞動者的俠義與眞情。少女王月容不堪養父母的虐待，離家出走，被馬車夫丁二和救回家中收養。丁二和見她聰明可愛，體貌俱佳，

〔註20〕上海《新聞報》1936 年 6 月 27 日至 1939 年 3 月 7 日連載。
〔註21〕張恨水：《抗戰小說》，《寫作生涯回憶錄》第 88 頁，中國文聯出版社 2005 年版。

又幫助她拜名師學藝，使之成為紅極一時的京劇名角。王月容對二和母子感激至深，二和對她也情深意篤。然而月容終究涉世不深，經不住闊少宋信生的誘惑，與他私奔到天津同居。但好夢不長，宋信生對她厭煩後，竟把她送給一軍閥作妾。月容誓死不從，跳樓裝死，在別人的幫助下逃出虎口。她無顏去見二和母子，流落在北京茶樓裏，以清唱為生。月容出走後，二和不得已與劉（守厚）經理的姘婦結婚。後來劉經理為月容捧角，知道了二和與月容的關係。為霸佔月容，劉經理欲把二和趕出北京，並在散戲後，把月容騙到他的安樂窩裏。二和氣憤已極，持刀尾追而去……這部小說被譽為中國式的《羅密歐與朱麗葉》，如夫人周南非常喜歡，反覆看過七八遍，並告訴張恨水：「開卷就像眼見了北平的社會一樣。」「她看見過丁太太、丁二和這種人物，給她家作針線的一位北平妞兒，幾乎就是田家大姑娘。」〔註22〕

《夜深沉》在上海《新聞報》連載完後，第二天便開始連載《秦淮世家》（1939 年 3 月 8 日～1940 年 2 月 4 日）。

《秦淮世家》較為完整描繪了秦淮河邊世代以歡場生意為生的唐氏母女一家的故事。唐大嫂年輕時就混迹歡場，現在幕後做老闆，調教女兒做生意。書販徐亦進在下關車站拾得名歌女唐小春的皮包，予以歸還。小春母親唐大嫂設家宴酬謝。徐亦進結義兄弟王大狗一日冒雨為母買點心，邂逅少女阿金。阿金因母病，願犧牲色相換取醫藥費。大狗為其孝心所感，決心幫她解難。是夕，小春接密友陸影借貸 300 元急信，即向銀行錢經理借得現款親自交給他。陸影收到錢後，就支開小春，與情人露斯幽會。露斯乘陸影外出購票，將錢卷走。大狗窺見這幕趣劇，誤以為小春富有。當夜潛入其家，竊走鑽戒，典押現款資助阿金。唐大嫂因被竊，請趙麻子商議破案。趙麻子耳聞大狗資助阿金，疑他與竊案有關，遂將阿金挾持到唐家。阿金知情後，自願承擔罪責。大狗忽來自首，詳述當晚所見趣劇。唐大嫂以兩人都有孝心，便不再追究。錢經理巴結權勢，將小春介紹給上海錢商楊育權。楊育權一貫玩弄女性，調戲小春被拒後惱羞成怒，指使保鏢魏老八強劫小春藏於城外楊公館。小春姐二春不知趙麻子已投靠楊育權，央其營救，反被他騙至醫院軟禁。二春發覺上當後，佯允嫁給魏老八，遂使小春獲釋隨母遠去。魏老八婚宴之夜，二春設計灌醉楊育權、魏老八，行刺未成又被囚禁。楊育權命趙麻子綁架小春母女不遇，強挾阿金囚於楊公館內。守門人趙老四對阿金有非分之念，卻被

她灌醉，並竊得鑰匙救出二春。時徐亦進率王大狗等趕到，潛入楊公館殺死楊、魏、趙三惡棍後，偕同阿金投奔農村，開闢新的生活道路。

張恨水通過秦淮河邊一家母女仨悲涼生活的描寫，既反映了民國首都南京人的悲慘生活，揭露了國民政府的墮落、腐朽與荒淫，也批判了市民的麻木和認命。

1939 年，張恨水有感於如夫人周南千里抱子尋夫的經歷，作了小說《蜀道難》，交上海《旅行雜誌》連載（1939 年第 13 卷第 5 號到第 12 號）。小說主要描繪了抗戰時期，江東人紛紛入蜀避難。途中，青年職員馮子安與白玉貞小姐邂逅。馮子安對白玉貞一見傾心，百般殷勤。船抵重慶，馮子安準備與白小姐結婚時，白玉貞卻已「神龍不見尾」……一場愛的夢幻，終成泡影。作品昭示出戰亂時期情感和生活的無常狀態。

1940 年秋冬之際，基於開掘國民性弱點和重塑民族魂的創作目的，張恨水開始運用章回小說的形式，創作言情小說來啓蒙民智。同年 10 月 1 日，他創作了長篇言情小說《趙玉玲本紀》，在上海《小說月報》創刊號上連載。

小說直接描寫了當時京劇名角趙玉玲的命運浮沉，從一個側面突出了伶人攀富、以求改變自己命運的心態。趙玉玲本是京劇演員，唱紅以後被富豪子弟鳳八爺看中，每日爲她捧角。她被鳳八爺的金錢富貴所迷惑，竭力獻媚，並終成爲她的姨太太，過上了富貴豪華的生活。可鳳八爺毫無謀生本事，成天淫亂放蕩，坐吃山空，成了姨太太的趙玉玲爲環境腐蝕，吸上了鴉片，揮霍無度。加之妻妾矛盾激烈，在鳳八爺去世後，家道中落，她淪爲乞丐，無家可歸。張恨水在作品中不僅無情揭示了導致這些美麗善良的女伶走向毀滅的社會現實，也敏銳地發現了這些女伶骨子裏貪婪的劣根性。對他們的悲慘命運，作者是哀其不幸，又怒其不爭。

1941 年 11 月 1 日至 1943 年 3 月 28 日，張恨水創作的長篇倫理言情小說《偶像》在重慶《新民報·晚刊》上連載，同年由重慶新民報社出版單行本。

《偶像》有 24 章，16 萬餘言，主要描寫了「偶像」專家丁古雲中了女騙子藍田玉的圈套而假裝失蹤，以致成了活死人的故事。小說辛辣地諷刺了抗戰時期大後方少數知識分子的虛僞、墮落。丁古雲本是個大畫家，卻因迷戀女色而貪污抗日鉅款，不得不假死於一場大火以逃其咎。小說的結局是他親眼目睹已成抗日英雄的兒子丁執戈爲紀念藝術家的父親，舉行「丁古雲先生遺作展覽會」。最讓丁古雲不堪的是卷走他貪污款 30 萬元的女騙子藍田玉竟

成了慷慨解囊的愛國人士。他只有面對自己的偶像兒子，聽從其讚美，暗罵自己的虛偽而後逃之夭夭。

　　1940 年春，張恨水開始創作影響頗大的《水滸新傳》。小說於 1940 年 2 月 11 日至 1941 年 12 月 27 日的上海《新聞報》連載。因太平洋戰爭爆發，上海淪陷，該書的寫作和連載一度中斷，至 1942 年夏天，全書 68 回方續寫完畢，1943 年由重慶建中出版社初版。張恨水曾經在《水滸新傳・自序》裏說：「到了 1940 年，我就改變辦法，打算寫一本歷史小說。而在這本小說裏，我要描寫中國男兒在反侵略戰爭中奮勇抗戰的英雄形象。」〔註23〕崔瀾波在《編後記》說：「恨老寫作此書的目的，主要是激發國人抗戰意志、譴責當權者一意求和苟且偷安的醜行。比較來說，反勝過直接寫抗日戰爭的《虎賁萬歲》、《大江東去》等書，讀後更覺得深刻感人，寫出了中華民族不屈的精神。」〔註24〕

　　張恨水之所以要對一部「中國民間幾乎家喻戶曉的《水滸傳》」作翻案文章，其原因有二：其一是「抗戰期間身居重慶的作者要給已是『孤島』的上海報紙寫連載小說，於是借用北宋末年的民族危機和水泊梁山的英雄好漢，弘揚民族救國圖存的意識。」〔註25〕其二是張恨水對《水滸傳》情有獨鍾。他從 14 歲起就鍾愛《水滸傳》，在編報之餘，曾反覆品讀，爛熟於心，使之自然而然地將研讀對象轉化為寫作資源，從而催生了小說《水滸別傳》、藝術隨筆《水滸人物論贊》和小說《水滸新傳》。

　　《水滸人物論贊》收文 90 篇，其中「天罡篇」33 篇（外二篇），「地煞篇」23 篇，另有「外篇」32 篇，專論王進、武大、鄆哥、西門慶、潘金蓮、施耐庵、金聖歎等與《水滸新傳》相關聯的人物。這些文章寫作時間相距十多年，張恨水常常從社會學和倫理道德的角度，從小處和細節入手分析《水滸傳》中的人物，不僅脫卻窠臼，獨具隻眼，而且以簡馭繁，見微知著。此外，全書用生動暢達的文言寫成，典雅、雋永、饒有趣味。

　　上海「一・二八」事變後，張恨水創作了一部圍繞蕭恩（阮小七）「打漁殺家」為核心故事的《水滸傳》續集——《水滸別傳》，小說以北宋淪亡的歷史來隱喻「九・一八」事變後的亡國危機。1932 年 10 月 10 至 1934 年 8 月 4 日，《水滸別傳》連載於北平的《新晨報》。小說雖然寫得並不是很成功，張

〔註23〕張恨水：《水滸新傳・自序》第 2 頁，中國民間文藝出版社 1996 年版。
〔註24〕張恨水：《水滸新傳・編後記》，中國民間文藝出版社 1996 年版。
〔註25〕楊義：《張恨水：熱鬧中的寂寞》，《文學評論》，1995 年第 5 期。

恨水生前也沒有出版單行本，但無疑為他在抗戰時期成功地創作《水滸新傳》奠定了堅實的基礎。

《水滸新傳》上接金聖歎七十回本《水滸傳》的情節，著重描寫梁山英雄派遣柴進、燕青至東京打探消息，得知朝廷將以兵征討，便回山寨商定應對之策，決定由盧俊義率領一支兵馬去海洲，與海州知州張叔夜交戰，屢戰屢敗，遂啓招安之局，投降張叔夜麾下。後張叔夜升任南道都總管，金兵大舉入侵，梁山英雄盧俊義、楊雄、柴進、董平等將領到北方抗擊金軍入侵以及魯智深等人保衛都城東京的故事。其中董平雄州拒敵，壯烈犧牲；白勝、郁保四面對利誘，以死相拒；顧大嫂、時遷、楊雄隱身燕山，毒死金國元帥，最終寧死不屈；宋江、李逵頑強抗爭，自殺殉國等章節，寫得慷慨悲壯，迴腸蕩氣。與此同時，小說還以犀利的筆墨，無情鞭撻了寡廉鮮恥、賣國求榮的張邦昌、范瓊之流，斥責賣國求榮的投降主義行徑，是「漢奸」行徑，令人不齒。1945 年 8 月，抗日戰爭勝利之際，陳寅恪在聽了《水滸新傳》後，特別感動，當即寫下《乙酉七七日聽人說〈水滸新傳〉適有客述近事感賦》一詩，表達了對當時朝政乖謬和民族之間「內耗」招致外侮的慨歎和悲憤。詩云：

> 誰諦宣和海上盟，燕雲得失涕縱橫。
>
> 花門久已留胡馬，柳塞翻教拔漢旌。
>
> 妖亂豫麼同有罪，戰和飛檜兩無成。
>
> 夢華一錄難重讀，莫遣遺民說汴京。

張恨水出於鼓舞民族鬥志、配合抗日戰爭而創作的《水滸新傳》，對《水滸傳》進行了一系列較為成功的改良。其一、將《水滸傳》中「逼上梁山」的主題改變成抗金戰爭的主題，將原來的階級矛盾改變成民族矛盾。其二、刪去了《水滸傳》中帶有封建迷信色彩的情節和因素，如戴宗的神行，公孫勝的呼風喚雨，羅真人的神通廣大等。其三、在人物形象方面，它重新塑造了時遷、盧俊義、關勝等抗戰派人物，強調了抗戰派與投降派的矛盾和鬥爭，鞭撻、諷刺了投降派。其四、它在保持原作人物基本性格的同時，把敘事重點轉移到原作不甚關心的小角色，如時遷、曹正、湯隆等人身上。《水滸新傳》中的時遷早已不是原作中那位雞鳴狗盜的梁上君子了，而是一位為政清正嚴明的黎陽縣令。為使社會安定，他拿偷牛賊示眾，以此凝聚人心，團結禦侮。

其五、突出了《水滸傳》中梁山英雄的結局，減少了原著的敘述語言，增加了小說中的景物描寫。此外，小說還刪除了章回體小說的陳舊套語，盡力模仿原著的口吻和詞彙，在增強小說歷史氛圍的同時，平添了其現代意味。

《水滸新傳》發表後，在日偽統治時期的上海影響頗大，「竟有人爲了書上極小的問題，寫航空信到重慶來和我討論。」〔註26〕毛澤東在看了《水滸新傳》後，對張恨水在《水滸新傳》裏對北宋朝廷主和派的抨擊以及對梁山英雄抗金壯舉的歌頌給予了充分的肯定。1944年6月，他在延安接見到訪的中外記者團時，曾對時任重慶《新民報》主筆趙超構說：「《水滸新傳》這本小說寫得好，梁山泊英雄抗金，我們八路軍抗日。」〔註27〕

抗戰勝利後，張恨水離開重慶返回北平，主持北平《新民報》期間，重慶仍然是他小說創作的主導，《巴山夜雨》和《紙醉金迷》訴說的還是重慶的生活和故事。他在《寫作生涯回憶》寫道：「這兩部書，都是以重慶爲背景的，在別人看來，不知作何感想，至少我自己是作了一個深刻的紀念」〔註28〕

《紙醉金迷》是張恨水剖析國民性格最具影響的力作，生動地再現了抗戰勝利前夕，整個後方社會沉湎於聲色、賭博和搶購黃金的瘋狂現實。小說以小公務員魏端本與田佩芝由同居而分手爲線索，以眾多人物搶購黃金儲蓄券發財爲契機，展開了紛紜複雜的故事。作品既刻畫了一批投機商人的貪婪奸詐，也反映出國統區醜陋、卑瑣的人心世態。

《巴山夜雨》是張恨水「痛定思痛」之作，一反在虛構中穿插自己的經歷和感受的創作模式，直接以自己一家在重慶南溫泉的眞實生活爲藍本，通過深具文人氣質的教授李南泉及其鄰居奚敬平、袁四維、石正山等夫婦十五天的家庭生活或婚變故事，眞實地描繪抗戰時期陪都知識分子的動蕩生活。小說在控訴日寇戰爭暴行的同時，還率先對民族心理進行了深入的探索，解剖了國人在抗戰中表現出的種種「劣根性」。

小說不僅對戰亂時期婚姻家庭生活進行了細膩的刻畫和形象的再現，而且還詳盡地描繪了日寇飛機對重慶進行狂轟濫炸所造成的恐懼氣氛和凄慘情景，既促使人深刻地反省婚姻的意義和人性的陰暗面，又眞實地記錄了抗戰

〔註26〕張恨水：《水滸新傳·自序》第2頁，中國民間文藝出版社1996年版。
〔註27〕張占國、魏守忠編：《張恨水研究資料》第212頁，天津人民出版社1996年版。
〔註28〕《張恨水精選集》第322頁，北京燕山出版社2009年6月版。

時期日寇對重慶的無差別轟炸，給無辜平民帶來的深重災難，爲我們提供了
具有歷史意義的形象材料。小說眞實生動，人物栩栩如生，用筆雖婉而多諷，
特別是對自然景物的白描，尤見功底。臺灣學者趙孝萱甚至稱該書爲「張恨
水的最重要代表作也是他一生作品最高巔峰」。〔註29〕

〔註29〕趙孝萱：《世情小說傳統的承繼與轉化：張恨水小說新論》，臺北學生書局 2002
　　　年版。

第九章　陽翰笙在重慶的統戰工作和戲劇創作

　　1939 年 1 月至 1946 年 7 月，陽翰笙（1902～1993）一直生活戰鬥在陪都重慶。在這長達 7 年半的時間裏，他是周恩來在統戰和文藝領域工作方面的最得力助手，老舍就此稱讚他爲「文藝界的周恩來」〔註1〕。與此同時，他還創作了一些彪炳史冊的電影劇本和話劇，如《塞上風雲》、《日本間諜》（1939年）、《青年中國》（1940 年）、《天國春秋》（1941 年）、《草莽英雄》（1942 年）、《兩面人》（1943 年）、《槿花之歌》（1943 年）等。

一、陪都文化界統一戰線的領導者和實行負責人

　　陽翰笙複姓歐陽，名本義，字繼修，1902 年 11 月出生於四川高縣羅場。一生的筆名眾多，前期以「華漢」之名震動文壇，後以「陽翰笙」之名行世。

　　陽翰笙與重慶緣分不淺，一生中曾五次來渝。早在敘府聯中讀書時，他就結識了從成都轉學來的前國務院總理李鵬之生父李碩勳同學。1922 年秋，陽翰笙和李碩勳等在成都領導鬧學潮時，因受當局通緝而逃至重慶，打算插班川東聯中讀書，未成，旋即赴瀘州求教於川南師範學校校長惲代英；1923年夏末，陽翰笙出川赴京求學時，再次路過重慶。在報考北大期間，與從法國回來的陳毅相識於碧雲寺，受其影響轉入上海大學社會系就讀。1926 年初，受中央委派到黃埔軍校政治部當秘書，後任中共入伍生部總支書記，兼任國

〔註 1〕潘光武　張大明：《曙光在前驅暗夜──陽翰笙在重慶》，《紅岩》，2006 年第 8期。

際問題教官。在此期間，與創造社的郭沫若等人過從甚密。同年底，回上海
與上海大學的同學唐棣華結婚。南昌起義後隨 11 軍軍長葉挺南下，先後被前
委任命為 11 軍 24 師黨代表和全軍總政治部秘書長。流沙突圍後，輾轉香港回
到上海，經黨組織和周恩來批准，他又到後期創造社做組織工作，從此，棄
武從文。在創造社期間，陽翰笙一方面參編了《流沙》、《日出旬刊》等刊物；
另一方面，又積極從事普羅文學創作。其中，1930 年 10 月由上海平凡書局出
版的「地泉三部曲」〔註2〕，忠實地記錄了那個特定的時代。1932 年「左聯」
新成立的湖風書局重版《地泉》時，書前附有瞿秋白（易嘉）、鄭伯奇、茅盾、
錢杏邨和作者自序，文學史上稱此版為「華漢三部曲」。三部曲因「反映（了）
農村革命的『深入』，小資產階級知識分子的『轉變』，工人運動的『復興』」
〔註3〕，曾引起廣泛的影響與爭議。

　　1929 年秋，陽翰笙按照黨的指示，召集創造社、太陽社和跟魯迅有聯繫
的黨員開會，在黨內統一思想，停止與魯迅之間的論爭，結束「革命文學」，
聯絡籌備成立「左聯」。為了加強黨對「左聯」的組織領導。1930 年夏，陽翰
笙奉命接任「左聯」黨團書記，兼任中央文化工作委員會（簡稱「文委」）書
記。1932 年，他在創作了第一部電影文學劇本《鐵板紅淚錄》後，於 1933 年
9 月受黨的指派加入藝華影片公司，開始了電影戲劇界的組織領導工作。陽翰
笙因創作了許多反對投降賣國，歌頌團結抗日的進步電影文學劇本，於 1935
年 2 月被國民黨當局逮捕，軟禁於南京。在此期間，他除了在《新民報·新
園地》上發表了大量的雜文和文藝評論外，還陸續為上海幾家影片公司創作
了具有高度愛國主義精神的《新娘子軍》、《生死同心》、《草莽英雄》、《夜奔》
和《塞上風雲》等電影劇本和《前夜》、《李秀成之死》等大型話劇。

　　1937 年「七七事變」後，全民抗戰開始，第二次國共合作形成，陽翰笙
被國民黨當局釋放，恢復自由。9 月，他來到漢口，接受周恩來的直接領導，
開始了在國統區從事文化鬥爭和統一戰線的工作。11 月，陽翰笙接受中共中
央和周思來交給他的兩項重要任務：一是負責籌備組織文學藝術界抗敵群眾
團體；一是協助郭沫若籌組國民政府軍事委員會政治部第三廳。陽翰笙受命

〔註2〕由《深入》、《轉換》、《復興》三個並不連貫的中篇組成。其中，《深入》寫成
　　　　於 1928 年 8 月，同年 12 月由創造社以《暗夜》為名單獨出書；《轉換》完稿
　　　　於 1929 年 7 月，曾題名《寒梅》出過單行本；《復興》寫成於 1930 年 7 月。
〔註3〕唐弢：《中國現代文學史》第 2 卷，人民文學出版社 1979 年 11 月版，第 204
　　　　頁。

後，不負重望，充分利用自己在北伐、南昌起義、左聯時結交的廣泛人脈，在與國民黨文化行動委員會負責人王平陵接觸後，先後動議成立了「中華全國戲劇界抗敵協會」和「電影界抗敵協會」。在此基礎上，於1938年1月初，陽翰笙還利用自己電影劇本《八百壯士》的稿費，在蜀珍酒家宴請國共雙方文藝界人士30餘人，共同商議組建全國性文藝界抗日組織的具體事宜。2月初，出於對國民黨鬥爭的策略考慮，經黨組織批准，陽翰笙乘機赴渝。到重慶時，一雙兒女因病夭折，唐棣華悲痛欲絕，為安慰妻子，他攜全家回高縣探望闊別15年的二老。剛到宜賓，就接到郭沫若催其急返漢口的電報，他只好在宜賓辭別母親回到漢口。1938年3月27日，陽翰笙動議並促成的抗戰時期最廣泛的抗日民族統一戰線組織——「中華全國文藝界抗敵協會」（簡稱「文協」）在漢口宣告成立，他當選為理事。「文協」的成立，標誌著一支浩浩蕩蕩的抗日文藝大軍業已形成。事實證明，「文協」是在抗戰八年中文藝戰線的軸心和重鎮。

「文協」成立後，陽翰笙又投入到輔助郭沫若成立「第三廳」的繁重組織工作。1938年4月1日，國民政府軍事委員會政治部第三廳在漢口曇花林正式成立，三廳下設五、六、七三個處。廳長為郭沫若，陽翰笙任政治部設計委員兼第三廳主任秘書，襄助郭沫若處理第三廳的日常事務。第五、六處，主要由文化界或各專業領域的知名人士組成，第五處處長胡愈之，第六處處長田漢，每個處下設各科室。三廳內設秘密黨小組，周恩來任組長，黨的指示大部分都是通過陽翰笙來傳達，然後貫徹下去。三廳一成立，周恩來、郭沫若、陽翰笙等就商定在武漢發動一次「七·七週年紀念活動」。這次紀念活動（火炬遊行、「七七」獻金及各種演出活動）由陽翰笙具體組織落實，聲勢浩大，既壯大了抗日的聲威，又是黨的民族統一戰線政策的成功檢閱。同時，陽翰笙還以彙聚在武漢的各地抗日救亡演劇隊為基礎，組成了十個抗日演劇隊、四個抗敵宣傳隊，並且收編了一個孩子劇團，形成了抗戰初期三支強大的抗日宣傳力量。

1939年1月上旬，陽翰笙由香港經桂林來到重慶。1月19日，重慶戲劇界舉行座談會歡迎新近來渝的陽翰笙、鄭伯奇和鄭君里等人。陽翰笙在會上報告了華南等地的戲劇動態。4月15日，「文協」舉行第二屆第一次理事會，他再次被選為常務理事。會後，郭沫若委託他向周恩來作了彙報。同年5月，陽翰笙因患傷寒病，到重慶北碚休養。在病中，他替中國電影製片廠（簡稱

「中製」）將自己創作的話劇《塞上風雲》和《日本間諜》改編爲電影劇本。

1940年1月27日，陽翰笙出席《新蜀道》副刊《蜀風》召開的座談會，討論「文協」提出的保障作家生活權益問題。4月16日，在「文協」第二屆年會上，他被選爲理事。初夏，爲「中製」寫成電影劇本《青年中國》。6月7日，出席川劇界歡迎田漢的晚會。6月20日，出席《戲劇春秋》主辦的「戲劇的民族形式問題座談會」，他在會上談了抗戰三年來文協、劇協、電協、美協、音協等組織的活動情況。

在第三廳期間，陽翰笙除主持日常工作外，還兼任「中國電影製片廠」編輯委員會主任委員之職。白楊曾回憶說：「翰老平易近人，善於團結同志，當時在國統區條件十分困難，他不僅從思想、工作上關心大家，而且在生活上也關懷備至，大家有什麼心事都願意找他談。他在大家心目中很有威望，都願跟著他幹。」〔註4〕

當時，日本的反戰作家鹿地亘和池田幸子夫婦是隸屬於三廳第七處的顧問，主要負責參與編譯一些《國際問題資料》、《敵情研究》作爲軍事參考情報。爲了加強在日軍中進行反戰宣傳工作，陽翰笙遵從周恩來的指示，與鹿地亘夫婦保持著密切聯繫，陪他們到「日本俘虜收容所重慶分所」去講課。爲了使這項工作更具時效，陽翰笙不僅委派原創造社的戰友沈起予前去管理，還大力支持鹿地亘夫婦在重慶成立了「日本在華日本人民反戰革命同盟總部」，創辦了總部機關報《人民之友》。鹿地亘寫有一個反戰情緒很濃的劇本《三兄弟》，由夏衍翻譯成中文後，在第三廳抗敵演劇隊的幫助下，反戰同盟的盟員們將其搬上舞臺，在重慶、桂林、貴陽和國民黨各部隊之間巡迴演出，效果極好，反響強烈。正是有了陽翰笙卓有成效的領導，「反戰同盟」的工作才做得如此有聲有色，不少戰俘被感化，被發展爲「盟員」，並以「正義軍」的姿態奔赴前線喊話。把統戰工作由國內延伸到敵國人士，陽翰笙功不可沒。

1940年9月，軍委會政治部改組，第三廳被撤銷。10月1日，爲了抗議國民黨當局強迫第三廳工作人員集體參加國民黨，在周恩來領導下，郭沫若和第三廳的絕大多人員憤然辭職，退出第三廳。蔣介石恐怕郭沫若等大批退出第三廳的著名文化人士去延安，就在政治部另成立了文化工作委員會（簡

〔註4〕徐志福：《陽翰笙對文化、文藝界統戰工作的傑出貢獻》，《宜賓師專學報》1993
年第3期。

稱「文工會」），郭沫若任主任，陽翰笙任副主任。下設三個組，分別研究國際、文藝和敵情等問題。「文工會」在市內天官府 7 號和鄉間賴家橋全家院子分設兩處秘書室。我黨充分利用這一陣地，繼續開展抗日民族統一戰線的工作和鬥爭。

「文工會」雖隸屬於政治部，但它只是一個學術研究團體，不能以國家行政機關的名義來公開宣傳群眾。作為「文工會」的具體主持者和實際負責人的陽翰笙，根據中共南方局和周恩來的指示，充分利用「文工會」有限的合法地位和成員的個人身份，靈活機智地開展鬥爭。在錯綜複雜的局面下，一次次化險為夷，突破困境，化被動為主動。「文工會」在短短的幾年間，在學術研究、文藝創作、國際宣傳、社會活動和文運、劇運等方面，都取得了輝煌的成績。戈寶權就曾回憶說：「我們採用所謂舉辦『紅白喜事』來進行活動，如每年都要舉行魯迅和高爾基的逝世紀念會，每逢端午節舉行紀念屈原的詩人節。『皖南事變』後，又採取祝壽辦法，如先後為郭老、茅盾、老舍、洪深、葉聖陶等人祝壽，把大家團結起來，壯大文藝界氣勢，這是一種很巧妙的政治鬥爭方式。」〔註5〕

「皖南事變」後，陪都重慶籠罩在白色恐怖之中，我黨審時度勢，及時提出「隱蔽精幹、長期埋伏、積蓄力量、以待時機」的方針。在周恩來的親自部署和安排下，陽翰笙將文化界人士分別情況，或隱蔽下來，或撤離至延安、昆明、桂林、香港等地。安排妥當後，周恩來又吩咐他以「省親」之名回故鄉高縣暫住，以避敵人鋒芒。1940 年 3 月後，形勢有所緩和，陽翰笙又奉命返回重慶接受新的任務。

周恩來提議為郭沫若祝壽，以紀念其創作活動。1940 年 10 月上旬，周恩來就把籌辦「壽郭」的任務交給陽翰笙去組織籌辦。陽翰笙以「文工會」的人為底子，聯合「文協」的老舍，「救國會」的沈鈞儒和陶行知、「中蘇文協」的王崑崙及各民主黨派、無黨派著名人士，以及國民黨的張治中、邵力子和馮玉祥等人，組成了「壽郭」籌備委員會。周恩來在聽取匯報後，又指示他代表中共南方局起草一份為郭沫若祝壽的通知，向成都、昆明、桂林、香港等地的中共地下組織說明這次紀念活動的意義、內容和方式。

為了慶祝郭沫若 50 壽辰，陽翰笙還冒著三伏天的炎熱，一邊忙於籌劃、準備「壽郭」的慶祝活動，一邊抽暇專門為成立不久的中華劇藝社（簡稱「中

〔註 5〕轉引自徐志福：《風雨一生——陽翰笙》，巴蜀書社 2005 年 5 月版，第 46 頁。

藝」）創作了借太平天國內亂的歷史隱喻痛斥國民黨反共陰謀的歷史劇《天國春秋》。

1940 年 11 月 16 日郭沫若生日這天的下午 1 時許，重慶文化界 2000 餘人在中蘇文化協會大樓舉行了熱烈慶祝郭沫若誕辰 50 週年暨創作生活 25 週年的盛大茶會，延安、香港、新加坡的文化界人士也同時舉行了慶祝會。《新華日報》、《新民報》等新聞媒體作了報導，發表了祝辭，重慶還舉辦了展覽，「魯藝」排演了《鳳凰涅槃》的大合唱。11 月 20 日，重慶戲劇界在抗建堂上演了郭沫若的新作《棠棣之花》。周恩來指示陽翰笙：「對郭老，《棠棣之花》只准演好，不准演壞。」陽翰笙不辱使命，精心組織，使之「主張集合反對分裂」的《棠棣之花》上演後大獲成功。隨後，陽翰笙取材太平天國旨在頌揚正義和團結起來反對強暴的《天國春秋》，在國泰大戲院公演，引起了觀眾強烈的現實共鳴，連續上演，場場爆滿，連演了四、五十場。國民黨頑固派發動「皖南事變」後壘起的閘門從此衝破，重慶沉悶的政治空氣因之而開始轉變。

郭沫若祝壽活動的成功，昭示了為文化界名人祝壽是一種行之有效的統戰活動。此後，陽翰笙在中共南方局周恩來的領導下，積極參與對作古作家紀念以爭取民主的同時，廣泛開展了對老舍、沈衡山、洪深、葉聖陶、王亞平、茅盾、張恨水、于伶、歐陽予倩和柳亞子等文化人士的祝壽和創作生活的紀念活動。這些活動規模大小不一，而目的卻是一致的：「樹典型，批反面；促團結，振精神。」

與此同時，中共南方局除通過「文工會」的黨組織來開展文化界的統戰工作、領導文藝運動外，還充分利用一些被國民黨左派控制的部門，如「中蘇文協」〔註6〕來開展對敵鬥爭。採用諸如「祝壽」等合理合法的鬥爭方式，不僅衝破了當時的白色恐怖，而且還團結了群眾，伸張了正義。

「皖南事變」後，陽翰笙秉承周恩來的指示，將留渝的戲劇電影工作者組織起來，成立一個職業話劇劇團。他先去觀音岩下張家花園的「文協」，找到從成都來渝的陳白塵、陳鯉庭商量，一番「為了革命的需要」的遊說，贏

〔註6〕即中蘇文化協會的簡稱，是活躍於 20 世紀三四十年代的一個重要而特殊的文化團體，坐落於重慶市渝中區中山一路 162 號。會長孫科，副會長邵力子，實際負責人是屈武（秘書長）、王崑崙、劉仲容、許寶駒等，陽翰笙與他們常有往來，一度還代理過中蘇文協「文研會」主任。在抗日戰爭相持階段，陽翰笙曾主持過「蘇德戰爭形勢分析座談會」，請「中蘇文協」的屈武等講形勢，給來監視的右派以堅決打擊。

得了二陳的讚同。於是，陽翰笙邀請「中製」的應雲衛和陳白塵、陳鯉庭、趙慧深及劉郁民等人負責組建中華劇藝社。1941 年夏天，陽翰笙將從「文工委」掙取到的 3000 元開辦費交給陳鯉庭，他們便在重慶郊外南岸黃桷埡的苦竹林，開始了中華劇藝社的草創期。「中藝」的班底，主要邀請「中製」和「中電」（中央電影攝影場）及怒吼劇社等單位的導演、演員以臨時特約的形式參加工作。理事會以應雲衛爲理事長，理事有陳白塵（兼秘書長）、辛漢文（兼管藝委會）、劉郁民（兼劇務）、賀孟斧、陳鯉庭（兼導演）、孟君謀（兼總務）。兼職社員先後有白楊、舒繡文、張瑞芳等。專職社員先後有趙慧深、秦怡等。專職與兼職二者亦時有交叉。

　　1941 年 9 月，陪都重慶進入霧季。「中藝」從郊外的苦竹林遷入市內的天官府，租賃國泰大戲院附近的古老樓房作爲社址，開始排演陳白塵創作的《大地回春》。10 月初，應雲衛導演的《大地回春》上演，連連滿座，盛況空前，從而拉開了從 1941 年 10 月至 1945 年 5 月連續 4 年的「霧季公演」〔註7〕的序幕。

　　從 1941 年 10 月至 1943 年 6 月，「中藝」共演出 14 齣大戲，除陳白塵的《大地回春》和《翼王石達開》外，尙有陽翰笙的《天國春秋》，郭沫若的《屈原》和《孔雀膽》，夏衍的《愁城記》和《法西斯細菌》及改編托爾斯泰的《復活》，于伶的《長夜行》，石淩鶴的《戰鬥的女性》，老舍的《面子問題》，吳祖光的《風雪夜歸人》，歐陽予倩的《忠王李秀成》，果戈理的《欽差大臣》等。特別《屈原》、《天國春秋》等劇因以歷史隱喻筆法揭露了投降主義的陰謀和分裂罪行，在國統區產生廣泛的反響。

　　陽翰笙爲《屈原》的演出，可謂竭盡全力。一方面對劇本提出修改意見〔註8〕，另一方面又多方籌集資金、配備服裝和各種器材，邀請陪都最優秀的劇壇精英，共同參與《屈原》一劇的演出。導演陳鯉庭，主演有金山（飾屈原）、白楊（飾南后）、張瑞芳（飾嬋娟）、顧而已（飾楚懷王）、石羽（飾宋玉）、施超（飾靳尙）、蘇繪（飾張儀）、丁然（飾子蘭），張逸生（飾釣者）等。1942 年 3 月初，「中藝」等團體正式排練《屈原》。4 月 3 日，《屈原》在

〔註7〕重慶每年 10 月至次年 5 月多霧，濃濃的大霧似天然屛障，天空的能見度低，日寇的飛機不敢貿然進犯，重慶的戲劇工作者利用這天賜良機，推出新劇，復演舊劇，組織大規模、持續性的戲劇會演活動。

〔註8〕郭沫若在徵求修改意見時，陽翰笙說，陷害屈原的主謀人物，似乎不應是南后，否則又會被人認爲是女人誤國。郭沫若採納了他的意見。

重慶國泰大戲院公演，其中劇中的「雷電頌」，在整個管絃樂隊的伴奏（劉雪庵作曲）下，通過飾演屈原的演員金山聲情並茂地朗誦，大大地增強了悲憤而慷慨的氣氛。《屈原》的上演，獲得了巨大成功。從演出的次日，重慶各報刊爭相報導演出盛況。當時的山城，人人爭說《屈原》，個個爭看《屈原》，屈原的內心獨白「雷電頌」響徹在大街小巷，迴蕩在嘉陵江和長江兩岸。

《屈原》演出的巨大成功，也遭到了國民黨文化官僚潘公展、王平陵等人的忌恨和污蔑。1942 年冬，「中藝」將陽翰笙的歷史劇《草莽英雄》送審時，潘公展把持的中央圖書雜誌審查委員會就在第二年 4 月末下令「禁止出版，禁止上演，沒收原稿」。《屈原》的成功演出，也激發了郭沫若的創作熱情，他連續創作了《虎符》、《高漸離》、《孔雀膽》（1942）和《南冠草》（1943）等六部歷史劇。這幾部歷史劇上演後雖沒有像《屈原》那樣轟動，但《孔雀膽》的舞臺效果極佳。「它以後成為『中藝』的看家戲之一，每遇到經濟恐慌便上演它。」〔註9〕

1943 年春，因國民黨頑固派發動第三次反共高潮，「中藝」在重慶的處境日益險惡，難以維持。3 月 23 日，陽翰笙請示周恩來後，決定該社撤離重慶，轉到成都等地演出。為了使「中藝」能在政治高壓下存活下來，周恩來決定借《華西晚報》邀請「中藝」去為其籌募基金之名撤退去成都，由新近返渝的劇人于伶、章泯、宋之的和金山等人另組中國藝術劇社（簡稱「中術」）。陽翰笙為此與陳白塵、應雲衛進行了深入的溝通，並做了若干妥善的安排。因《華西晚報》是黨支持的民營報紙，「中藝」在成都受到了熱烈的歡迎。隨著秦怡、李天濟等人的加盟，一時呈現中興之勢。陽翰笙雖未隨「中藝」赴蓉，卻時時去信指示。不久，「中藝」去川南一帶旅行公演，返回成都後長期租賃三益公戲院，苦苦支撐。在這兩年多的時間裏，「中藝」歷經艱辛，苦苦支撐。為了生存，重演《孔雀膽》、《棠棣之花》、《大地回春》、《結婚進行曲》，新排夏衍的《戲劇春秋》、《草木皆兵》、《離離草》，曹禺的《家》和《北京人》，張駿祥（袁俊）的《美國總統號》，周彥的《桃花扇》等劇，仍入不敷出，難解無米之炊，靠借債度日，直到抗戰勝利後 1946 年初才返回重慶。

1946 年 4 月 7 日，在陽翰笙的支持下，「中藝」與現代戲劇學會在江蘇同鄉會小禮堂聯合演出了引起強烈反響的諷刺喜劇——陳白塵的新作《陞官

〔註 9〕陳白塵：《陽翰老與中華劇藝社》，潘光武編：《陽翰笙研究資料》，知識產權
　　　出版社 2010 年 1 月版，第 104 頁。

圖》。此後，「中藝」離重慶順江而下，沿途演出，於 1947 年 1 月抵上海後改組爲「上海劇藝社」，7 月重演《棠棣之花》，然後宣告解散。

　　「中華劇藝社」從孕育到成立，乃至在陪都重慶、成都等地六年的奮鬥經歷，都是在陽翰笙直接領導下進行的。陽翰笙是「中藝」幕後的指揮者，居功甚偉。誠如親歷者陳白塵在《陽翰老與中華劇藝社》的結尾中寫道：

　　　　「『中藝』草創時僅有三千元開辦費，人員經常保持在一起二三
　　　十人，後來到四五十人左右，但能在敵人心臟地區輾轉奮鬥達六年
　　　之久，演出了包括在戲劇文學史上將長放光輝的大型劇本不下五十
　　　種之多，演出場次在二千場以上，觀眾約二百萬人次，而且爲未來
　　　的新中國鍛鍊出一批戲劇骨幹。這一偉大成績的取得，歸根到底是
　　　由於有著黨的領導！上有『胡公』（指周恩來～引者）這『總司令』，
　　　而始終其體領導著『中藝』的則是陽翰笙同志。自然，我也應該指
　　　出：沒有應雲衛這樣具有特異人才的人和先後參加的一二百位社員
　　　的艱苦奮鬥，也不可能有這樣一段光輝的歷史。」〔註10〕

　　陽翰笙與郭沫若從 1925 年 6 月在上海成立「四川旅滬學界同志會」相識後，長期在一起共事，心甘情願地做他的副手。爲了黨的事業，陽翰笙借助郭沫若的威望和影響，去更好地進行統戰和文化工作，而郭沫若也需要陽翰笙這樣配合默契能發揮潛力的好幫手。在「第三廳」如此，在「文工會」更是如此。

　　陽翰笙總是任勞任怨地幫助郭沫若處理繁雜的會務工作，使他能有更多的時間和精力從事文化研究和文藝創作。正因爲有陽翰笙的竭力襄助，郭沫若在陪都重慶成就了他一生中繼五四、旅居日本後第三個黃金豐收季節，在歷史劇的創作和史學研究上取得了卓越的成就。在「文工會」期間，郭沫若寫就了《中國古代社會研究》中的大部分文章，特別是在爲紀念李自成領導農民起義 300 週年之際的 1944 年 3 月 19 日，他撰寫的《甲申三百年祭》，在重慶的《新華日報》上發表後，受到周恩來的高度評價，被中共中央作爲整風文獻之一。毛澤東在 11 月 21 日從延安給他寫信說：「你的史論、史劇有大益於中國人民，只嫌其少，不嫌其多，精神決不會白費的。希望繼續努力。」

〔註10〕陳白塵：《陽翰老與中華劇藝社》，潘光武編：《陽翰笙研究資料》，知識產權
　　　　出版社 2010 年 1 月版，第 110 頁。

陽翰笙在「文工會」期間，一直承擔繁重的行政、組織工作。特別在 1945年春夏之際郭沫若應邀訪問蘇聯期間，陽翰笙代理主任一職，全盤主持「文工會」解散後的善後事宜。與此同時，他還抽暇撰寫了多篇談戲劇的論文，如《漫談戲劇的民族形式問題》、《一九四一年文學趨向的展望》、《抗戰戲劇運動的展望》、《戲劇的新任務》、《關於契訶夫的戲劇創作》、《中國戲劇中的新舊女性》等論文和講演稿，在抗戰文藝運動中起到了一定的帶頭引領作用。陽翰笙認爲抗戰初期戲劇創作的最大弊端，就是反面人物的臉譜化，抗戰戲劇應走民族化、大眾化和多樣化的道路。在歷史劇的創作上，他更是取得了輝煌的成就。在陪都重慶期間，陽翰笙寫有《日本間諜》（1939 年）、《青年中國》（1940 年）、《天國春秋》（1941 年）、《草莽英雄》（1942 年）、《兩面人》（1943 年）、《槿花之歌》（1943 年）等電影劇本和話劇。特別是史劇《天國春秋》和《草莽英雄》，以其強烈的現實戰鬥性和藝術感染力，與郭沫若的史劇相得益彰，共同促進和推動了陪都時期史劇創作高潮的到來，使中國現代戲劇進入黃金時代。

1945 年 1 月，爲發動文化界和民主人士爲爭取民主、反對內戰，周恩來、王若飛指示「文工會」的郭沫若和陽翰笙等負責人秘密主持文藝界的簽名活動。爲此，陽翰笙走訪了冰心和丁贊等人，向有關人士呼籲盛世才釋放趙丹等 4 人。2 月 22 日，包括各界著名人士在內的共有 300 多人簽名的《文化界時局進言》在《新華日報》等報刊上發表，震驚了國民黨當局。隨後，昆明、成都等地的文化界也相繼開展了公開的簽名活動，一時引導並形成大後方文化界「參加和推動群眾性的民主運動」的新局面。結束國民黨一黨專政、成立民主聯合政府成爲全民族的共同呼聲。聲勢浩大的民主洪流，猛烈地衝擊著國民黨日漸腐朽的專制統治。蔣介石爲此十分惱怒，下令追查發起者，立即解散「文工會」。許多簽名的革命進步人士遭到了不同程度的詢問和警告。

1945 年 4 月 1 日晚上，重慶新聞界、文化界和民主黨派人士及國際友好人士 100 多人在天官府 7 號的「文工會」辦公處，舉行了一場「文工會」解散的聚餐告別晚會。與會者激憤地抗議國民黨的法西斯行爲，熱情地贊揚了「文工會」的成就，並慰問了「文工會」全體同仁。郭沫若在簽名紙上奮筆疾書：「始於今日，終於今日，憎恨法西，勿忘今日。」〔註 11〕

「文工會」被解散後，原「文工會」成員的去處就成了陽翰笙工作的重

〔註 11〕「今日」是指「第三廳」成立和「文工會」的解散都在 4 月 1 日。

心。他竭盡所能為同仁安排工作，解決生活困難等。這期間，他還任勞任怨地忙於各種工作：奉命代郭沫若主持「中蘇文化協會研究會」主任委員一職；參加「文協」理事會；出席賀孟斧葬禮，並代表「劇協」主祭；應邀到中蘇文協婦女委員會作講演；出席為郭沫若赴蘇訪問餞行的晚宴和茶話會；到育才學校參加陶行知召集的文化界茶會……

　　1945 年 8 月 31 日晚，應徐冰之約，陽翰笙、馮乃超和于伶等來到桂園拜見來重慶談判的毛澤東，在場的有周恩來、王若飛等。陽翰笙與毛澤東久別重逢，分外親切。一陣寒暄問候之後，大家便陪毛澤東驅車到紅岩山上八路軍辦事處看電影。看完電影，毛澤東約他們到在他的住地談話。陽翰笙向毛澤東扼要地彙報了重慶文運特別是劇運的相關情況，馮乃超和于伶也不時作了補充。彙報之中，毛澤東還不時地風趣插話。這次會談，毛澤東給陽翰笙留下了深刻的印象。他在當天的日記中寫道：「他充滿中國勞苦人民的優良的特點。他有農民的樸實，工人的英勇，學者的謙和，長者的慈愛。他一方面給我的印象是機智深沉，一方面又非常的平易可親。這也許就是一個人民領袖的特徵吧！」〔註12〕在重慶談判期間，陽翰笙多次與毛澤東晤面，計有：9 月 1 日，中蘇文協為慶祝中蘇友好同盟條約的簽訂舉行的雞尾酒會上；9 月 3 日，毛澤東約請文化界知名人士的談話會上；10 月 8 日，張治中歡送毛澤東返回延安舉行的晚會上。

　　抗戰勝利後，為便於工作，陽翰笙一家從住了近 6 年的賴家橋何家大院鄉下搬至市區居住。作為「文協」理事和黨在統戰方面的負責人，一方面，陽翰笙要安排聯繫「文協」人員東下的去向問題；另一方面，又要廣泛聯繫文藝界同仁向全美作家和政協會議呼籲停戰內戰、實現和平的意見。同時，他又大力支持戲劇工作社在抗建堂再次演出《天國春秋》和中國勝利劇社在重慶青年館演出《草莽英雄》，參加「戲劇漫談會」，在「文協」為慶祝第二屆「五四文藝節」舉行的集會上講話，向與會者指出今後文藝運動的目標和方向是要爭取民主的徹底實現，希望文藝工作者團結起來，以筆作武器，向反民主的勢力作堅決的鬥爭。

　　「雙十協定」簽訂後，重慶的影劇界人士都面臨「復員」的問題。為了影劇界人士東下後有一個立足之地，陽翰笙與史東山、宋之的和司徒慧敏等人多次商談籌劃成立民營電影公司的事宜。經過他的不懈努力，在樂山紙業

〔註12〕《陽翰笙日記選》，四川文藝出版社 1985 年 2 月版。

老闆任宗德、重慶國泰大戲院經理夏雲湖和章乃器秘書袁庶華等人的支持下，在 1946 年 5 月總算籌得了成立崑崙影業公司的資金。

1946 年 7 月，陽翰笙帶著黨的使命，乘機飛赴南京，離開了他戰鬥生活 7 年多的重慶。後轉道上海，歷經艱辛，創辦了我黨領導的唯一電影基地——聯華影藝社。先後拍攝了《八千里路雲和月》、《一江春水向東流（上集）》等進步影片。1947 年，聯華影藝社與崑崙影業公司合併，組建崑崙影業公司，繼續拍攝《一江春水向東流》（下集）、《萬家燈火》、《關不住的春光》、《麗人行》、《希望在人間》、《三毛流浪記》等優秀影片。拍攝這些影片，不僅暴露和控訴了國民黨頑固派統治的罪惡，而且還培養了一大批新的業務骨幹，為日後新中國成立後的電影事業積累了經驗和儲備了力量。

二、陽翰笙在重慶的電影劇本和歷史劇創作

陽翰笙自參加革命以來，主要精力都用在秉承黨的指示，置身文藝界從事組織領導工作。如此的革命經歷和使命感，使之在進行文學創作時，總是自覺不自覺地以滿足現實需要，反映現實生活為目的。尤其是抗戰期間的電影劇本和話劇創作，無不充滿著革命的激情和抗戰的精神。他自己就曾說過，「我的一生，主要是為革命服務的。在創作上，無論是小說、電影還是戲劇，只有一個目的，就是革命」。〔註13〕

作為中國左翼電影運動的開拓者之一，陽翰笙的電影創作生涯始於 1930 年代。他是「左聯」的發起和籌備人之一，並擔任過「左聯」的黨團書記，後又改任「文委」和「文總」（中國左翼文化界總同盟的簡稱）黨團書記，積極從事左翼文藝運動的領導工作。1931 年 9 月，「劇聯」通過了《最近行動綱領》，提出了盟員應積極參與電影活動的明確要求。為了加強電影界的進步力量，發展左翼電影，迅速佔領具有廣泛群眾性的電影陣地。1932 年，中國早期私營電影企業——明星影片公司邀請夏衍、阿英、鄭伯奇擔任編劇顧問，促使成與左翼文藝工作者的合作，為中國共產黨地下組織領導電影事業提供了契機。1933 年 2 月，中國電影文化協會成立。在其發表的宣言中明確提出，中國電影要關注現實，建設「新的銀色世界」。3 月，在瞿秋白的指導下，成立了由夏衍為組長的「黨的電影小組」，以便加強對左翼電影運動的領導。9

〔註13〕參見萬一虹《「只有一個目的，就是革命」——記陽翰笙同志》，《人民日報》1992 年 11 月 9 日。

月，「文委」決定，派陽翰笙加入當時中國最重要的民營電影企業——藝華影業公司，和田漢一起主持編劇委員會。自此以後，陽翰笙正式進入電影界。他在為左翼電影組織力量的同時，也開始了為現實服務的電影劇本創作。

　　陽翰笙基於「電影，在藝術領域中是新起的藝術，同時也是能夠突破時間性和空間性限制的藝術，因此有人認為它是藝術部門中最犀利無比的武器。」〔註14〕的創作心理和理念，創作的電影劇本始終圍繞著尖銳的階級衝突與劇烈的民族矛盾來反映中國的社會現實，充分發揮了電影藝術作為「最犀利無比的武器」的作用。

　　1932 年底，經夏衍介紹，陽翰笙應洪深之約為明星影片公司創作了電影處女作——《鐵板紅淚錄》。「鐵板」指地主的「鐵板租」（有收無收都要如數交租），「紅淚」指農民的斑斑血淚。因他從沒寫過電影劇本，只會寫小說。洪深鼓勵他，「你就照小說寫，電影本子我來改。」於是，陽翰笙就「根據自己熟悉的農村真實生活構思了一個農村農民反抗地主剝削的劇本。」〔註15〕陽翰笙寫了近 6 萬字，洪深將它改為攝影臺本，明星影片公司在 1933 年 11 月 12 日公映時，編輯署名陽翰笙（「翰笙」諧「寒生」，「陽」取「歐陽」的「陽」字。從此以後，他便以此名行世。）。

　　《鐵板紅淚錄》描寫四川農家女兒與同村兩個農民周老七和二蠻子之間的愛情糾葛，突出了反封建惡霸孫團總的主題，歌頌了農民的反抗鬥爭精神。1933 年 11 月明星影片公司出品，洪深執導。它是我國電影史上第一部反映農民武裝鬥爭的影片，是「當時農村土地革命和武裝鬥爭在中國電影中的曲折的反映。」〔註16〕在中國電影史上佔有重要地位。

　　此後，陽翰笙陸續創作了電影劇本《賽金花》、《還鄉記》、《中國海的怒潮》（1933 年），《生之哀歌》、《逃亡》（1934 年），《新娘子軍》、《生死同心》（1936 年），《草莽英雄》、《夜奔》、《塞上風雲》、《八百壯士》（1937）等。其中，《中國海的怒潮》、《生之哀歌》、《逃亡》、《生死同心》、《夜奔》、《八百壯士》等先後搬上銀幕，引起了較大的反響。此外，他還創作了話劇《晚會》（與

〔註14〕陽翰笙：《國難藝術與電影》，《陽翰笙選集（第 4 卷）》，四川文藝出版社 1989 年版，第 132 頁。

〔註15〕陽翰笙：《憶王瑩同志》，《電影文化》1982 年第 3 期。

〔註16〕程季華：《中國電影發展史》第 1 卷，中國電影出版社，1980 年 8 月第 2 版，第 213 頁。

田漢合作）、《前夜》（1936 年）、《李秀成之死》（1937）等。

陽翰笙從 1939 年春來陪都重慶後，創作了一系列充滿戰鬥精神的電影劇本和話劇。計有：電影劇本《塞上風雲》、《日本間諜》（1939），《青年中國》（1940）；話劇《天國春秋》（1941）、《草莽英雄》（1942 年）、《兩面人》（即《天地玄黃》，1943 年）、《槿花之歌》（1943 年）等。這些電影劇本和話劇，「都是突出抗日救亡這一主題的。」〔註 17〕它們被搬上銀幕和舞臺後，在抗戰期間的國統區，引起了巨大的反響，對於激勵全國人民團結抗日，一致對外，其宣傳鼓動作用是不言而喻的。

《塞上風雲》創作於 1937 年 4 月，是陽翰笙爲新華電影公司而寫的電影劇本，因抗戰爆發當時未能拍成影片。同年 11 月，陽翰笙到達武漢後，應趙丹、陶金等人之約，用一個多星期的時間將其改編成四幕同名話劇，在田漢、馬彥祥編輯的《抗戰戲劇》半月刊創刊號上連載〔註 18〕的同時，交付上海業餘劇人協會排練。26 日，洪深導演的話劇《塞上風雲》，在漢口的天聲舞臺公演。因劇本描寫漢蒙一家、團結禦敵的時代主題性強，演員技藝高超（黃田飾郎桑、章曼蘋飾金花媽、陶金飾迪魯瓦、趙丹飾丁世雄、顧而己飾濟克揚），受到觀眾追捧，當時的報刊曾有「觀眾擁擠，百看不厭」的讚譽。

不久，吳雪組織領導的四川旅外劇人抗敵演出隊，將《塞上風雲》的演出本從武漢帶回四川，在重慶、成都等地演出，因用四川話表演，深受老百姓喜歡。後來，該劇還在延安、昆明、桂林、香港和新加坡等在演出。陽翰笙自己就曾說：「在我所寫的劇本中，《塞上風雲》是演出場次最多的一個。」〔註 19〕

爲了更廣泛地宣傳團結抗戰、抵禦侵略的主張，1939 年 5 月，陽翰笙因傷寒復發來到重慶郊外北溫泉老朋友盧子英家裏休養時，基於宣傳黨的民族統一戰線政策的創作心態，他又爲「中製」將《塞上風雲》改成漢蒙一家、團結禦敵的電影劇本，以老百姓喜聞樂見的藝術形式粉碎日本侵略者妄圖霸佔滿蒙，征服中國的幻夢，以此來激發更多的民眾投身到愛國運動中來。

〔註 17〕陽翰笙：《泥濘中的戰鬥：影事回憶錄》，《電影藝術》，1986 年第 3 期。

〔註 18〕1937 年 11 月 16 日至 1938 年 1 月 15 日載畢，1941 年由華中圖書公司作爲《抗戰戲劇叢書》之四出版單行本。

〔註 19〕陽翰笙：《〈陽翰笙選集〉話劇劇本集自序》，潘光武編：《陽翰笙研究資料》，知識產權出版社 2010 年 1 月版，第 248 頁。

　　爲了眞實地反映出塞外風光和蒙古族人民的風俗習慣，1940 年 1 月由導演應雲衛率領 50 多位演職人員前往內蒙拍攝外景。演職人員離開重慶前，郭沫若曾賦詩「不入虎穴焉得子，豈得甘心羊兔馴」壯行；途經延安時受到毛澤東等人的接見和歡迎。攝制組風餐露宿、歷經艱辛，歷時 9 個多月，方才完成。同年 10 月 19 日，攝制組返回重慶時，重慶各界舉行了隆重的歡迎大會，郭沫若在即興賦詩《迎「西北攝影隊同志」凱旋》中稱贊他們：「以藝術的力量克服民族的危機！以塞上的風雲掃蕩後方的烏煙瘴氣！」〔註20〕

　　電影《塞上風雲》的演出陣容強大，編輯陽翰笙、導演應雲衛，攝影王士珍，主演黎莉莉、舒繡文、周峰、陳天國、周伯勳、吳茵，中國電影製片廠出品。影片的後期拍攝和製作，在重慶受到了國民黨頑固派的多方掣肘，剪輯完成後又不准上演。後經過多方斡旋和鬥爭，才於 1942 年 2 月與觀眾見面。由於影片眞實地描寫了蒙漢團結共同抗日的鬥爭生活，展現了蒙古沙漠和草原風光，具有濃鬱的民族氣息和民族特色，深受廣大觀眾歡迎，在各地多次上演。郭沫若稱贊《塞上風雲》「寫就了藝術史中最光輝的一頁」。無可否認，《塞上風雲》是抗戰時期第一部宣傳黨的民族統一戰線政策的電影，在中國電影史上佔有重要的地位。

　　影片描寫「七七事變」後，日本特務爲了挑唆蒙漢兩族人民的關係，分裂中國，在內蒙古地區進行了一系列破壞活動，以達到佔領內蒙古的目的。蒙族青年迪魯瓦非常喜歡金花，但是金花卻對漢族青年丁世雄情有獨鍾，迪魯瓦因此而妒忌丁世雄。不久，迪魯瓦的妹妹羅爾姬娜被王府徵去服役。抗日戰爭爆發後，潛伏的日本特務控制了王爺，他化名濟克揚假扮喇嘛進行破壞活動，以收購軍馬爲藉口來挑撥丁世雄與迪魯瓦的關係，但他的陰謀總被金花的哥哥朗桑發現。他惱怒之下把朗桑和金花抓了起來。羅爾姬娜知道了濟克揚的陰謀後，告訴了哥哥迪魯瓦。最後，迪魯瓦和丁世雄聯手救出了朗桑，他們聯合王府中的保安隊擊斃了日本特務，然而，在戰鬥中金花不幸中彈，她在臨死前看到了丁世雄和迪魯瓦和好，含笑瞑目。

　　電影《塞上風雲》的矛盾衝突突出，既有日中之間的民族矛盾，又有漢蒙之間的民族隔閡，還有蒙族王爺與勞動人民之間的階級矛盾。主線是日中之間的侵略與反侵略的矛盾。編導巧妙地將這三對矛盾置於蒙漢青年（迪魯瓦——金花——丁世雄）在愛情上的糾葛，通過暗藏的日本特務濟克揚操縱

〔註20〕田本相，史博公：《抗戰電影》第 100 頁，河南大學出版社，2005 年版。

王爺府，利用迪魯瓦和丁世雄都喜歡金花的事實，不斷挑撥他們之間的情感關係，製造糾紛，擴大矛盾。影片最後，受騙的蒙族青年迪魯瓦從妹妹羅爾姬娜處知道了事情真相，捐棄前嫌，與丁世雄兩人聯手，攻破了日本特務機關所在地王爺府。影片以生動的畫面和動聽的音樂詮釋了各民族團結抗日的思想和我黨爭取少數民族中上層分子的民族政策，基本達到了其創作的目的：「用文藝形式第一次表現民族團結、共同抗日的主題，並把民族解放與階級解放聯繫起來，著重表現消除內部隔閡、共同對抗日寇的思想，配合了我黨制定的抗日民族統一戰線的總方針的宣傳和貫徹。」〔註21〕

《塞上風雲》的人物形象生動，個性鮮明，令人難忘。蒙族青年迪魯瓦性格粗獷、剽悍，褊狹、任性；蒙古女青年金花大膽、潑辣，執著、堅貞；漢族青年丁世雄心胸開闊、頭腦冷靜；日本特務濟克揚虛偽、奸詐、兇殘；柳德三糊塗後的醒悟，無不栩栩如生，給人留下深刻印象。影片的情節曲折，編導將迪魯瓦、金花、丁世雄三人之間的愛情糾葛安排得一波三折，使之各自的性格和品質在情愛與民族大義面前得以充分表現。迪魯瓦喜歡金花，而金花卻鍾情於丁世雄，迪魯瓦因愛生妒；丁世雄隱情於心，對迪魯瓦的誤解與非難，基於民族利益，一味忍讓，在關鍵時候，揭露敵人陰謀，動員民眾聯合抗日。如此的情節安排，既合情合理，又將作者意圖表現蒙漢民族之間在外敵入侵之時，小我讓位於大我，消除隔閡，共同抗日的創作主旨表現出來，令人信服，使之成為整個抗戰電影運動中最有影響的作品之一。

作為職業革命家，陽翰笙有著豐富的革命生活經歷和高昂的革命激情，他在北碚養病期間，還為「中製」創作了一個電影劇本《日本間諜》。

《日本間諜》是根據曾在日本特務機關工作過的意大利人范斯伯的回憶錄《神明的子孫在中國》一書改編而寫。范斯伯是一個職業間諜，在中國東北生活了 36 年之久。他原是奉系軍閥張作霖的幕客，「九一八」事變後，范斯伯正住在哈爾濱，日本特務頭子土肥原賢二強迫他替日本特務機關做事。因他暗中幫助抗日義勇軍的事東窗事發，土肥原要秘密處死他。聞訊後僥倖逃脫後，他根據自己的親身經歷寫成了回憶錄《神明的子孫在中國》一書。在書中，范斯伯以親歷者的視角對日本特務機關和憲兵隊在中國東北犯下的

〔註21〕陽翰笙：《〈陽翰笙電影劇本選集〉後記》，潘光武編：《陽翰笙研究資料》，知識產權出版社 2010 年 1 月版，第 216 頁。

滔天罪行進行了痛快淋漓的揭露。本書原名《日本的情報員》，在美國出版之後，由國民出版社於 1939 年 2 月在重慶翻譯出版。中文版一經面世，便成爲暢銷書，引起了社會各界的高度重視，遠在南洋的香港《星報》，在 1939 年還連續刊載了這本書的故事，引起了不小的震動。「中製」導演袁叢美在 1939 年就讀到了這本書的中文譯本，覺得這是一個極好的電影題材，便約請陽翰笙將其改編成電影劇本。陽翰笙「通過描述范斯伯的親身經歷，暴露了日本帝國主義者在東北犯下的滔天罪行；揭露了日本特務機關和憲兵隊敲詐勒索、販毒營妓、殘殺掠奪，無惡不作的無恥行徑；描寫了我東北同胞在日寇鐵蹄下痛苦生活，以及抗聯和義勇軍的鬥爭。」〔註 22〕改編後，陽翰笙將其取名爲《如此滿洲》，意在於暴露日軍在東北犯下的滔天罪行。1939 年 9 月，「中製」新建工廠竣工後，袁叢美即著手拍攝，重慶的《國民公報》還對此進行過連續報導，並將其稱之「中製」的四部（前三部爲《白雲故鄉》、《孤島天堂》、《塞上風雲》）巨片之一。同年 10 月，郭沫若看完劇本後，將之改名爲《日本間諜》。

　　該片的拍攝歷經磨難，因戰時物資（膠片、電力等）匱乏，財力有限，加上敵機的轟炸干擾，自 1940 年 2 月正式開拍，前後花了四年多時間，到了 1943 年 3 月完成最後一個鏡頭，進入緊張的後期製作階段。4 月 20 日，在「唯一」大戲院首映，何應欽等國民政府要員到場祝賀，張治中在致詞中稱：「此片旨趣，側重國際宣傳，耗三年之攝製，終告完成！以我國電影人才，技術及工具之不完備，吾人實不能以此成績自滿，深盼中國電影界今後倍加努力，以期一切技術工具，均能迎頭趕上」。致辭結束，由何應欽總長的女兒麗珠小姐剪綵，隨即便在軍樂聲中開始獻映影片，一直到晚上十時結束。看過影片的觀眾都讚不絕口，把《日本間諜》譽爲中國電影界第一部成功作品〔註 23〕。4 月 21 日，《日本間諜》在重慶正式上映，觀眾十分踊躍，場場爆滿。《中央日報》、《新華日報》等各大報紙爭相報導，譽之爲「中國電影史有史以來最重要的一個作品，最有意義的一個貢獻。」〔註 24〕

　　蔣介石對軍事委員會政治部監製的《日本間諜》很重視，前後看了三遍。

〔註 22〕成都《新民晚報》，1943 年 6 月 26 日。

〔註 23〕《〈日本間諜〉昨晚首次獻映，觀者譽爲成功作品》，《掃蕩報》1943 年 4 月 21 日。

〔註 24〕蘇鳳：《略評〈日本間諜〉》，《重慶新民報晚刊》，1943 年 4 月 23 日。

對片中借義勇軍來宣傳中共領導的東北抗日聯軍，非常不滿，大罵主管審片的張道藩，下令重拍部分場面，並派蔣緯國坐鎮改拍該片。「改拍」後，原片中日特機關的罪惡減少，義勇軍換成了國民黨軍隊的服裝，偷天換日爲自己塗脂抹粉的表演，成爲笑料。

《日本間諜》主要描寫了意大利人范斯伯，曾充當張作霖幕僚，滯留中國二十餘年。九一八事變後，哈爾濱淪陷。日軍土肥原大佐脅迫范斯伯幫助日本人管理專利公司。他迫於無奈，只好勉強從命，參與了綁票、販毒、開設妓院等罪惡活動。日本特務機關巧取豪奪，斂財甚巨，引起日本憲兵的忌妒。在憲兵卵翼下的賭場、妓院也紛紛開張，中國人民深受其害。某日，特務機關頭目命范斯伯與他的夥伴——中國土匪老陰去邊境某車站，炸毀一列蘇聯貨車。范斯伯派人攜五十磅炸藥前去交與老陰，又把已探知的日軍即將去北滿進剿義勇軍的情報密告義勇軍首領。於是，義勇軍截獲了五十磅炸藥，又在橫道河子附近炸毀日本軍車。范斯伯奉命前往調查，大隊日本憲兵也開赴出事地點，范斯伯又將情報通知義勇軍。深夜，義勇軍重重包圍橫道河子，日軍幾乎全軍覆沒。老陰在范斯伯的鼓動下，率部反正，投奔義勇軍。至此，日本特務機關和憲兵隊，均以「通敵罪」對范斯伯提出控告，並準備將他秘密處決。身處險境的范斯伯告別妻子兒女，悄然逃離哈爾濱。

《日本間諜》是根據意大利人范斯伯的回憶錄改編而成的，其真實性毋庸置疑。正因爲如此，才會被官營的中國電影製片廠選中。然而，原著的內容過於鬆散和蕪雜，這對改編者來說是一個難題。編劇陽翰笙經驗豐富，他在認眞研讀原著後，以意大利間諜范斯伯被日本人利用後死裏逃生的傳奇經歷爲敘事線索，從中穿插日軍在東北的殘暴行爲和義勇軍的反抗鬥爭等內容，使之整個影片既充滿了「戲劇性」，也符合當時中國觀眾對表現日寇滔天罪行的電影的審美需要。

陽翰笙在改編時，將范斯伯塑造成一個是非分明、正義感極強的紳士。他在哈爾濱看見白俄婦女向日軍獻媚時惱怒而呵斥；因妻女被土肥原賢二要挾，他不得不替日特機關服務時，內心充滿無奈與掙扎；出於人性的正直和道義，他將日軍前往北滿進剿義勇軍的情報密告義勇軍首領，鼓動老陰率部反正，投奔義勇軍。范斯伯的機智、冷靜與處事的幹練，在一個個刀光劍影的鬥爭中展現出來。與此同時，劇本還將東北同胞的苦難和義勇軍的鬥爭表現得惟妙惟肖。此外，陽翰笙在改編時，非常注意電影本身的特性，內容詳

略得當，劇情緊湊，整個影片充滿著電影的奇觀性。如影片開頭時表現東北淪陷段落的處理，則採用幾個戰場的畫面疊加報紙上「日軍侵佔東北」消息的報導加以呈現，不但精鍊，而且極其有效地烘託出了戰火的氛圍。再如影片的結尾表現范斯伯逃出哈爾濱的段落，採用雙線索並行的方式加以表現：一邊是范斯伯出逃哈爾濱；另一邊是日本憲兵騎著摩托車拼命追趕，電影的緊張感撲面而來。

誠然，《日本間諜》能成為中國電影史上的一部抗日巨片，與導演袁叢美的努力也分不開。他緊緊抓住電影自身的特性，在保留與提示畫面內外信息的同時，以運動鏡頭代替分切鏡頭，充分發揮長鏡頭和蒙太奇的藝術手法，並注重運用畫面造型和光線來營造氛圍和區分場景，使之整個影片信息完整、畫面流暢。此外，攝影師吳蔚雲的攝影技術，陶金、秦怡等演員的精湛表現，也可圈可點。總之，正是編導和演職人員的多方努力，才使《日本間諜》一片成為陪都重慶時期當之無愧的一部「巨片」！抗戰勝利後，該片在上海大光明戲院還連續上映 40 多天，創下了戰後國片的最高賣座紀錄。

1940 年初夏，陽翰笙基於「只有軍民合作才能抗擊敵人」的創作心態，為「中製」寫了一個宣傳動員民眾、團結一致抗日主題的電影劇本《青年中國》。

影片講述了上海淪陷後，進步文藝界人士紛紛組成抗敵演劇隊，深入偏僻山村進行抗日宣傳活動的故事。1938 年湘北第一次大捷，一支戰地服務隊深入山村陳家鎮宣傳抗戰。然而，鎮上的青年農民害怕抓壯丁都躲到深山裏。戰地服務隊在孫震華隊長領導下深入群眾，運用多種藝術形式開展宣傳工作。孫隊長和隊員陳文漢從當地私塾老師呂文儒的談論中知道村民躲進深山是受到了張保長的蠱惑，遂找張保長做工作。誰知，張保長當面應承召回百姓，但第二天卻強迫留在家中的婦孺也都搬到山上去。戰地服務隊用實際行動做百姓工作，把設法運來的食鹽和藥品運到山上，並為生病的百姓積極治療。女宣傳隊員沈曉霞認李大娘為乾媽，不辭辛勞地幫助她克服生活困難。全村民眾在宣傳隊的教育下，認識了軍民一家、抗戰到底的意義。一些避入深山的青年農民在李大興的帶領下陸續回村，與抗日軍隊打成一片。不久，日軍偷襲陳家鎮，李大興一口氣跑了十幾里去報告孫隊長和王師長。王師長調兵遣將，孫隊長組織鎮上的百姓配合部隊。敵人多次炸毀浮橋都被百姓搶

修好，團長負傷，李大興拿起槍來繼續與敵人戰鬥。軍民同心協力，奮力抵抗擊敗敵人，充分展示了青年中國的勃勃生機。最後，孫隊長領導的戰地服務隊接到命令要上前線，正當他們準備悄然而行時，百姓們早已成群結隊拿著土特產品前來送行。戰地服務隊在一片歡呼聲中奔向最需要的地方。

《青年中國》由蘇怡導演，陶金、白楊等主演。賀綠汀於 1937 年底創作的歌曲《游擊隊之歌》作為影片的插曲，因其曲調輕快、流暢、生動、活潑，隨著影片的上映，在中國大地上廣為傳唱。

陽翰笙在《青年中國》中，通過一位膽小老實的山村青年農民李大興受到抗日宣傳隊的感召而帶動全村老百姓主動走出深山，投入抗日行列的覺醒故事，深刻地揭示了人民群眾才是蘊藏在中國社會中巨大的變革力量這一真理。影片中李大興形象，具有覺醒者特徵，其普遍的意義不可小視。

抗日戰爭期間，在大後方重慶，陽翰笙在從事電影劇本創作的同時，也開始了話劇（主要是歷史劇）的創作。這主要基於抗戰救亡的嚴峻形勢與迫切要求的激發與喚醒，在感時憂國的歷史想像中，借古諷今的政治寓意和藉此表達民族抵抗意志的創作心理，使之其歷史劇上演後，不僅引起巨大的反響，也激勵了全國人民的抗日熱情，起到了很好的宣傳作用。

全面抗戰爆發前，日寇加快了侵略我國的步伐，國民黨卻繼續推行「攘外必先安內」的政策，並與日本簽訂了賣國投降的《何梅協定》。陽翰笙出於警醒國人，在國難當頭，要時時注意賣國賊的罪惡活動，於 1936 年冬，創作了自己的第一部大型話劇《前夜》（重刊時對故事發生的時間有改動），刊載1937 年 6 月 16 日上海出版的《戲劇時代》第一卷第 1～3 期。1937 年 9 月 18日，怒潮劇社在漢口光明戲院開始公演。後來，該劇還在重慶、桂林、香港、「孤島」上海及南洋一帶演出過。《前夜》寫愛國青年白青虹和林建中與漢奸賣國賊白次山漢奸走狗作鬥爭的故事。話劇的故事告訴人們「喪心病狂的漢奸們如何以無恥手段出賣國家民族，愛國青年們如何地為爭取祖國生存作著反漢奸的艱苦工作。」〔註25〕劇本富有傳奇性，也克服了抗戰初期一些文藝作品的浮淺和表面化，極大地鼓舞了人們的抗日熱情。

1937 年 8 月 2 日，陽翰笙應上海業餘劇人協會之請，創作了四幕歷史悲

〔註25〕 曹禺語，轉引自石曼：《抗日戰爭時期陽翰笙的戲劇創作及其影響》，《陽翰笙劇作新論》，四川文藝出版社 1989 年版，第 33 頁。

劇《李秀成之死》。劇中主要描寫了忠王李秀成在戰鬥中愛恤士兵，優待俘虜誓死保衛天京（今南京）的故事。天京城破後，李秀成被俘，曾國荃派蕭孚泗令林福祥勸降，林福祥素慕李秀成的高尚情操，拒絕接受任務。被俘的太平軍戰士也寧死不屈高唱戰歌，集體自焚。李秀成怒斥漢奸賣國賊，英勇就義。

　　陽翰笙以太平天國的材料來寫歷史劇，由來已久！早在 1932 年蔣介石「圍剿」蘇區，將曾國藩奉為精神楷模時，他就有此想法。他在談到《李秀成之死》的構思時說：「蔣介石反動派在五次『圍剿』時期，把『攘外必先安內』的反革命主張作為根本政策，瘋狂進攻中國共產黨領導的紅色根據地，將鎮壓太平天國人民革命的劊子手、引狼入室的曾國藩極力吹捧為他們的精神偶像，大肆宣揚。在這種情況下，我決定寫作歷史劇，讚揚太平天國反帝反封建的英勇鬥爭，藉以譴責國民黨反動派的反共反人民的賣國投降政策。我搜集了大量材料，準備從太平軍金田起義開始，寫一組三部曲。」〔註 26〕陽翰笙擬寫《金田村》、《洪宣嬌》和《李秀成之死》三部曲，為農民英雄樹碑立傳，從其失敗的經驗中為抗戰總結教訓。

　　陽翰笙寫太平天國之所以先寫李秀成之死，有兩個原因。其一，好友陳白塵在 1936 年寫有《石達開的末路》；其二，他對太平天國後期的李秀成格外崇敬。出身貧寒，靠軍功身居高位，造福民眾，從未腐化。在太平天國後期，他率領軍民抗擊英帝國主義和漢奸走狗達十年之久。可他在戰敗被俘後，卻被曾國藩和滿清統治者誣衊為變節投降的叛徒。支持此說的依據，是李秀成在獄中所寫的不足原文 1／3 的《自述》，顯然有失公允。

　　從此，可以看出陽翰笙創作《李秀成之死》的目的很明確：在「太平天國諸王中許多人已經逐漸腐化」的背景下來塑造始終不忘為民初衷的農民革命英雄李秀成的形象，以此著力揭示在危機存亡關頭，「太平天國的內部還有摩擦，還有鬥爭，這說明了太平天國的失敗主要原因之一，沒有一個堅強的革命的組織來領導，結果李秀成正確的意見和主張不被採納，因此終致促成太平天國的滅亡」〔註 27〕。《李秀成之死》用血的歷史教訓，表達了作者的心聲：堅決反對妥協與投降，始終堅守民族與人民立場。對於作者的心聲和寓意，身處危亡

〔註 26〕陽翰笙：《陽翰笙選集》第 2 卷第 2 頁，四川人民出版社，1983 年 3 月版。
〔註 27〕唐納：《關於〈李秀成之死——與劇作者陽翰笙氏的談話〉，《陽翰笙選集》第 4 卷第 250～253 頁，四川文藝出版社 1989 年版。

的當年觀眾，心領神會——該劇 1938 年春由中國旅行劇團（洪深導演）在漢口首演，其後，又在重慶國泰大戲院、上海「孤島」（吳深導演，易名《李秀成殉國》）等地演出。這部以古鑒今的話劇，用太平天國失敗的教訓來警示當時的抗戰，受到了廣大群眾的熱情稱贊和進步文藝界的高度評價！從而也引起了國民黨當局的疑懼與驚恐，乃至於忠誠劇團在綦江演出《李秀成之死》時，駐在興隆場的特務連向其上司「國民革命軍事委員會戰時幹部工作訓練團」（簡稱「戰幹團」）的教育長桂永清誣告說，《李秀成之死》是在宣傳共產主義，忠誠劇團不「忠誠」，內有共產黨在利用電臺開展地下活動。桂永清以「通共」的罪名將李秀成的飾演者李英活埋，胡思濤等 22 名演員殺害，「戰幹團」500多名熱血青年者被逮捕、遭到刑訊半年之久。律師介入時冤死者已有數十人，幸存者體無完膚。如此重大冤案，當時報紙未有隻言片語，章士釗從董必武處聞訊後，倍感義憤，寫下長詩《書綦江案》。在詩中，章士釗既敘述了軍統編造冤案的經過，又描繪了軍統誣害被捕者設置電臺的荒謬和被捕者遭受嚴刑的悲慘境遇。詩末，他發出了對當時司法環境黑暗的感漢：「自古奇冤多，大者綦江獄。」！

皖南事變爆發後，國民黨頑固派更加瘋狂地推行了消極抗日積極反共的政策。周恩來指示：利用話劇作為突破口，廣泛團結進步戲劇工作者，掀起話劇創作演出高潮。陽翰笙秉承使命，在「機動而又主動地把後方各大城市的戲劇運動組織起來，領導起來」〔註28〕的同時，「為了要控訴國民黨反動派這一滔天的罪行和暴露他們陰險殘忍的惡毒本質」，在現實題材不能寫的情況下，選取了導致太平天國由盛到衰的楊韋內訌事件作為《天國春秋》的題材，以此作為「當時的鬥爭武器。」

1941 年 9 月 3 日，陽翰笙歷時 40 多天，完成了以太平天國定都天京（南京）後內訌為題材的六幕歷史劇《天國春秋》的創作。

劇本主要描寫了太平天國定都天京後，秦淮名妓紅鸞身許恩賞丞相侯謙芳，卻被北王韋昌輝所霸佔。侯謙芳請女館團帥傅善祥向東王轉陳自己的申訴。女狀元傅善祥，年輕貌美，聰明幹練，深得東王好感。而孀居多年的天王之妹、太平軍女帥洪宣嬌對東王情有獨鍾。韋昌輝因兵敗失地、作風腐化，屢遭東王批評，心生不滿，便乘機向洪宣嬌宣染東王和傅善祥的曖昧關係，

〔註28〕陽翰笙：《國統區進步的戲劇電影運動》，《陽翰笙選集》第 4 卷，四川文藝出版社 1989 年版，第 234 頁。

惹得洪宣嬌妒火中燒。當東王出於國事請她帶兵出征時，她執意不從，反而要傅善祥到自己府上辦事，遭到東王婉拒，兩人關係愈發緊張。此時，打入北王府的清兵奸細張炳垣又到處造瑤惑眾，並借機在給北王起草徵籌錢糧的奏稿裏，有意與東王制定的天朝田畝制度針鋒相對。身兼女館總稽查的洪宣嬌一向苛待下人，楊秀清也只允許女館人員每月與家人團聚一次。有一天，女館的區大妹因未按規定回家探母，被洪宣嬌關押，傅善祥假東王之名予以開釋，惹惱了洪宣嬌。東王為了照顧傅善祥自己承擔了責任，更使洪宣嬌惱羞成怒。與此同時，因部下搶奪「聖貨」而遭杖罰的韋昌輝對東王更加嫉恨。他一面對東王假表忠誠，一面又加緊勾結洪宣嬌，誹謗東王。洪宣嬌受此蠱惑，便在天王面前大進逸言。天王為此革除了東王兼任的女館館長一職，傅善祥大為吃驚，隨及向東王申請辭歸故里。洪宣嬌聞訊，半夜闖進東王府要求嚴懲傅善祥。東王一怒之下，藉口天父臨身，威逼洪宣嬌供出了她在天王面前誹謗自己、加害傅善祥的罪過。這時，奸細張炳垣被侯謙芳查出，點了天燈；韋昌輝也因此受到審問；紅鸞被許配給侯謙芳。在洪宣嬌的讒言包圍中，天王對東王失去了信任。傅善祥為東王擔心，為天國憂慮，便強見洪宣嬌，直斥韋昌輝，卻被她逐出。此時，被天王密詔進京的韋昌輝趕來，勸洪宣嬌下決心除掉東王，向天王討一張誅殺東王的詔令，神智迷狂的洪宣嬌答應了。於是，在東王為韋昌輝設宴洗塵之際，韋昌輝出其不意殺死了東王；傅善祥撫屍痛苦，最後蹈火犧牲。韋昌輝又下令殺害了東王部下兩萬多人，屍橫街衢，血流成河。洪宣嬌受到巨大刺激，痛苦萬狀，精神失常。天王為平息民怨，下令誅殺了韋昌輝。

　　《天國春秋》既是陽翰笙的代表作，又是整個抗戰時期取材太平天國的同類劇作〔註29〕中的上乘之作。

　　劇本脫稿後油印成冊，作為重慶第一次「霧季公演」上交審查。為審查通過之故，陽翰笙有意加進的楊秀清、洪宣嬌和傅善祥三人之間的愛情糾葛情節，曾引起爭議。建國後，陽翰笙再版該劇時削弱了劇中的愛情成分。

　　該劇 1941 年 11 月 16 日在郭沫若 50 壽辰之日，由中華劇藝社的應雲衛執導，耿震（飾楊秀清）、舒繡文（飾洪宣嬌）、白楊（飾傅善祥）、項堃（飾韋昌輝）、秦怡（飾紅鸞）和李健（飾朱靜貞）等著名演員出演，化裝大師辛

〔註29〕抗戰時期取材太平天國題材的劇本主要有：陳白塵的《金田村》、《大渡河》；
　　　　阿英的《洪宣嬌》；歐陽予倩的《忠王李秀成》等。

漢文任舞臺監督。「《天國春秋》上演時，觀眾對這個戲的針對性十分敏感。
每當劇中人洪宣嬌在覺醒後驚呼：『大敵當前，我們不該自相殘殺！』觀眾席
中立即爆發出雷鳴般的掌聲，說明群眾對蔣介石同室操戈的反動罪行懷著多
麼強烈的憎恨。」〔註30〕

　　《天國春秋》取得空前的成功，其關鍵的因素是具有強烈的現實針對性，
作者藝術地提煉出了太平天國的歷史教訓：只有維護事業的利益，團結一致，
才能取得革命的勝利；如果讓野心家得逞，內部自相殘殺，必將導致革命的
失敗。這就回應了「皖南事變」後人民群眾迫切關心的問題。與此同時，陽
翰笙還在濃縮的戲劇情景中塑造了出色的人物形象。該劇將時間放在太平天
國立國第六年的東王府和北王府，集中反映了東王楊秀清和北王韋昌輝之間
的矛盾衝突，輔之以楊秀清、傅善祥、洪宣嬌之間的分歧鬥爭。

　　劇中情節衝突尖銳，人物個性化突出。陽翰笙將人性中的剛愎自用、多
疑、嫉妒和輕信等惡的成份置於太平天國的政治、社會和愛情生活中，以人
物的悲劇性激起人們對靈魂的拷問，使之劇作具有了長久的社會價值和普遍
的美學意義。

　　劇中韋昌輝投楊秀清所好，竭盡阿諛奉承之能事，使剛愎自用的楊秀清
認奸詐為恭順，把傅善祥的苦諫當作挑撥是非；韋昌輝為了討好洪宣嬌，把
楊秀清的肉熬成湯送給她喝，反而擦亮她的眼睛，使其覺醒，認清了韋昌輝
的本來面目。這種將人物的性格置於典型環境中的戲劇衝突，在劇中比比皆
是。

　　劇中人物性格鮮明，尤其是東王楊秀清的悲劇和韋昌輝的邪惡，在事件
過程和心理矛盾中展露無遺，令人難忘。東王楊秀清，位高權重。他集朝政
與軍隊於一身，與天國命運戚戚相關；他大公無私，神武威嚴。怒打搶船的
張子朋和「失職」的韋昌輝軍棍，將內奸張炳垣點了天燈，當眾揭露韋昌輝
窩藏妓女，假借天父之口教訓洪宣嬌。他一身正氣，光明磊落，為天國的事
業，兢兢業業。定都天京後，他沒有沉迷於錢財和美色，甚至到死想的仍然
是天國的安危。當然，劇本也沒有迴避他讀書不多，學識有限所導致的弱點。
他希望有才華的人來輔佐自己，卻又忌諱別人鄙視自己才疏學淺，對稱頌自
己智慧超群、功蓋千秋的諂媚，甘之若飴。久而久之，便剛愎自用，唯我獨

〔註30〕陽翰笙：《〈陽翰笙選集〉話劇劇本集自序》，潘光武編：《陽翰笙研究資料》，
　　　　知識產權出版社 2010 年 1 月版，第 246 頁。

尊，聽不進任何忠言逆耳。就連他器重賞識的傅善祥向他哭諫韋昌輝的險惡用心時，他也執迷不悟地盲目自信，甚至因此而混淆是非，顛倒黑白地認為傅善祥的規勸是挑撥他們兄弟姐妹之間的感情。楊秀清的悲劇是性格悲劇，在他身上，農民英雄的複雜性格和局限性集於一身。北王韋昌輝，本是桂平縣的大富翁，無德無才。他帶兵守安徽時連失兩城。定都天京後，他淫人妻女，處處與東王作對。慫恿奸細炮製十條籌徵錢糧辦法的奏稿來否定東王實行的天朝田畝制度；搶奪水營的船隻，破壞東王的退敵之策；霸佔從良於侯謙芳的紅鸞，與張子朋狼狽為奸，販運私貨，以圖錢財。他陰險狠毒，奸詐卑鄙，造謠說楊秀清寵愛傅善祥來「羞辱」愛慕虛榮的洪宣嬌，殺死東王以報「冷落」之仇，為實現自己的政治野心掃清障礙。韋昌輝還善於偽裝，採用種種手段來對付楊秀清剛愎自用、好大喜功的弱點。一方面，主動自責、誠摯檢討自己的罪行來贏得楊秀清的信任；另一方面，又對楊秀清阿諛奉承，肉麻吹捧，灌迷魂湯。如此這般，使楊秀清利令智昏，不辨真偽，聽不進傅善祥的忠言勸說。最後，韋昌輝雇來殺手，以為楊秀清治病的之名，將他殺害。「靈魂的卑鄙決定了手段的卑鄙」，韋昌輝堪稱劇中邪惡的集大成者：「奸詐險惡是他的性格的核心；陰陽怪氣是他特有的色彩；兩面三刀是他慣用的手段；蜜裏毒藥是他擅長的障眼法；節骨眼上使壞是他的絕妙高招；一旦得勢，便狂施暴虐，才是他真正的本質。」〔註31〕

劇中傅善祥是真善美的化身。她是太平天國女子天試的第一名，女館團帥，以輔佐東王楊秀清處理政務為己任。陽翰笙借恩賞丞相侯謙芳、西王娘洪宣嬌、嫂嫂朱靜貞、東王楊秀清、北王韋昌輝等人從不同側面來介紹她的才貌雙全、品德高尚。她自己也因能跟男人一樣站起來替太平天國做事而自豪。然而，因無戰功而側身東王身邊處理事務，難免惶惑不安。洪宣嬌的嫉妒、國舅的無知、楊秀清的俯視和情愛上的施捨，使之人格得不到尊重而自卑。即便如此，她仍然視天國的事業為自己平生所願和生命所繫。在血與火的鬥爭中，她為了天國的利益，不惜個人安危，苦諫楊秀清警惕韋昌輝兩面派的嘴臉；夜闖洪宣嬌的府第，力陳北王的陰謀。然而，剛愎自用的東王卻責怪她「多事」，洪宣嬌甚至因嫉妒要殺她。最後，有心殺敵，無心迴天的傅善祥，跳入火海，以身殉國。傅善祥的悲劇，預示著天國的毀滅。

〔註31〕 王志松：《論〈天國春秋〉》，《陽翰笙劇作新論》，四川文藝出版社 1989 年版，
　　　　 第 144 頁。

　　劇中洪宣嬌的形象獨樹一幟，作者將其置於太平天國由盛到衰轉折點的核心地位來塑造。洪宣嬌地位顯赫，是天王之妹，西王蕭朝貴的遺孀，本人又戰功卓著。然而，因丈夫早逝，又胸無點墨，定都天京後，心性大變。因對東王楊秀清別有心曲，就無故嫉恨於才貌雙全的傅善祥。當賴漢英奉命向洪宣嬌透露天王欲剷除專橫跋扈、圖謀不軌的楊秀清，業已密詔韋昌輝進京誅殺，詢問其態度，以便作出最後抉擇時，她雖大驚而難過，然而因出於偏狹的報復心理，還是旁證了韋昌輝誣陷楊秀清的不實之詞。洪宣嬌內心的善惡矛盾皆因其性格使然。出於對傅善祥的妒忌之心，在韋昌輝的蠱惑下，不聽其冒死苦諫，甘心充當韋昌輝的走卒，到東王府「講和」。這不僅將楊秀清拋向了死亡的深淵，也因此而斷送了太平天國。在經歷了血的教訓後，她拋棄了隨身寶劍，在自責和絕望之中幡然悔悟：「呵，天父呵！我們兄弟之間為什麼要這樣自相殘殺？這是為什麼？這究竟是為什麼呵！」陽翰笙通過洪宣嬌自毀長城的慘痛經歷，提煉出大敵當前，兄弟即使鬩於牆，也應外禦其侮，千萬別幹自毀長城的蠢事。這無疑振聾發聵，在任何時候都有現實啟迪意義。

　　《天國春秋》的戲劇結構也值得稱道，堪稱謹嚴。主線在楊秀清與韋昌輝之間展開，副線由楊秀清、傅善祥、洪宣嬌之間構成。在主副線之後，隱藏著楊秀清與洪秀全之間的暗線。楊、韋之間的矛盾鬥爭貫穿全劇，楊、傅、洪之間的紛爭則緊緊地圍繞主線展開。副線表現的「三角」之間的愛情糾葛，既是為了表現主線的政治鬥爭，也是便於通過審查，如期上演。劇本環環相扣，層層推進，主線矛盾突出，副線結合緊密，暗線昭然若揭，在錯綜複雜中有力地表現了主題，達到了控訴國民黨頑固派（發動皖南事變）罪行的目的。

　　以「保路運動」為題材的歷史劇《草莽英雄》，在陽翰笙腦海中孕育多年。早在少年時代，他就聽說過高縣保路同志會會長羅選青率隊直取敘府，後因痲痺中敵奸計而慘敗身死的悲壯故事。1937 年 1 月，他寫成《草莽英雄本事》的電影劇本交聯華公司，準備由孫瑜導演拍攝，後因抗戰爆發而擱置。皖南事變發生後，國民黨頑固派加緊了對四川人民的血腥鎮壓，四川人民忍無可忍，揭竿而起，華鎣山游擊隊在黨領導下，業已建立。在言論不自由的文化專制下，陽翰笙選取具有重大意義的保路運動作為自己創作的話劇題材。1942 年 5 月，他襲用了早年電影故事中的結構和主要人物，借用自己熟

悉的「保路運動」中的眞人眞事，生發開來，創作了五幕歷史劇《草莽英雄》。劇本定稿後，請馮乃超、洪深等人審閱，大家都認爲是他「全部作品中最成功之作」，可「中萬」送審後，卻久沒消息。半年後，張繼、潘公展在一次招待編劇人的茶話會上宣佈，劇本禁止出版和上演。陽翰笙非常生氣，卻又無可奈何。此劇直到國共兩黨簽訂了《雙十協定》之後的 1946 年 2 月才在重慶等地上演。

　　《草莽英雄》的創作目的和動機是總結保路運動的經驗教訓，爲抗日統一戰線服務。爲了使主題更爲深刻，陽翰笙採取了悲劇的形式來表達，通過正面人物羅選青悲劇命運的描寫，深刻揭露了「扯起旗子反滿清」、「混水摸魚」等反動勢力的罪惡行徑，以期喚醒革命人民對頑固派破壞抗日的陰謀活動的警惕。

　　《草莽英雄》中的主要人物羅選青、時三妹的哥哥、同盟會員唐彬賢、團防局長李成華和知縣王雲路等人都能在生活中找到原型，但劇本畢竟是藝術創作，陽翰笙以現實生活的人和事爲基礎，精心編織起了緊張曲折、跌宕起伏的戲劇情節：

　　　　辛亥革命時期，川南高縣保路同志會會長羅選青，爲「匡救危亡」、「抵禦外侮」，搭救了清廷要犯——同盟會員唐彬賢，並籌備「開山立堂」，團結民眾，發動起義。清廷高縣知縣王雲路得到義軍叛徒絡小豪的密告，派高縣巡防軍團總李成華率清兵圍山，義軍首領大有被全殲之勢。在此危難之際，羅選青挺身而出，以隻身入獄換得眾義軍首領脫險。義軍攻克高縣後，王雲路被生擒，他跪在羅選青面前哀求，出於江湖義氣，羅選青保下了他。王雲路混進革命隊伍後，以甜言蜜語贏得羅選青的信任，被委以入敘城勸降的重任。王雲路入敘城後與聞知府、巡防軍周統領、「援川軍」的夏梯團勾結在一起，設下陷阱。一切部署就緒後，他便託詞「告老還鄉」。羅選青對此卻視而不見，不聽唐彬賢的忠告，「放虎歸山」。結果，第二天，王雲路親率敵兵突襲義軍，戰鬥中，羅選青中彈身亡。

　　《草莽英雄》通過這些扣人心弦的情節，塑造了眾多具有強烈典型性和生動性的人物形象，使其主題得以完美表達。

　　在這些典型的藝術形象中，羅選青是作者落墨最多，也是最爲成功和感人的一個。羅選青具有強烈的愛國心和正義感，坦蕩正直，善於團結群眾。

然而，他的江湖生涯，導致了他好奉承、易輕信、重義氣的性格弱點，對陰險狡詐的敵人缺乏應有的警惕，結果導致了他的失敗。陽翰笙緊緊圍繞「義」來塑造羅選青的性格特徵，使之的「草莽英雄」形象呼之欲出。如他輕信王雲路的諾言，將其釋放；而當王雲路巧施伎倆，要他釋放惡貫滿盈的川南六縣團防局長李成華時，他卻斷然將其斬首。釋放王雲路是他身繫獄中時，王雲路虛與委蛇曾禮遇過他；槍殺李成華因其曾捕殺過他八拜之交的把兄弟，還帶兵抄過他的家，甚至在獄中侮辱過他。羅選青基於個人的恩怨行為，導致他中了王雲路的奸計，中彈身亡前才幡然悔悟。他告訴唐彬賢：「你記著，千萬記著，快點設法去告訴孫文孫中山先生，你說，你說我姓羅的說的，那些扯起旗子反滿清的，還有許許多多是渾水摸魚的一些狗雜種！請他千萬當心！」這是浸透了血淚的由衷之言了，現實的針對性很強，能喚起革命人民對頑固派破壞抗日的陰謀的警惕，不然的話，會給革命帶來不可彌補的損失。

　　劇中唐彬賢的形象，體現了作者的願望和理想。陽翰笙是將其作為羅選青形象的映襯和補充來塑造的。唐彬賢是一個忠實的同盟會會員，有信仰，懂理論，認大體。他奉命來聯絡羅選青的哥老會，改造這支隊伍，使其成為革命的力量，然而，不幸卻在途中被捕。羅選青得到鹽津縣的緊急「知會」（通報），出於愛面子和講義氣，將他救下。唐彬賢是革命黨人，見過世面，又有學問，受人尊敬，然而，他又是一介書生，不會舞槍弄棒，在羅選青處的地位頗為尷尬，僅為「清客」而已。雖如此，他還是時不時地向時三妹宣講革命黨的主張和應有的浩然之氣，對王雲路等人始終保持著清醒的認識和高度的警惕，多次向羅選青揭露敵人的陰謀，一再提醒「謹防挨他們的暗算。」在羅選青拒絕他的忠告後，仍以大局為重，帶領大家倉猝禦敵。

　　王雲路是陽翰笙著力塑造的反面人物，他陰險狠毒、善長權術、老奸巨滑，是典型的陰謀家形象。作為滿清的高縣知縣，清廷的忠實走卒，在風聞羅選青「籌備開山立堂，聯絡民眾」的消息時，兩天之內，他即率官彈壓、領兵抄家、圍剿「山堂」；當四川保路同志軍在各地勝利進軍之際，他從鄉下接來羅大嫂，從獄中釋放時三妹，誘騙羅選青從獄中出來招撫川南一帶的保路同志會。他身陷囹圄時，又投機革命，主動領令入敘府，明勸暗降來對付保路同志軍；當反革命陰謀部署就緒後，便以「告老還鄉」離開革命隊伍，親率敵人來突襲羅選青的義軍，致使義軍功敗垂成！

　　此外，劇中的羅大嫂，機智而任性，但又不失其身份。從她身上，可以

折射出羅選青的威勢。時三妹的潑辣豪放，大管事何玉庭的踏實幹練，叛徒駱小豪的陰毒，團防局長李成華的窮兇極惡，無不栩栩如生，給人留下深刻的印象。

《草莽英雄》的四川地方色彩濃鬱，陽翰笙將川劇的表現形式盡可能地融入其中。全劇結構緊湊，條理清晰，懸念迭起，扣人心弦。該劇在主題、人物、情節、結構和語言方面都有新的突破，是陽翰笙在抗戰時期的代表作，他自己也頗「有些敝帚自珍」。〔註32〕

1943 年 3 月 19 日，陽翰笙還創作了他一生中唯一的一部諷刺喜劇《兩面人》（在《戲劇月報》連載時署名《天地玄黃》）。這是一部直接描寫抗戰的四幕話劇，作者基於真實地揭露抗戰時期大大小小的兩面派，通過祝茗齋為了保住茶山，在敵我雙方拉鋸爭奪面前，左右逢源，兩面敷衍，結果四處碰壁，完全陷入孤立之中的故事，告訴人們，在民族危亡之際，為了一己之私利，想做兩面派是注定沒有出路的。由於劇作深刻地批判了抗戰時期國民黨當局的階級利己主義，上演後，深受廣大觀眾好評，《新華日報》還發表了多篇評論文章予以肯定。郭沫若為此還專門賦詩《觀〈兩面人〉》：「天地玄黃圖太極，人情反正有陰陽。茗齋不為茶山死，畢竟聰明勝知堂。／死守茶山事可嗤，道窮則變費心思。陰陽界上陰陽臉，識向還如風信旗。／品罷茶經讀易經，頓從馬將悟人生。東西南北隨風轉，誰識牌牌一色清？／道原是一何曾兩？白馬碧雞不是雙。識得此中玄妙者，主張窮處不慌張。」

陽翰笙雖出生在茶葉經商之家，自小對茶葉的生產、經營和銷售等環節熟諳於心，然而，為了更加準確地塑造祝茗齋這個兩面派人物，他仍然從各地多方搜集相關材料，使之呈現在觀眾面前的與茶葉有關的人物，不但真實可信而且生動形象。

劇本主要通過舞臺動作，人物關係、行動和情節發展來揭示劇中人物的內心衝突。「兩面人」祝茗齋在日本人和游擊隊之間，想找到空隙，既不甘心做漢奸，「跟人家當工具，作傀儡，做聽差，隨便聽人家調遣」，又不願意抗日，使他的茶山，「變成一座戰場」，他要「守住這座茶山」。於是，他東拉西扯來應付。游擊隊來了，他打出國旗；日本人來了，他打出漢奸政權的五色

〔註32〕陽翰笙：《〈陽翰笙選集〉話劇劇本集自序》，潘光武編：《陽翰笙研究資料》，知識產權出版社 2010 年 1 月版，第 251 頁。

－305－

旗；可游擊隊和日本人同時來時，他便手足無措，窘態百出。爲此，他時而
怨恨，時而悔恨；一會兒垂頭喪氣，一會兒又趾高氣揚。整天誠惶誠恐，神
魂顛倒，墜入兩谷之間，成爲一個使人唾棄的可憐蟲。乃至於，他不得不歇
斯底里向他太太哀哭道：

> 「連一天到晚跟我吃在一道，喝在一道，睡在一道的人，都在
> 懷疑我了，我還有什麼想頭呢？我還有什麼活頭呢？啊，啊，我要
> 自殺，我要自殺，我要去跳崖，我要去跳崖！」

當然，爲了自保而採取中庸之道的祝茗齋是不會自殺的。然而，他的結局
卻告訴我們，「東偏西倒的態度不行」，「兩面三刀的辦法不對」，不投降就要抗
戰，當遭遇外敵入侵時，是沒有三條道路可走的。作者在對劇中大大小小的兩
面派給予深刻揭露和辛辣諷刺的同時，更深度地發掘了「歷史所賜予的階層的
性格，後來且更正直地站在『不留一物，不遺一力』有助於敵人的整個中國人
民必須團結禦侮的立腳點上，寬恕祝茗齋，而給予一條生路。」〔註33〕

陽翰笙相信，只要愛國人民和抗日軍隊的力量強大起來，首尾兩端，明
哲保身的「兩面人」將會選擇到正義和抗戰中來。抗戰是全民族的抗戰，只
要團結了一切可以團結的力量，勝利一定會屬於中華民族。

1943年11月15日，陽翰笙經過一年多的醞釀，耗時一個半月後，將他在
北伐戰爭時期結識的一位朝鮮革命者李君一家人的經歷寫成了五幕話劇《槿花
之歌》。作者在劇本裏以優美的語言，濃鬱的詩情，描寫了一九一九年「三一」
獨立運動〔註34〕前後朝鮮人民反日愛國的鬥爭。劇本通過對韓國崔氏家門父子
4人爲民族獨立解放鬥爭而付出的慘痛代價，表現了朝鮮人民偉大的愛國主義
精神。在抗日戰爭進入尾聲的1944年，陽翰笙去描繪朝鮮的「三一」獨立運
動，其創作動機是不言自明的，讀者在閱讀或觀看這部話劇時，會不由自主地
聯想到當時中國人民與日本侵略者和國民黨政權之間展開的鬥爭。

〔註33〕 柳倩：《沒有兩面都可套弦的彎弓》，潘光武編：《陽翰笙研究資料》，知識產
　　　 權出版社2010年1月版，第300頁。
〔註34〕 1919年3月1日，在首爾市中心的公園中有33名韓國獨立運動參與者發表了
　　　 《獨立宣言》。當時有1500多個團體的200多萬人參加。同日，平壤也發生
　　　 了示威活動。之後，運動遍佈全朝鮮半島，日本的朝鮮總督府便決定予以鎮
　　　 壓，有7500多人被殺害，1.6萬多人受傷，4.7萬多人被捕。1945年朝鮮半島
　　　 光復後，韓國政府爲紀念這一爭取民族獨立的運動，把每年3月1日定爲公
　　　 休日，並舉行多種活動予以紀念。

　　陽翰笙喜歡直接從古今中外的重大革命鬥爭中汲取素材，並以自己對現實政治鬥爭的思考來「消化」和「燭照」這些素材，從中提煉出時代感和戰鬥性很強的主題。《槿花之歌》緊緊圍繞韓國近代三一獨立運動這一重大歷史事件，描繪了韓國民眾要求獨立的政治熱情。其中，自始至終地貫穿著崔氏家門的母子之情、兄弟之誼、夫妻之愛。為了獨立與自由，人世間這些最寶貴的感情都可犧牲。

　　《槿花之歌》著重描摹人物的心態，讓作者的情感傾注在人物身上。劇作最為成功的是，塑造了崔母這一典型的人物形象。作者圍繞崔母在國家危亡的緊要關頭，義無反顧地投身到民族解放的運動之中去，以革命的熱情來戰勝家庭的感情。

　　崔老太太的丈夫當年因不堪忍受國破家亡的現實，自殺殉國。長子崔槿仁暗殺日本總督未遂，被處以極刑；次子崔槿義加入鴨綠江義勇軍，又在戰鬥中犧牲，這不能不給這位普通的母親留下心靈的創傷。所以，當她發現老三崔槿光也學他兩個哥哥那樣，走向反抗之路，擔心害怕，反覆請求剛過門的媳婦朴韻玉，去勸說兒子崔槿光不要在外面惹事。日寇搜捕，崔槿光被迫離家流亡，崔母雖傷心不已，卻並不怨怪兒子。她在送別兒子時，還從自家園子裏的槿花樹下挖起一小塊泥土，讓兒子帶在身上，勿忘故國和母親。崔槿光的逃亡，增加了崔母對壓迫者的怒火，當她聽說小兒子崔槿輝喜歡上了東洋拓植會社主任韓奸李永壽的女兒蘭秀時，堅決反對。在崔母心中，「祖國之愛高於一切」，她雖為兒子們的安危擔心，又義無反顧地支持他們的革命行動。在「三一」獨立運動那天，「崔老太太奔進窗口，一下把太極旗展開，不停的對著窗外的群眾搖動著。」特別是，在經歷了監獄生活之後，崔母變得更加成熟，自覺地站在鬥爭的前線，與眾多革命同志共同經受了鬥爭的考驗，表現出了徹底的覺醒。崔母的思想轉變過程，既自然又可信，像她這樣一位歷經磨難又情意深厚的母親，都能捨家報國，參加到革命，那天底下其他人，還會有什麼理由不加入到這個行列中來呢？作者基於鼓舞人們起來參加抗戰的創作意圖和為此起到的宣傳鼓動作用，顯易而見：陽翰笙之所以要以韓國近代「三一」獨立運動的事件來創作和表現一個韓國革命家庭為民族解放而奮鬥的《槿花之歌》，是借劇中的事件來隱喻中國當前的抗日鬥爭形勢，希望通過劇中崔母為民族解放而獻出自己親人的行為，將觀眾引向抗日鬥爭的洪流中去。

附　錄

一、田漢在重慶的情感風波

　　《國歌》的詞作者田漢，詩人氣質頗濃，多情寡斷，一生的情感生活坎坷曲折。而他的兩次（1940 年 5 月～1941 年 3 月；1946 年 2 月～1946 年 5 月）重慶之行，則將他的情感風波推向了浪尖。

　　1940 年 5 月，田漢應陳誠電召，從桂林第一次來到陪都重慶，與從武漢撤退至重慶的第三任（第一任妻子易漱瑜病亡，第二任妻子黃大琳離異）妻子林維中、女兒瑪琍和兒子海雲團聚。夫妻間暫時忘卻了志趣和追求上的分歧與矛盾，一家人同去北溫泉，遊縉雲山。林維中後來稱這半年時間是她和田漢的「黃金時代」。可惜好景不長，秋末冬初，與田漢分別兩年的紅顏知己安娥，帶著兒子田大畏，從陝南經川北來到重慶後，這種和諧的家庭生活就隨風而逝了。

　　相比於林維中的賢慧與顧家，安娥的紅色經歷和浪漫才情，更契合田漢的「飄泊」本性和流浪氣質。所以，在 1929 年秋冬之際，原名張式沅的安娥，奉黨的指示來「動員田漢入黨」時，他們一見鍾情，隨後就開始了同居。不久，安娥懷上了田漢的骨肉。正當他們沉浸在靈肉和諧的浪漫情懷時，林維中從南洋為田漢回來了。重諾踐行的田漢，愛安娥，又不能忘情林維中在他愛妻病死、南國社陷入困境時所給予他的安慰與支持。在經過痛定思痛後，他遵守前盟，於 1931 年初與林維中完婚。「紅色女郎」安娥含淚退出。安娥的離開，使田漢一直都沉浸在自責和煎熬的愧疚之中。抗戰初期，他們重逢於撤離上海到南京的船上，愛火旋即復燃。隨後，安娥伴隨田漢，輾轉於長

沙、衡陽、桂林等地「開碼頭唱戲」，致力於傳統戲曲的創作與改革。在志趣相投的相濡以沫中，田漢的感情逐漸從林維中的身上轉移到安娥身上。

林維中對此無法容忍。當她知道安娥也隨田漢來到了重慶，住在張家花園65號「文協」的宿舍後，一腔妒恨噴薄而出。在她心中，她始終認爲是安娥的插足和田漢的花心才破壞了自己的幸福生活。積怨日久，喪失理智，全不顧田漢的身份，在張家花園和兩路口車站等地大吵大鬧，使田漢十分難堪。同時也促使了生性猶豫的田漢在妻子與情人間的取捨。他寫信向林維中要求離婚，郭沫若害怕林維中受刺激太大，將信壓下。因林維中的糾纏，安娥也常常迴避田漢，田漢此時是欲哭無淚，痛苦不堪。在看川劇《情探》時，他觸景生情，寫下「雙鬢近來秋意滿，何堪此夜看《情探》」的詩句。

正當田漢陷入情感的漩渦而心力交瘁之時，重慶的政治氣候更是烏雲密佈。1940年9月，撤銷「三廳」後組建的文化工作委員會，僅限於「文化研究」上的紙上談兵。時任「文工會」藝術組組長的田漢，對「在朝」向來不感興趣，加上三角之中的尷尬處境，使他決定離開重慶。走前，特約好友郭沫若騎馬登南山春遊，以示臨別紀念。1941年3月6日，郭沫若和「文工會」的朋友們爲田漢餞行。他在田漢收藏的古畫《六駿圖》上欣然題六首七絕送別，並在跋語中寫道：「壽昌於3月3日約予過江騎馬登南山，越三日乘舟東下，將暫別矣。」當天晚上，田漢隻身乘船南下，輾轉於川、鄂、湘的崇山峻嶺之中，向湖南衡陽、南嶽進發。

田漢雖然離開了重慶，但他仍然放心不下林維中身邊的兩個孩子，對安娥的思念更是如影隨形。他在這期間寫下的《南歸日記》中，思念之語處處顯現。積鬱在心，不吐不快。他從南嶽到達桂林後，在翻新歐陽修《秋聲賦》基礎上寫成的五幕同名話劇中，就將現實生活中自己與林維中、安娥的矛盾，化解爲作家徐子羽與妻子、情人，爲了民族大義捐棄前嫌、共赴國難的歸宿。可現實的生活畢竟不同於藝術的詩意。1942年，應雲衛在重慶排演《秋聲賦》，因林維中不能容忍劇中的妻子胡蓼紅與情人秦淑瑾握手言歡的結局，拼命阻止，使之在重慶的演出流產。

田漢在撤離桂林時，從林維中給兒子海男的信中看見了這樣傷心的話：「後悔當初不嫁哈同的兒子或那位印度先生淑斯特里，卻嫁給你爸爸這樣全無心肝的人。」使他傷心至極。不久，田漢與林維中的小兒子海雲患腎炎而夭，使業已破裂的夫妻感情更是雪上加霜。

　　1946 年 2 月 10 日，田漢應周恩來電召，與安娥同機第二次來到重慶。正逢「較場口事件」，郭沫若等 60 多名愛國人士被國民黨特務打傷。田漢隨及前往醫院探視和慰問，並在重慶戲劇界歡迎他的聚餐會上發表演講，對國民黨頑固派的倒行逆施表示了極大的憤慨。接著，田漢專程前往曾家岩 50 號中共辦事處拜訪周恩來同志，並向他彙報了自己在昆明的工作情況。此次來渝，田漢與母親、林維中和子女們同住九塊橋。

　　田漢第二次重慶之行，只有短短的三個月，心緒頗不寧靜，情感風波使他心力交瘁，政治高壓又使他倍感壓抑。林維中始終認為，她是田漢名正言順的妻子，誓死捍衛自己的家庭和愛是她的正當權力，她絕不容忍她人染指。這種心思長此以往，導致了她的偏執。她不理解也不尊重田漢的事業，把滿腔怨恨全部發泄到奪她之愛的安娥身上，乃至於做出了一些匪夷所思的事來。當她知道安娥住在黃家埡口中蘇文協時，幾乎每晚都要去騷擾，挖窗窺洞無所不至，使住在樓上的侯外廬，屢見其黑影，驚駭不已。一天，劇協在抗建堂請翦伯贊演說，田漢碰巧在安娥處。林維中知道後，偕其女友陳伊文怒氣衝衝而來，爭吵謾罵之中甚至潑水相向，田漢氣憤至極卻又無可奈何，只得息事寧人，和她到了陽翰笙的家裏了事。4 月下旬，全國「文協」將在安娥所在的中蘇協會舉行「抗戰八年文藝座談會」。按照會議議程，田漢將在此會上發言。林維中知道後，便事先在安娥住所的門外貼上辱罵她、控訴田漢始亂終棄的傳單。來開會的郭沫若、馮乃超先後各自扯得一張交給田漢，並說：「鬧到這樣子很不好。」林維中的無理取鬧，使田漢傷透了心，他們之間的婚姻也走到了盡頭。由洪深、陽翰笙作保，田漢在一年內付給林維中 300 萬元「贍養費」，兩人協議離婚。田漢帶著無限悽楚的悵惘之情，於 1946 年 5 月 4 日乘機離渝奔赴上海。

　　可田漢與林維中的恩怨並未結束，一度在報刊上鬧得沸沸揚揚，直到解放後，他才和安娥名正言順地走在了一起。

二、白薇在重慶

　　1940 年白薇從武漢請纓到桂林《新華日報》效力受阻後，懷著為抗戰服務的決心，輾轉來到了戰時首都重慶。可等待她的仍然是求職無份，生活無著，食不裹腹。「文協」秘書長陽翰笙替她斡旋，在中國電影製片廠謀了份特約編導的工作，月薪 50 元。可好景不長，電影製片廠被日機炸毀後，她又失

業了。沒有去處，白薇只好和草明、歐陽山、蕭軍、楊騷和張恨水等著名文人避居在「文協」所在地南溫泉。白薇的那間當西曬的茅舍小屋在花溪河的北岸。到此，她飄泊無定的身體才得以「暫時寄放」。因營養不良，又時常跑空襲警報，體弱多病的她突然暴發了熱病，發高燒，說胡話。歐陽山知道後，叫來了她昔日的情人楊騷。

楊騷與白薇分手後，與穆木天、任鈞、蒲風等發起成立了中國詩歌會，致力於詩歌的大眾化。抗戰爆發後，他又到福州與郁達夫、許欽文、樓適夷等人組織文化界救亡協會。1938 年冬來到重慶後加入「文協」。1939 年 5 月，他參加作家戰地訪問團，到中條山、太行山等前線訪問過半年。返回重慶後，在南溫泉從事創作。

經過磨難的楊騷，或許年齡的關係，他與白薇重逢後，看到自己曾經愛過的女人，因為自己的不是而身患重病，產生了一種「復活」式的懺悔心理，他對病中的白薇照顧得無微不至，七天七夜寸步不離，精心呵護。楊騷多次請求與白薇和他重新開始，讓他來好好愛她，以贖自己昔日對她犯下的罪孽。沙汀等朋友們也希望他們能握手言歡，結為伴侶。可白薇哀莫大於心死，斷難接受。回想起自己和楊騷相處的十年，不僅摧毀了她的身體，更摧殘了她的心靈，使她的青春、事業和前途幾乎毀於一旦，好不容易才死而復生。為此，白薇對兩性之情產生疑惑和恐懼。她心理明白，楊騷「復活」式的愛是帶有憐憫性質的，這是有違自己做人的尊嚴的。所以，七天後，當她能起床時，就扶著拐棍，拖著病腿回到了自己的小屋。雖然如此，可面對自己昔日刻骨銘心的愛人的真誠懺悔，白薇的心海又掀起巨大的波瀾，因有前車之鑒，就是愛仍在，情卻不敢。在她和楊騷的關係上，除了安娥理解她外，朋友們對她依然愛著楊騷卻斷然拒絕與之和好都無法理解。事實上，白薇何嘗不希望有一個溫柔體貼的愛人和一個溫暖的家。她在一年後給楊騷的信中寫道：「……你現在變成一個完全的好人了，在這一轉變下，從此，你栽在我心裏的恨根，完全給拔掉了，你在我身上種下無限刺心的痛苦，已雲消霧散了。……我快樂，我將一天天健起來！這不能不對你的轉變作深深的感激！」

他們雖然沒有成為夫婦，但因相愛而結下的情緣卻在彼此的心目中並沒有終止。皖南事變後，楊騷秉承周恩來的指示，疏散到了新加坡。在南洋，他一改以前的浮躁，做事沉穩，總是帶著宗教徒般虔誠的贖罪心理，將自己每月不到 70 元的薪水中的 50 元寄給白薇。愛固然重要，人必須活著，楊騷

在明知今生與白薇修好無望的情況下，於 1944 年 6 月與當地僑生陳仁娘結爲秦晉之好。日本投降後，白薇曾寫信給楊騷，希望重續前緣，恢復關係，但楊騷業已成家，故以不覆爲答。可在白薇心目中，楊騷是她一生中唯一的愛人。

　　抗戰後期的重慶，物價飛漲，白薇的生活依然沒有保障，全靠寫點稿子和朋友們的臨時資助勉強度日。窮、餓、病如影隨形地糾纏她，她常常餓暈在街上或朋友的家裏。她希望到延安去，鄧穎超擔心她的身體不適，沒有答應她的要求。隨後，把她安排到文工會第二組工作。進了文工會後，白薇心情舒暢，熱心參加各種活動，並被當選婦女聯誼會理事。可文工會的待遇菲薄，每月的薪水只能維持溫飽，難以應付她多病的醫療費。爲了節約開支，她搬到了遠離市區的賴家橋，自己拾柴、挑水，燒飯。雖然身體衰弱，風濕病、絞腸痧、猩紅熱、瘧疾、阿米巴痢疾……不請自來，但她的意志卻異常堅強。爲了治病、活命，她自己開山挖土，生產自救，並編歌自勵自娛。

　　1944 年七月中旬，「文協」爲貧病作家在重慶的《新華日報》上公開募捐，將募捐所得的一萬元送給她，她卻以無功不受祿婉拒。文工會解散後，白薇病倒在床，無人照顧，好友劉海尼、秦德君共籌得 10 萬元給她治病，她仍然予以辭謝。白薇向好友們表示：她最需要的是「理解」，救濟只能解一時之困，不能解決她長期所受經濟和政治的雙重壓迫所帶來的痛苦。只要大家團結一致，揚棄一切婦女的弱點，燒起熱情的火光，才能爲婦女和人民解放找到出路。

　　1945 年秋，毛澤東到重慶談判期間，曾邀請白薇出席婦女招待會。毛澤東握著她的手對她說：「我經常記起你，你和丁玲是我們湖南的女作家……」白薇說：「唉！這幾年我已經是倒下了……」，毛澤東鼓勵她：「你沒有倒下，你在政治上沒有倒下，在思想上沒有倒下……。」毛澤東說得沒錯，白薇在重慶期間，拖著病體，忍著飢餓仍然寫了大量的詩歌、小說和散文來反映抗戰生活、表現勞動人民疾苦和歌頌新女性。她在貧病交迫中，仍然不忘祖國的前途和人民的幸福。她在給一位女友的長信中，認眞而細緻地描繪了未來中國社會的藍圖，熱切希望一個新中國的到來。

　　1946 年 5 月，白薇離開了她生活整整 6 年的重慶，到了上海，繼續以手中的筆，爲新中國的到來吶喊。

後　記

　　我是土生土長的重慶人，對重慶的抗戰歷史和文化，自從選擇教書育人作爲自己的職業後就持續地關注著。先是對抗戰時期的何其芳、郭沫若、田漢、白薇等作家在重慶的生活和創作進行了單個的梳理，進而對抗戰時期重慶的戲劇運動與創作作了系統的總結。2005 年 8 月底，「中國人民抗日戰爭暨世界反法西斯戰爭勝利 60 週年國際抗戰文學研討會」在重慶工商大學召開，我負責撰寫了「研討會綜述」。隨後，對皖南事變後國統區文藝界紀念作家壽辰和創作活動進行了系統考察。這些相關文章見諸報刊後，受重慶市沙坪壩區文化廣電新聞出版局的邀請，本著對歷史負責、弘揚抗戰文化，實施保護性搶救抗戰名人故居的目的，參與《抗戰名人在重慶》系列叢書之《國家恒至上——老舍在重慶》一書的撰寫。因其篇幅限制，書稿在出版時，有關「老舍在『文協』任上的工作與創作」部分未被收入。2011 年，本人以《抗戰時期重慶作家的生存狀態與創作心理研究》獲准重慶市社會科學規劃項目立項，爲此，我先後花費四年多的時間，對抗戰時期陪都重慶作家的生存狀態與創作心理進行系統的梳理、分析和總結，結集爲《文學的戰時抒寫與傳播——抗戰時期陪都重慶作家的生存狀態與創作心理研究》一書。

　　如今，承蒙注重文化傳承的花木蘭文化事業有限公司楊嘉樂等編輯的厚愛，拙著能得以向國內外華人發行，不勝感念。著書立說，古人謂之「三不朽」之一，本人沒有奢望，在大多數人爲稻粱謀而碼字時，能夠秉承內心的純淨，將所收集到的史料和對此的感悟，記錄下來，與知音讀者分享，就是自己最大的心願。

　　在此，我要眞誠地感謝我生命中與之有交接與關聯的每一個人，特別是

那些未曾謀面的編輯和讀者，是你們對我的錯愛與垂青，使之我才能不爲浮躁所蠱惑，甘心於寂寞的書齋，繼續著讀書、教書和寫作的生活。

由於本人的能力有限，雖想完美卻力所不逮，書中的錯謬一定不少，還敬請專家、學者和知音讀者批評指正。

王鳴劍

2016 年 11 月 1 日